HEYNE BÜCHER

HAFFMANS KRIMINALROMANE
BEI HEYNE

Liebe Bruno,
ein schönes Weihnachtsfest
und ein gutes neues Jahr '94

[illegible]

GISBERT HAEFS

Und oben sitzt ein Rabe

KRIMINALROMAN

WILHELM HEYNE VERLAG
MÜNCHEN

HAFFMANS KRIMINALROMANE BEI HEYNE
Herausgegeben von Gerd Haffmans und Bernhard Matt
Nr. 05/51. Im November 1993.

Und oben sitzt ein Rabe
erschien zuerst 1983 als
Goldmann-Krimi und wurde vom
Verfasser für die Neuausgabe
ausgiebig bearbeitet

Einzig berechtigte Taschenbuchausgabe
Wilhelm Heyne Verlag GmbH & Co. KG, München
Printed in Germany 1993
Konzeption und Gestaltung: Urs Jakob
Umschlagillustration: Nikolaus Heidelbach
Umschlaggestaltung: Atelier Ingrid Schütz, München
Gesamtherstellung: Ebner Ulm

ISBN 3-453-07286-3

Aus: Jakob Grunewald, Willkürliche Biogramme, *²1986**

»... wurde Baltasar Matzbach als ›Universaldilettant‹ bezeichnet, der sich in die Gefilde der Kriminalistik verirrt habe. Das Etikett ... beklebt einen, der von vielen Dingen zu viel weiß, um sie ernst zu nehmen, zu wenig, um von ihnen ernstgenommen zu werden, und genug, um Experten zu bluffen und Laien zu amüsieren ... Ein Bekannter mutmaßte auch, B.M. leide (?) an Elephantiasis der Seele. Interessanter sind jedoch andere Aspekte, so z.B. Matzbachs verwegene Verfressenheit; wie zu Zeus Sein Donner und zu Jehovah Sein Zorn gehört zu Baltasar Sein Wanst. Immerhin kann er es sich seit vielen Jahren leisten, Hecht zu essen und zum folgenden Fleischgang einen Grand Cru zu trinken. Er wuchs nach dem Verscheiden seiner Eltern bei Verwandten auf und studierte später Philosophie und Atomphysik. Dabei erfand er etwas für ein Betatron, so kompliziert, daß er es selbst schon längst nicht mehr erklären kann, aber das Patent wird international verwendet und wirft einiges ab; anschließend wandte Matzbach sich der Musik zu und komponierte ein bißchen, darunter einen vollendet schwachsinnigen Schlager, der noch immer läuft und zwei- bis dreimal pro Jahr neu aufgenommen wird, und so schickt die GEMA ihm bisweilen einen freundlichen Scheck. Ein Hauptgewinn im Lotto sorgte 1962 dafür, daß Baltasar aus dem Gröbsten heraus war. Er investierte klug und ergab sich der sinnlosen Bildung, wobei er von den exakten zu den diffusen Gebieten überging; so stammt aus seiner Feder ein in Fachkreisen geschätztes Werk über Monotheistische Strömungen des inselkeltischen Druidentums.* *Einige*

* Alle Titel erschienen im Verlag für Enzyklopädische Geisteswissenschaften (Edinburgh – Simla – Wachtendonk – Córdoba – Beaune).

Jahre hielt er sich an der bretonischen Nordküste auf, bevor die touristische Völkerwanderung sie verwüstete, und weilte dort als Mäzen und Manager junger Künstler, Veruntreuer von frühen Touristinnen und Privatdozent für Okkultismus. Dabei verfaßte er zwei weitere Standardwerke: Schamanistische Einflüsse in die Analekten des Konfuzius* *und* Sexualpathologische Aspekte der Psychokinese.* *Und tat zahllose weitere unsinnige Dinge, die ausnahmslos zu Gold wurden (er habe, behauptet er, in dieser Beziehung etwas durchaus Eselhaftes an sich). Seit Jahren verdient er sich ein regelmäßiges Zubrot mit seinem Kummerkasten* Fragen Sie Frau Griseldis; *außerdem droht irgendwann die Veröffentlichung seines geheimen Hauptwerks* Der Leichnam in der Weltliteratur. *(Die Mutmaßung, seine detektivischen Aktivitäten seien nur ein Vorwand dafür oder umgekehrt, ist nicht von der Hand zu weisen.) . . .«*

I. TEIL

1

Ein Strahl der Oktobersonne auf seiner Nase weckte Andreas Goldberg. Kurz vor elf, stellte er fest, als er den Wecker betrachtete; reichlich spät für einen, der seit Jahren an frühes Aufstehen und feste Bürozeiten gewöhnt war.

Nach kurzem Dösen wälzte er sich auf die Seite und schaltete das Radio ein. Er erwischte das Ende der Nachrichten; ein Verkehrshinweis folgte, dann endlich Musik. Nach dem zweiten Musiktitel streifte er den Rest der Decke ab und stand auf. Die sinnliche Stimme der Moderatorin folgte ihm auf seinem nackten Marsch ins Bad.

Nach dem Zähneputzen ging er ins Wohn- und Schlafzimmer zurück. Die Sprecherin verwies auf die nächste Musiknummer; Andreas tänzelte über die Trümmer der unvollendeten Wohnungsauflösung; dabei grinste und pfiff er.

Während er die verstreuten Kleidungsstücke einsammelte, begann er sogar zu singen. Schließlich ging er zum Nachttisch, auf dem bis vor etwa fünfzig Stunden der elektrische Wecker und ein kleineres Schmuckkästchen seiner Frau gestanden hatten. Dort blieb er einen Moment stehen und belächelte die rechte, unbenutzte Hälfte des Betts.

Dann betrachtete er, beinahe irritiert, seine linke Hand, streifte den Ehering vom Finger und legte ihn auf die Platte des Nachttischs. »Möglicherweise«, murmelte er, »werde ich ihn versetzen müssen. Große Klasse.«

Immer noch unbekleidet öffnete er das große Fenster neben dem Eßtisch. Die kurzsichtige ältere Dame im Haus jenseits des Gartens winkte ihm; sie schälte am offenen Küchenfenster Kartoffeln. Andreas winkte zurück. Dann hüpfte er in die kleine Küche. Er fand noch einen Rest gemahlenen Kaffees, füllte die Kaffeemaschine mit Wasser, schüttete Kaffee in den Filter und schob zwei Scheiben Weißbrot in den Toaster. Dann brach er ein kleines Stück von einer weiteren Scheibe ab, versah es mit dick Butter, Leberpastete, Senf und einem Tupfer Marmelade und ging damit zurück ins Zimmer.

Neben dem Tisch hockte auf einer Mahagonistange der alte zerzauste Rabe, an dem Andreas hing und um dessen Aussehen, Eß- und Lausegewohnheiten es zuletzt immer häufiger Streit mit Madame gegeben hatte. Der Rabe hob ein Bein, legte den Kopf schief und sah mißtrauisch drein.

»Morgen, Poe!«

Poe fraß fast alles, am liebsten Dinge, bei denen harmlose Zuschauer entweder mit Neid (Kaviar und Schnecken *à la bourguignonne)* oder mit Würgen kämpften (etwa bei gebratener Blutwurst mit süßer Sahne). Der Rabe schielte auf das Brotstückchen mit Leberpastete und Garnierung, dann auf Andreas' Zehen. Schließlich ließ er sich dazu herab, seinen Ernährer direkt anzusehen.

»Lümmel!« krächzte er. Andreas hielt ihm das Brot hin. Mit einem Schnabelstreich nahm Poe sein Frühstück in Besitz.

Als der Kaffee fertig war, hatte Andreas sich zu einer leichten hellen Leinenhose aufgerafft und Post und Zeitung aus dem Briefkasten geholt. Es war köstlich, bei lauter Musik aus dem Radio zu frühstücken und dabei zu lesen, ohne sich deswegen dauernd rechtfertigen zu müssen. Zwischendurch blickte er auf den Stuhl an der anderen Seite des Tisches.

Nachdem er die Sportseite studiert hatte, wandte er sich der Post zu. Die Telefonrechnung, zwei Werbedrucksachen, ein großer Umschlag mit dem Aufdruck seiner bisherigen Firma – vermutlich seine restlichen Papiere – und eine Ansichtskarte aus Südfrankreich. Von einer alten Bekannten. Eigentlich war die Bekannte eine alte Freundin seiner Frau, und zuerst hatte er sie überhaupt nicht leiden können. Dann hatte seine Frau darauf gedrängt, daß er sie schätzen lerne. Schließlich hatte er herausgefunden, daß sie tatsächlich ganz sympathisch war.

Worauf Irene beschloß, das sei eigentlich schon zu viel. Auch darüber hatte es Krach gegeben. Die Karte war adressiert an »Irene u. Andreas Goldberg«; eine Anschrift, die nicht mehr existierte. In einem Nebensatz auf der Karte war zu lesen, daß die gute Sarah sich in der Provence von ihrer »Chaosbeziehung« endgültig zu erholen gedachte. »Na so was«, murmelte er.

Inzwischen hatte Poe sein Frühstück beendet und flatterte durch den Raum. Dann ließ er sich auf der bloßen Schulter seines Herren nieder. Dort begann er, sanft aber eindringlich, mit seinem Schnabel in Andreas' Ohr Streicheleinheiten zu suchen und zu verteilen. Als Andreas ihn nach einer Weile fortjagte, protestierte der Rabe mit dem Ausruf »Rübensau!« Während er zur Stange zurückflatterte, klingelte das Telefon.

Andreas wanderte in die halb leergeräumte Diele. Beim fünften Klingeln nahm er den Hörer ab und meldete sich. »Goldberg.«

»Morgen Andy. Hier Irene.« Pause. »Wie, eh, gehts dir?«

»Ausgezeichnet.«

»Ach, wirklich?«

»Ja, sicher. Warum denn nicht? Es ist doch ein herrlicher Tag...«

»Na ja, schließlich liegt man nicht jeden Tag in Scheidung...«

»Übernimmst du außer diesen juristischen Fachausdrücken noch was von Robert?«

Sie schluckte. »Geht dich das was an?«

»Nein, glücklicherweise nicht mehr. Und glücklicherweise bin ich nicht für deinen Geschmack zuständig, was Nachfolger angeht.«

»Bitter?«

»Nein, süß. Ich hab grad ein Brot mit Kirschmarmelade gegessen. Im Moment wisch ich mir die Finger an der Hose ab. An der hellen, weißt du.«

»Okay«, sagte sie, kühl und geschäftsmäßig. »Zur Sache. Ich hab noch ein paar Dinge in der Wohnung. Die kann ich im

Moment nicht unterbringen. Können sie noch ein paar Tage liegenbleiben?«

Andreas grinste in die Muschel. »Sicher, solange ich noch hier bin.«

»Was heißt denn das?«

»Tja, ohne meine dynamische, gutverdienende Frau kann ich mir diese Luxuswohnung nicht mehr leisten. So viel Arbeitslosengeld werd ich wohl nicht kriegen...«

»Aber du kannst doch bestimmt sofort einen neuen Job haben, bei deiner Qualifikation?!«

»Können kann ich schon, ich weiß nur im Moment nicht, ob ich sofort wollen möchte.«

»Aber wieso denn? Stimmt das etwa nicht, daß die Firma pleite ist? Hast du etwa gekündigt?«

Er lachte. »Nein, nein. Die Firma ist pleite, und zwar ist sie genau zum passenden Zeitpunkt pleite gegangen. Ich werde mir jetzt ein bißchen Zeit nehmen, um über dies und jenes nachzudenken. Außerdem kann ich mal ein Buch lesen. Oder versuchen festzustellen, warum ich dich eigentlich früher für liebenswert gehalten habe. Wenn ich was rauskriege, sage ichs Robert. Vielleicht kann er es nutzbringend vergeuden. Übrigens, Grüße von Sarah.«

Eisige Pause. »Aha. Hab ichs mir doch gedacht. Und du hast immer so getan, als ob nichts wäre. Meine alte Freundin...«

»Alles Quatsch. War nie was und ist nix. Sie hat eine Postkarte aus der Provence geschrieben, an uns beide. Liebe Grüße aus dem Urlaub im sonnigen Südfrankreich. Bäh.«

Irene murmelte irgend etwas; dann seufzte sie. »Na schön, mit dir kann man offenbar heute nicht vernünftig reden. Am besten fährst du gegen einen Baum. Ich besuch dich dann im Krankenhaus.« Damit hängte sie ein.

Andreas legte sanft auf und ging grinsend ins Zimmer zurück. In einem Bücherregal stand ein Foto, das sie zurückgelassen hatte. Es zeigte Irene und Andreas im ersten Lenz einer hoffnungsvollen jungen Liebschaft. Nachdenklich betrachtete er das Bild. Die liebe Irene. Jetzt war sie achtundzwanzig, drei Jahre jünger als er, und seit der Aufnahme vor etwa vier Jahren hatte sie sich kaum verändert. Blond, schlank und dynamisch; Besitzerin einer Top-Boutique im Bonner Stadtzentrum, für die ganz Armen. Daneben stand er; er fühlte sich nicht viel älter als damals. Prüfend betrachtete er die langen braunen Haare, die er damals getragen hatte. Jetzt waren sie viel kürzer; Irene war modebewußt. Den Tatarenschnurrbart hatte er mit Nägeln und Zähnen verteidigt, und zugenommen hatte er auch nicht. Vielleicht hatten sich zwei oder drei Linien in seinem eher hageren Gesicht angesiedelt, aus dem Berufsleben oder der Eheveranstaltung. Die Muskeln waren allerdings nicht mehr so stramm wie zur Zeit der Aufnahme; in den letzten Monaten, als sich das Konstruktionsbüro und die Ehe dem jeweiligen Ende näherten, war er kaum noch zum Schwimmen oder Tennis gekommen.

Sorgfältig löste er das Foto aus dem Rahmen und ging zum Tisch. Das Feuerzeug schien ihm in diesem Fall stillos. In der Küche fand er Streichhölzer. Als noch etwa ein Drittel des Bildes zu sehen war, fischte er aus einem Kästchen auf der Fensterbank eines jener schwarzen Zigarillos, die Irene »ekelhafte Stinkmorcheln« zu nennen pflegte. Er zündete es mit dem Rest des Fotos an; dann warf er das unansehnliche Dokument eines Irrtums in den Aschenbecher.

Mit Poe auf der Schulter verließ er eine halbe Stunde später die Wohnung. Im Parterre überfiel ihn die Frau des Vermieters. Sie mußte im Hinterhalt gelegen haben.

»Guten Morgen, Herr Goldberg«, flötete sie. »Haben Sie heute frei? Und wie geht es Ihrer Frau? Ich hab sie ja heute noch gar nicht gesehen.«

Andreas lächelte freundlich. »Guten Morgen, liebe Frau Fischer. Wie gehts denn Ihrem Mann? Ich hab ihn ja heute noch gar nicht gesehen.«

Herr Fischer, ein pensionierter Postbeamter, führte immer zwischen halb zwölf und eins mit der Zuverlässigkeit einer

Stechuhr seinen Dackel spazieren, in eine nahegelegene Kneipe. Dort trank der Hund regelmäßig einen Napf Wasser. Was auch erklärt, daß Herr Fischer meistens müde zum Mittagessen erschien und streng roch. Die umfangreiche Wirtin schob eine Strähne aus der Stirn, verschränkte die Hände unter der Schürze und legte den Mund in weinerliche Wellen.

»Ach, er ist mit dem Felix unterwegs, Sie wissen schon.«

Bevor sie ihre Fragen wiederholen konnte, legte Andreas die Hand auf den Knauf der Haustür. »Na, er wird schon wiederkommen«, sagte er. »Was ich von meiner Frau nicht hoffe. Die Firma ist pleite, ich bin arbeitslos, mir geht es ausgezeichnet, und ich möchte hiermit zum nächstmöglichen Termin kündigen. Das kriegen Sie aber noch schriftlich. Wiedersehen.«

Mit gelassener Seele und ruhiger Hand lenkte Andreas seinen alten Diesel quer durch die Stadt. Poe hüpfte auf dem Beifahrersitz hin und her und brabbelte unverständliches Zeug. Wie der Rabe und etliche andere Dinge, so war auch der Wagen stets ein Objekt des Streits gewesen: »Er stinkt bestialisch nach Diesel/er ist unmodern/er ist langsam/kannst du dir nicht mal was Schnittigeres zulegen/und so weiter. Waschen könntest du ihn auch mal wieder, wenigstens.«

In einem Dorf auf der anderen Seite des Rheins lebte Großvater Goldberg. Seit seine Eltern, zu denen er kein besonders gutes Verhältnis gehabt hatte, vor Jahren bei einem Flugzeugabsturz ums Leben gekommen waren, war der Großvater Andreas' einziger erwähnenswerter Verwandter. Ein alter Schuster, nun 76 Jahre alt, der in den Bergen östlich von Bonn, am Übergang zum Westerwald, in den vergangenen Jahrzehnten einen alten Fachwerkhof schnuckelig ausgebaut hatte und dort mit einer erstaunlichen Sammlung toter Tiere und lebender Weine hauste.

Als Andreas die Küche betrat, rührte der alte Mann in der Pfanne herum.

»Hunger?«

»Nein, eigentlich hab ich gerade erst gefrühstückt. Was gibts denn?«

In der Pfanne entstand eine undefinierbare, köstlich duftende Tunke. Hermann Goldberg wies mit dem Kopf auf den Backofen, in dem Andreas nur Folie erkennen konnte.

»Braune Forellen.«

Andreas nickte. »Also, wenn was abfällt.«

»Hm.«

Die nächsten Minuten verbrachten sie schweigend. Der alte Goldberg zog aus einem Wandschrank selbstgebackenes Weißbrot hervor; mit einer Kopfbewegung schickte er Andreas in den nicht ganz tiefgelegenen Weinkeller. Andreas wählte nicht lange aus; sein Großvater kannte ein paar Winzer an der Mosel, die sich weigerten, ihre gesamte Ernte zu zuckern. Mit einer Riesling-Spätlese '76 kehrte er in die Küche zurück. Sein Großvater brach in einen vollständigen Satz des Entsetzens aus.

»Braune Bachforelle und '76er Spätlese! Viel zu schwer. Dazu nimmt man einen Gros Plant oder Muscadet oder so. Höchstens nen angeschnibbelten Weißklevner. Pah.«

Andreas verzichtete darauf zu fragen, was ein angeschnibbelter Weißklevner sei. Der Großvater nahm die Flasche und verschwand in schweigender Empörung.

Andreas war einige Monate nicht mehr bei seinem Großvater gewesen und hatte das Gefühl, irgend etwas habe sich verändert. Die Bohlen knarrten wie immer. Auf dem massiven Eichentisch lag eine rotweißkarierte Tischdecke, die fast bis zur Hälfte der gedrechselten Beine hinabreichte. Vielleicht war die Decke neu, aber das war es nicht. Auch nicht die Lampe, die zwischen den schweren Tragebalken baumelte. Der Wandschrank, der alte Bauernschrank mit der verzierten Tür, hinter der sich Geschirr befand – kopfschüttelnd bemerkte Andreas endlich neben der Tür zum Flur einen kleinen Getränkekühlschrank, der dem Knurren nach mit Volldampf arbeitete. Er hob die Klappe und sah hinein – mehrere Vögel und eine Kreuzotter. Er schüttelte sich und schloß die Klappe wieder.

Hermann Goldberg kam zurück, in der Hand eine Flasche eines zwei Jahre alten Sancerre.

»Oder so was«, knurrte er, während er die Flasche geräuschlos entkorkte. Andreas betrachtete die von dicken Adern gemusterten Hände, die immer noch zu Feinarbeit fähig waren. Er schnitt ein paar Scheiben von dem frischen Weißbrot ab, holte Knoblauchbutter aus dem Wandschrank und suchte Gläser, während sein Großvater den Fisch auflegte.

Nach einigen Gabeln strich der alte Mann graue Haare hinter das linke Ohr und betrachtete seinen Enkel. »Nix zu tun?«

»Ich mach heut blau. Keine Lust.«

»Hm.«

Nach dem Essen holte der Alte Schachbrett und Figuren – selbstgeschnitzt, aus schwerem rötlichen Holz, das Andreas nicht identifizieren konnte, und mit wundervoller Maserung – aus einer Schublade.

»Hm?«

»Sicher.«

Der Großvater überließ Andreas das Aufbauen der Figuren und holte einen irdenen Tabakstopf und mehrere Pfeifen aus einem anderen Zimmer. Andreas nahm die angebotene Pfeife schweigend an, was er seit langer Zeit nicht mehr getan hatte. Gegen halb drei begannen sie mit der ersten Partie. Nach der zweiten Partie und Flasche blickte Andreas auf die Uhr; es war kurz vor sechs, und er hatte beide Partien verloren. Aber gute Partien, die zu verlieren mehr Spaß macht als mancher Sieg.

Hermann Goldberg lehnte sich zurück und stieß eine dicke Rauchwolke aus. Dann legte er die Pfeife auf den Tisch und richtete den Zeigefinger drohend auf Andreas.

»Also: Ihr habt euch getrennt, und du hast gekündigt.«

Andreas zuckte zusammen. »Jein. Getrennt, und die Firma ist pleite. Kommt aber aufs gleiche raus. Bloß: Woher weißt du das?«

Der Großvater grinste. »Völlig klar. Irene hat dir immer die Pfeife madig gemacht, weil man dann stinkt. Wenn du nicht irgendwas Dickes auf dem Herzen hättest, hättest du mir längst irgendeinen seichten Unsinn erzählt. Drittens hast du lausig gespielt. An irgendwas gedacht, was dir nicht unangenehm ist. Viertens fehlt an deinem Finger der Ring.«

»Volltreffer, Großvater. Irene ist vorgestern nach einem letzten fetten Krach ausgezogen, ich hab gestern zum letzten Mal bei Schmitz gearbeitet. Pleite.«

Der alte Mann holte die nächste Flasche. Während er sie entkorkte, musterte er seinen Enkel scharf über die markante Nase hinweg. »Und jetzt?«

»Was weiß ich? Zuerst bin ich mal ledig und arbeitslos. Ich hab nicht vor, daran sehr schnell was zu ändern.«

»Gut so. Würd mich freuen, wenn was von deiner Freizeit hierbleibt.«

Andreas nickte und stopfte sich die nächste Pfeife. Seine Zunge würde sich am nächsten Morgen anfühlen wie ein empfindsames Waschbrett. Aber das spielte keine Rolle.

Plötzlich fiel ihm ein, daß er etwas Wichtiges vergessen hatte. Er blickte auf die Uhr. »Gerade noch Zeit«, sagte er.

Der Großvater blickte ihn fragend an.

»Ah, ich hab was vergessen, nen Termin morgen früh. Geld, weißt du, Versicherung und Bank und so was. Vor zwei Wochen festgemacht. Entweder muß ich den morgen früh absagen oder noch kurz mit Irene sprechen. Wenn ich Glück hab, ist sie noch im Laden. Wo ist das nächste Telefon?«

Der alte Mann hatte sich immer geweigert, sinnlose Dinge wie ein Telefon oder einen Kühlschrank anzuschaffen; Andreas hatte bereits heimlich gehofft, mit dem – wie auch immer zweckentfremdeten – kleinen Kühlschrank sei vielleicht auch ein Telefon ins Haus gekommen. Der Großvater deutete mit dem Pfeifenstiel in die ungefähre Richtung der Bundesstraße.

»Wenn du hinkommst, links, ungefähr vier Kilometer.«

Andreas nickte und erhob sich. »Bin gleich wieder da.«

Mit einigermaßen schlechtem Gewissen stieg er in seinen Wagen. Auf der kurzen Strecke würde wohl kein Ortssheriff mit Blaseröhrchen lauern. Er hatte Glück, führte ein kurzes Gespräch mit Irene und fuhr wieder zurück.

»Hm?«

»Ich treff sie morgen ganz früh in ihrer derzeitigen Wohnung.«

»Hm?«

»Ein Jurist, Anwalt.«

»Hm!«

Andreas grinste; er kannte und teilte die Meinung seines Großvaters über Juristen. Er setzte die gestopfte Pfeife in Brand.

»Großvater«, sagte er paffend, »du hast Irene nie so richtig gemocht, oder?«

Der Alte schüttelte den Kopf. »Hab gedacht, vielleicht ändert sie sich noch. Hat sie aber nicht. War zu – eh, stromlinienförmig. Kein Windwiderstand. Klar, sie weiß, was sie will. Karriere. Geld. Ansehen. Mode. Wollte sie immer schon, hast du aber nicht kapiert, Trottel. Dir gings um Streicheln, Wärme und Persönlichkeit, eh? War nix, Junge.«

»Warum hast du mir ...«

»Wenn ich was gesagt hätte, hättst dus geglaubt?«

»Nee.«

»Eben.«

Sie spielten noch viele Partien und leerten noch mehrere Flaschen. Irgendwann nachts, in einem knarrenden Bett, erwachte Andreas und starrte an die niedrige Decke. Der Morgenstern trieb schon sein Unwesen, und das mattgraue Licht zeichnete Gaukler auf die Wände. Da kicherte Andreas und fühlte sich wohl. Und während er noch überlegte, weshalb er wohl gekichert hatte, schlief er schon wieder ein.

Kurz vor sechs, als er seinen Großvater in der Küche rumoren hörte, stand er auf. Die Sonne war noch nicht aufgegangen, aber es war schon fast hell und klar. Es würde wieder ein sehr schöner Herbsttag werden. Nach einem schnellen Kaffee und einer Scheibe Weißbrot mit Butter und Honig brach Andreas auf. Poe, der die Nacht in einem Haufen Holzwolle verbracht hatte, war unwirsch. Sein Frühstück hatte nur aus Brot und Käse bestanden. Wahrscheinlich fehlte ihm der Kaviar. Fröhlich pfeifend, später ganz in erfreuliche Gedanken versunken, fuhr Andreas eine Weile kreuz und quer über Landstraßen, durch ihm unbekannte Dörfer, Berge hinauf und wieder hinunter, durchquerte grüne Täler, überfuhr einmal beinahe ein Schaf. Irgendwo tankte er seinen Wagen nach, winkte dem Tankstellenpächter oder -besitzer freundlich zu und fuhr weiter.

Gegen halb neun fand er in der Nähe der Wohnung des Juristen einen Parkplatz. Er lief, mit Poe auf der Schulter, durch die morgenstille Straße der Bonner Nordstadt. Irene, dachte er dabei spöttisch, wird sich freuen, wenn ich das liebe Tier zum Rendezvous mitbringe.

Im Parterre eines stattlichen Altbaus mit gepflegter Jugendstilfassade betrieb Robert zusammen mit zwei Kollegen eine Anwaltspraxis samt Notariat. In der ersten Etage wohnte einer der Kollegen, in der zweiten er, und mit ihm neuerdings Irene.

Vor der Haustür standen zwei uniformierte Polizeibeamte. Andreas wollte an ihnen vorüber. Sie hielten ihn auf.

»Wer sind Sie bitte?« fragte einer.

Andreas nannte seinen Namen, verwundert. Die beiden Männer nickten einander zu.

»Herr Goldberg«, sagte der linke, irgendwie ernst, »begleiten Sie uns bitte. Es handelt sich um eine Identifizierung.«

II

Irene betrachtete noch einen Moment den Apparat, nachdem das unerfreuliche Morgengespräch mit Andreas beendet war. Dann schüttelte sie den Kopf und ging ins Bad, um sich fertigzumachen. Alles sah noch ein wenig wüst aus. Roberts Wohnung war zwar geräumig und bis zu ihrem überfallartigen Einzug relativ leer gewesen, aber innerhalb weniger Stunden läßt sich ein halber Haushalt nicht befriedigend einräumen.

Sie dachte, während sie sich anzog, an die vielen kleinen Dinge, derentwegen die Sache schiefgelaufen war. Einen richtig großen Grund hätte sie nicht nennen können.

Sie bezweifelte auch, daß Andreas mehr als addierbare Kleinigkeiten aufzählen könnte. Obwohl es heiß war, fror sie einen Augenblick in dem Badezimmer mit der hohen Decke und den weißen Wänden. Es kam ihr fremd vor. Lächerlich, dachte sie, dabei hatte sie schon so oft in den letzten Monaten hier, in dieser Wohnung, die Nacht verbracht und in diesem Bad getan, was man in einem Bad gemeinhin tut. Sie dachte an die Annehmlichkeiten eines weitläufigen Altbaus mit Stuckdecken und an Robert, der schon seit zwei Stunden zwei Etagen tiefer bei der Arbeit war. Er hatte eine wichtige Verabredung um neun Uhr gehabt. Sie dagegen hatte sich den Luxus erlaubt, einmal richtig auszuschlafen. Sie dachte, während sie dezentes Make-up auftrug und dabei zufrieden ihr ovales Gesicht mit den geschwungenen Brauen und den vollen Lippen betrachtete, an die vergangene Nacht mit Robert, an die Mischung aus Zurückhaltung und Technik. Es haftete dem Beilager, dachte sie spöttisch, etwas Juristisches an. Präambel, Erlaß, Ausführungsvorschrift, Nachtrag. »Wahnsinnig aufregend«, murmelte sie. Dann schalt sie sich in Gedanken ein dummes Huhn. Abwarten, gewöhnen, und außerdem alles selbst eingebrockt.

Unzufrieden verließ sie die Wohnung. Sie wußte, daß ihr nichts mehr an Andreas lag, nahm an, daß umgekehrt das gleiche galt, und ärgerte sich darüber, daß sie die Jahre und Gemeinsamkeiten nicht wie eine welke Pflanze ausreißen und vergessen konnte. In dem alten Treppenhaus klangen ihre Schritte fremd.

Auf der Straße brauchte sie einen Moment der Orientierung im gleißenden Mittagslicht. Endlich fand sie die Sonnenbrille in ihrer Handtasche. Die abends so belebte Nordstadt mit den zahllosen Kneipen wirkte ausgestorben. Die wenigen Geschäfte konnten das Treiben der Abende nicht ersetzen. Mit energischen Schritten, wie um sich selbst von der Dringlichkeit ihrer Absichten und der Festigkeit ihrer Seele zu überzeugen, ging sie in Richtung Zentrum.

Ihre Boutique erreichte sie gerade noch rechtzeitig, um der Verkäuferin beim Zuschließen zuzusehen.

»Hallo Sylvia«, sagte sie. »Wie wars denn heute?«

»Hallo Irene. Ruhig. Bei dem tollen Herbstwetter sind die Leute wahrscheinlich im Grünen. Oder im Büro. – Du siehst ein bißchen müde aus.«

»Bin ich aber nicht. Ich hab gut geschlafen.«

Sylvia lächelte. »Das heißt nichts. Ich meine, das kommt ganz drauf an ...«

Irene lächelte zurück. »Komm«, sagte sie, kurz entschlossen, »ich lad dich ein.«

Am vergangenen Tag hatte Sylvia die Boutique allein gehütet. Die Frauen waren einigermaßen miteinander befreundet. Sylvia wußte in Umrissen über ihr Privatleben Bescheid. Die abgebrochene PH-Studentin, ein hübsches, dunkelhaariges Mädchen, ließ sich mit dem Rücken zum Alten Rathaus, über dem die Sonne fast senkrecht stand, vor einer Crêperie nieder.

»Na?« fragte sie. »Was Neues?«

Irene studierte kurz die Speisekarte, die sie nach drei Jahren in der mittelbaren Nachbarschaft fast auswendig kannte.

»Nicht direkt.«

Sie schwiegen, bis sie bestellt hatten. Irene lehnte sich

zurück, betrachtete Sylvia und zündete sich eine leichte Zigarette an.

»Eigentlich überhaupt nichts Neues. Reicht aber auch im Moment«, sagte sie dabei.

Sylvia war anscheinend neugierig. »Wie wars denn?«

»Was?«

»Na, die beiden ersten Nächte im neuen Heim.«

Irene inhalierte tief und hustete. »Ganz angenehm.« Sie kniff die Augen zusammen, weil sie in die Sonne sehen mußte.

»Ist das alles?«

Irene rümpfte die Nase. »In der Sonne und ohne Wind kann mans hier draußen noch gut aushalten, nicht? Immerhin haben wir Mitte Oktober.«

Der Nachmittag im Laden verlief einigermaßen ereignislos. Kurz nach fünf klingelte das Telefon. Irene schüttelte den Kopf. Sylvia ging an den Apparat und meldete sich mit dem Namen der Boutique. Dann sagte sie »Moment bitte!« und hielt Irene den Hörer hin.

Irene stand auf, kam durch den Raum und nahm an. »Ja?« Sie lauschte eine Weile und verzog das Gesicht, schließlich sagte sie: »Na ja, wenn das sein muß. Schade, ich hatte gedacht, wir könnten vielleicht irgendwas unternehmen. Schön, dann werd ich ein bißchen aufräumen. Bis irgendwann um Mitternacht.«

Damit hängte sie ein.

»Robert hat schon wieder eine von diesen späten Verabredungen«, sagte sie mürrisch.

»Hat er das öfter?«

»In den letzten Wochen so im Schnitt zwei- bis dreimal. Er meint, es könnte was Größeres werden und er könnt mir nichts sagen. Wär diskret und geheim und wichtig und so, aber wenns was würde, würds ein dicker Knaller. Mir wär lieber, er hätt ein bißchen mehr Zeit.«

»Was soll das heißen, Knaller? Ich mein, bei nem Anwalt. Bei nem Reporter, okay, aber was hat Robert mit Knallern zu tun?« Sie kicherte und setzte hinzu: »Ich hab nie den Eindruck gehabt, daß es bei ihm richtig knallt, was auch immer. Entschuldige.«

Irene hob die Brauen.

Gegen sechs Uhr klingelte das Telefon erneut. Wieder ging Sylvia an den Apparat, und wieder war es für Irene.

»Wer?« fragte sie, während sie durch den Raum kam.

»Andreas.«

»Aha. – Ja, hier Irene. Was ist los?«

Sie lauschte, nickte und murmelte ein paarmal »Ja«. Schließlich sagte sie: »Okay, wenn du es heute nicht schaffst, dann morgen früh. Ich bin so ab acht auf. Bis dann. Tschüs.«

Sylvia war wieder neugierig, und Irene hatte die kurze Mißstimmung von vorhin offenbar wieder vergessen.

»Was Wichtiges?«

»Na ja, wie mans nimmt. Er hatte vor ein paar Wochen für morgen früh einen Termin mit einem Bankmenschen gemacht, wegen Papieren und Versicherungen und so. Hatte sich deshalb extra für morgen frei genommen, lange im voraus. Jetzt spielt das ja keine Rolle mehr ...«

»Wieso spielt was keine Rolle mehr?«

»Na, das Freinehmen. Er ist arbeitslos. Die Firma, bei der er war, ist pleite. – Jedenfalls ist morgen der Termin, und da ist natürlich noch einiges zu regeln, mit unseren Sachen, meine ich. Einiges läuft ja auf meinen Namen, obwohl beide dran beteiligt sind. Sachen, bei denen ich wegen des Geschäfts bessere Zins- oder Steuerkonditionen kriege als er. Da müssen wir natürlich sehen, was wir damit jetzt machen.«

Sie starrte einen Moment ins Leere.

»Merkwürdig, all die Trümmer nach ein paar Jahren«, sagte sie dann. »Meine Lebensversicherung, zum Beispiel. Wenn mir was passiert, kriegt er das Geld, und umgekehrt. Das müssen wir jetzt natürlich ändern. All dieser Papierkram.«

Pünktlich um halb sieben machte Irene den Laden zu.

»Sag mal.« Sie wandte sich an Sylvia, vor der Boutique.

»Macht es dir was aus, morgen noch mal den Vormittag allein zu sein? Ich weiß nicht genau, wann Andreas diesen Termin hat und wie schnell wir mit unseren Sachen klarkommen.«

Sylvia schüttelte den Kopf. »Macht mir nichts aus.«

»Schön. Dann bis irgendwann morgen mittag.«

»Tschüs. Räum schön auf.«

Irene hatte keine Lust, noch etwas zu unternehmen oder jemanden zu sehen. In Roberts Wohnung machte sie sich ein paar Spiegeleier, Toast, einen Topf Tee. Langsam und zerstreut aß sie, bis sie merkte, daß alles schneller kalt wurde, als sie es verzehrte.

Danach räumte sie noch halben Herzens einen Teil ihrer bisher herumliegenden Sachen weg. Schließlich schaltete sie den Fernseher ein. Irgendwann kurz vor Mitternacht ging sie ins Bett. Sie war noch wach, als Robert kam. Er war zu müde, um noch viel zu essen oder zu reden. Als sie einschlief, schnarchte er bereits leise.

III

»Ziegler. Bitte nehmen Sie Platz, Herr Goldberg.«

Andreas setzte sich wortlos. Er stand noch unter dem Eindruck der gräßlichen Bilder.

Der Kommissar betrachtete ihn prüfend. Irgendwie nahm Andreas einen mittelgroßen Mann mit grauem Haar, Geheimratsecken und einem gekerbten Gesicht wahr. Jemand brachte Kaffee. Andreas nahm einen Schluck und rauchte eine Zigarette, von der er nichts schmeckte.

Ziegler räusperte sich und blickte auf die Uhr. Es war kurz nach zehn. »Herr Goldberg«, sagte er halblaut, »es tut mir leid, aber wir konnten es Ihnen nicht ersparen.«

Andreas nickte und zündete sich mechanisch eine weitere

Zigarette an. Er sah alles wie durch Milchglas und hörte wie durch Watte. Vier Schußwunden.

»Darf ich Ihnen trotzdem einige Fragen stellen?«

Er nickte.

Ziegler musterte ihn skeptisch, als erwarte er nicht allzuviel von der Befragung. »War Ihre Frau häufig in dieser Wohnung?«

»Wir waren dabei, uns zu trennen. Sie ist vor zwei Tagen zu ihm gezogen.«

Ziegler runzelte die Stirn. »Wer ist ›ihm‹?«

»Robert Naumann.«

»Kannten Sie ihn gut?«

»Flüchtig. Aus Kneipen.«

»Sie waren nicht befreundet?«

»Nein. Irene hat natürlich von ihm erzählt, aber sonst kenne ich ihn nicht weiter.«

Ziegler spielte mit einem Bleistift. Andreas starrte wie hypnotisiert auf das Schreibinstrument.

»Herr Goldberg, Ihre Vermieterin hat ausgesagt, Sie seien arbeitslos.«

»Ja. Meine Firma hat pleite gemacht. Konstruktionsbüro Schmitz.« Er leierte die Adresse herunter. Ziegler notierte. Auf dem Gang außerhalb des Zimmers hörte Andreas eine Stimme, die ihm bekannt vorkam. Jemand wurde verabschiedet und verließ das Gebäude. Es war die Stimme von Sylvia, der Verkäuferin. Ein Beamter in Zivil trat ein, ging zu Ziegler, gab ihm einen Zettel und deutete auf etwas.

Ziegler las schnell und konzentriert. Er pfiff durch die Zähne. Dann sah er Andreas an, und in seinen Augen war ein neuer, fast liebevoller Ausdruck.

»Herr Goldberg«, sagte er langsam, »die Informationen, die ich hier habe, sind so schwerwiegend, daß ich Sie darauf aufmerksam machen muß, daß Sie nicht verpflichtet sind, Aussagen zu machen. Wünschen Sie einen Anwalt hinzuzuziehen?«

Verständnislos starrte Andreas ihn an. »Wozu soll ich einen Anwalt hinzuziehen? Ich verkehre nicht mit Juristen. Außerdem habe ich nichts zu verbergen.«

Ziegler sah ihn scharf an. »Na schön, wie Sie meinen. Also: Ihre Frau hat Sie vorgestern verlassen?«

»Nein. Inzwischen sind es drei Tage. Und sie hat mich nicht verlassen; wir haben uns darauf geeinigt, daß sie auszieht.«

Ziegler machte eine Handbewegung. »Sie sind arbeitslos und haben gestern mündlich Ihre Wohnung gekündigt. Darf ich wissen, warum?«

»Die kann ich mir jetzt kaum leisten.«

»Haben Sie finanzielle Sorgen?«

»Wer hat die nicht? Nun, Sorgen würde ich nicht direkt sagen. Das hängt alles davon ab, wie schnell ich wieder einen Job kriege. Oder wie schnell ich wieder einen Job haben will.«

Ziegler grunzte. »In der augenblicklichen Wirtschaftslage kommt es dabei wohl weniger auf Ihren Willen an, oder?«

Andreas zuckte mit den Schultern. »Das wird sich herausstellen.«

Ziegler trommelte auf den Schreibtisch. Der andere Beamte starrte betont desinteressiert aus dem Fenster.

»Was haben Sie letzte Nacht gemacht?«

Andreas lachte. »Wollen Sie ein Alibi von mir? Na schön, sollen Sie haben. Ich habe gestern meinen Großvater besucht und bin am frühen Nachmittag bei ihm eingetroffen. Wir haben gegessen, getrunken und Schach gespielt. Da ich etwas zu viel getrunken hatte und es außerdem schon ziemlich spät war, habe ich bei ihm übernachtet. Heute morgen kurz nach sechs habe ich ihn verlassen. Ich bin nach Bonn gefahren und wollte zu einer Verabredung mit meiner Frau, meiner demnächst Ex-Frau. Mein Gott, Gott hab sie selig. Da wurde ich von Ihren Kollegen erbeutet. Den Rest wissen Sie ja wohl, oder?«

Ziegler nickte. »Wo wohnt Ihr Großvater?«

Andreas nannte die Adresse und fügte hinzu: »Telefon hat er nicht. Sie müssen sich schon persönlich zu ihm begeben.«

»Keine Sorge, das prüfen wir nach. – Haben Sie gestern am späten Nachmittag telefonisch ein Treffen mit Ihrer Frau vereinbart?«

»Ja, das habe ich Ihnen aber schon gesagt; und daß ich heute morgen auf dem Weg zu ihr war.«

Ziegler nickte erneut. »Haben Sie. – Sagen Sie, worum ging es bei dem Treffen?«

»Oh, um die Klärung finanzieller Angelegenheiten.« Er schlug sich vor die Stirn. »Mensch, der Termin. Ich war um zehn Uhr verabredet. Kann ich bitte mal telefonieren?«

Ziegler nickte zum dritten Mal. »Gleich. Nur noch ein paar kurze Klarstellungen. – Ist es zutreffend, daß Vermögen, gemeinsames Vermögen von Ihnen und Ihrer Frau, im allgemeinen auf den Namen Ihrer Frau angelegt ist?«

»Woher wissen Sie das denn?«

Ziegler antwortete mit einer Gegenfrage. »Und Ihre Frau hat wohl eine hohe Lebensversicherung zu Ihren Gunsten abgeschlossen?«

Wie betäubt starrte Andreas den Kommissar an. Er begriff, endlich, was Ziegler von ihm wollte.

»Also, ich fasse zusammen. Ihre Frau verläßt Sie; Sie verlieren Ihre Stelle; Ihnen stehen finanzielle Schwierigkeiten ins Haus. Nennenswertes Vermögen, so weit es existiert, läuft auf den Namen Ihrer Frau. Ferner gibt es eine Lebensversicherung auf den Namen Ihrer Frau, die Ihnen zugute kommt, falls Ihrer Frau etwas zustößt. Vielleicht haben Sie sich mit Ihrer Frau nicht in relativer Eintracht getrennt. Vielleicht wollte Ihre Frau das auf ihren Namen laufende Vermögen nicht teilen. Vielleicht hatten Sie, Herr Goldberg« – Ziegler sprach nun sehr laut und zufrieden –, »ein sehr gutes Motiv, Ihre Frau umzubringen und, warum nicht, den Liebhaber gleich mit.« Er beugte sich vor und brüllte: »Wo waren Sie heute früh?«

»Hab ich Ihnen doch schon gesagt, Mister.«

Ziegler blickte ihn aus zusammengekniffenen Augen an. »Sie haben mir gesagt, daß Sie kurz nach sechs Ihren Großvater verlassen hätten. Angenommen, es stimmt. Ich kenne die Gegend, in der der alte Herr lebt, nicht so genau, aber ich schätze, daß Sie von da aus in etwas mehr als einer halben Stunde, sagen wir, in einer dreiviertel Stunde, in Bonn sein können. Das wäre gegen sieben. Sie kamen aber erst gegen halb neun vor dem Haus an. Wo waren Sie in der Zwischenzeit?«

»Ich... ich bin durch die Gegend gefahren.«

»So«, sagte Ziegler höhnisch, »durch die Gegend gefahren? Welche Gegend denn bitte?«

»Ich weiß nicht. Ich hab irgendwo getankt, aber nicht auf Ortsnamen geachtet.«

Ziegler lehnte sich zurück und verschränkte die Arme vor der Brust. »Sie geben also zu, daß Sie gegen sieben Uhr in Bonn gewesen sind?«

»Nichts. Ich war kurz vor halb neun in Bonn.«

»Stimmen Sie denn meiner Rechnung zu, daß Sie gegen sieben in Bonn hätten sein können?«

Widerwillig räumte Andreas das ein.

Ziegler zog eine Grimasse. »Gegen acht Uhr kam ein dringender Anruf für Herrn Naumann im Anwaltsbüro an. Eine der Sekretärinnen versuchte, das Gespräch in die Wohnung durchzustellen. Keiner ging an den Apparat. Darauf bat sie Herrn Curtius, den Kompagnon, mit einem im Büro vorhandenen Zweitschlüssel zu Naumanns Wohnung zu laufen und Herrn Naumann dringend an den Apparat zu holen. Curtius tat das. Er und Naumann sind alte Freunde, und Curtius hatte Zutritt zur Naumannschen Wohnung, sogar wenn dort, hm, Damen anwesend waren. Um fünf Minuten nach acht Uhr öffnete Curtius die Wohnungstür und rief. Als er keine Antwort erhielt, ging er ins Schlafzimmer. Dort fand er Herrn Naumann und Ihre Frau im Bett vor, erschossen. Die

Obduktion ist noch nicht abgeschlossen, aber der Arzt ist sicher, daß der Tod in beiden Fällen zwischen sieben und halb acht eintrat. Beide Körper waren noch nicht erkaltet.« Ziegler legte den Bleistift auf Andreas an. »Sie, Goldberg, haben ein Motiv: Eifersucht. Und ein zweites: Geld. Sie erben, da die Ehe formell noch gilt, die Boutique samt Inventar, alle Papiere und sonstigen Vermögenswerte. Außerdem fallen Ihnen aus der Lebensversicherung Ihrer Frau hundertfünfzigtausend Mark zu. Sie können nicht entkräften, daß Sie nicht zur Tatzeit hätten am Tatort sein können. Den Beweis werden wir noch erbringen. – Wir werden Sie, mit Ihrem Einverständnis oder ohne dieses, ein Weilchen hierbehalten. Ich nehme an, daß die Ausstellung eines Haftbefehls wegen dringenden Tatverdachts keine Schwierigkeiten machen wird. Sie sind verdächtigt, zwei Personen, die Ihnen bekannt sind, ermordet zu haben. Wenn Sie Glück haben, können Sie sich auf Totschlag im Affekt oder so etwas rausreden. Vielleicht ist Ihre Pistole ja einfach losgegangen, heh? Die meisten Pistolen gehen ja ganz einfach los. Ich kenne kaum einen, der absichtlich schießt, heh? – Wollen Sie uns das Verfahren nicht erleichtern und einfach gestehen? Sie haben doch keine Chance!«

Andreas holte tief Luft. »Nun machen Sie mal nen Punkt«, sagte er energisch. »Ich habe – hatte nichts gegen Robert, bin froh, daß ich nach ewigem Krach endlich nicht mehr mit meiner Frau zusammenleben muß, finanziell geht es mir so schlecht nun auch wieder nicht. Ich habe also keinen Grund, so was zu unternehmen. Ich bin erst um halb neun an Ihrem ›Tatort‹ angekommen, als die beiden, wie Sie sagen, längst tot waren. Ich habe kein Motiv, war zur fraglichen Zeit woanders, und ich besitze keine Pistole. Was soll also dieser ganze Unfug?«

Ziegler betrachtete ihn freundlich. »Das«, sagte er langsam, »werden wir noch rauskriegen. – Was die Pistole angeht: Lieber Mann, wissen Sie, wie viele gestohlene oder nicht gemeldete Pistolen und Revolver in der Bundesrepublik im

Umlauf sind und wie wenige von den Leuten, die sie besitzen, einen Waffenschein haben? Es wäre zwar schön, wenn wir die Tatwaffe vorzeigen könnten, aber trotz allem: Sie haben ein Motiv, auch wenn Sie es leugnen. Sie hatten die Gelegenheit, denn Sie können nicht nachweisen, daß Sie zur Tatzeit nicht in Bonn waren. Für einen Haftbefehl reicht das allemal.«

Andreas zündete sich eine weitere Zigarette an. Seine Finger zitterten. Er inhalierte tief und verschluckte sich. Hustend sagte er: »Okay, selbst wenn alles so wäre, selbst wenn Sie recht hätten – erklären Sie mir doch mal, wieso ich denn nach Ihrer Meinung um halb neun wieder zu dem Haus zurückgehen soll, in dem ich angeblich eine Stunde vorher zwei Leute umgebracht habe? Meinen Sie nicht, ich rechne damit, daß man sie inzwischen gefunden hat? Und laufe trotzdem einfach so Ihren Schupos in die Arme?«

»Herr Goldberg – Sie mußten damit rechnen, daß Ihre Verabredung mit Ihrer Frau einigen anderen Leuten bekannt war, zum Beispiel, um nur eine zu nennen, der Verkäuferin – wie heißt sie gleich? Sylvia Cordes. Also mußten Sie diese Verabredung einhalten. Übrigens sehr geschickt von Ihnen, weil das zunächst einmal für Ihre Unschuld zu sprechen scheint.«

Andreas hob die Hände. »Sie haben sich das offenbar fest in den Kopf gesetzt. Was kann ich tun, um Sie zu überzeugen?«

Ziegler lächelte. »Wenig, schätze ich. Motiv, Gelegenheit und Nutzen, alles ist da. Sie können einen Anwalt hinzuziehen.«

»Na schön, zunächst bleibt mir ja wohl nichts anderes übrig. Was haben Sie jetzt mit mir vor?«

Ziegler sah auf die Uhr. »Ich werde Sie gleich bitten, mit mir eine kleine Fahrt zu unternehmen, und zwar zu Ihrer Wohnung. Wir würden uns da gern ein bißchen umsehen. Zum Richter müssen wir auch noch, außerdem ist zu klären, was mit Ihrem Wagen geschieht, den Sie am Tatort abgestellt haben.«

Andreas murmelte in einem Anflug von Sarkasmus: »Ich habe gegen halb neun die Parkscheibe eingestellt. Ab halb elf bin ich Freiwild für die Politessen. Ich hoffe, Sie werden mir im Fall eines Parkprotokolls ein glaubhaftes Alibi verschaffen.«

Ziegler grinste. »Mal sehen.«

»Ich müßte ein paar Telefonate führen, wenn das möglich ist.«

Ziegler betrachtete ihn mißtrauisch. »Sie brauchen niemanden zu beauftragen, Spuren zu verwischen, etwa in Ihrer Wohnung. Wir haben sie zwar noch nicht geöffnet, aber sie steht unter Bewachung.«

»Das habe ich mir gedacht. Im übrigen habe ich nichts zu verwischen. Sie vergessen: Ich habe nichts getan. Wenn Sie mir mißtrauen, können Sie ja die Telefonate erledigen. Ich sage Ihnen, wen Sie anrufen und was Sie sagen sollen, und Sie können es selbst formulieren. Vielleicht bin ich ja James Bond und verwende Geheimcodes bei meinen Botschaften.«

»Gut. Wen soll ich anrufen?«

»Ich möchte gern, daß jemand meinen Großvater informiert. Dann muß ich – es ist eigentlich ohnehin zu spät, aber Höflichkeit schadet nie – meinen Termin bei der Bank absagen.«

Ziegler nickte und notierte sich die Nummer. Nach dem kurzen Gespräch mit der Bank – Ziegler war diskret; er teilte lediglich mit, daß Herr Goldberg wegen des tragischen Todes seiner Frau zur Zeit unabkömmlich sei – wandte er sich wieder an Andreas.

»Ihren Großvater werden wir persönlich informieren. Was soll mit Ihrem Wagen geschehen, und wer ist jetzt für den Laden Ihrer Frau zuständig?«

»Ach, du liebe Zeit, das auch noch. Na ja, sagen Sie am besten dem Mädchen, sie soll so weitermachen wie bisher. Irgendwann in den nächsten Tagen würde sich jemand drum kümmern.«

Danach nannte Andreas eine Telefonnummer.

Ziegler blickte mißtrauisch auf. »Die Nummer kommt mir bekannt vor. Ist das nicht...« Er nannte den Namen einer Lokalzeitung.

Andreas nickte. »Ich bin mit einem der Redakteure befreundet. Morungen heißt er, Moritz von.«

Ziegler stöhnte. »Nein, muß das sein? Ein lästiger Mensch mit unmöglichen Bekannten.«

»Sollten Sie mich meinen?«

»Was wollen Sie denn von ihm?«

»Fragen, ob er mir einen brauchbaren Anwalt empfehlen kann, sonst nichts. Sie brauchen ihm ja nichts zu sagen.«

Dieser Donnerstag war lang und unangenehm. Als Andreas sich in dem kargen Einzelzimmer, das die Justizadministration für ihn freundlich bereitstellte, auf die Pritsche bettete, war er beinahe froh, zunächst einmal nichts tun zu können noch zu müssen. Schlafen, vielleicht träumen, dachte er, und es kam ihm vor wie ein Zitat. Er vermißte Poe. Der Rabe hatte den größten Teil des Tages in der Obhut einer Polizeisekretärin verbracht, die sich sichtlich vor ihm ekelte und deren Antipathie er mit mehreren Schnabelhieben erwidert hatte, bis man ihn in eine Abstellkammer sperrte. Dort hatte er, dem Vernehmen nach, Akten besudelt und ungebührlich gelärmt. Andreas grinste. Wenigstens der Rabe ließ sich nicht unterkriegen. Abends endlich hatte Großvater Goldberg, der mit Moritz von Morungen erschien und seinem Enkel nur wortlos auf die Schulter klopfte, den Raben mitgenommen. Poe akzeptierte nur wenige Menschen, glücklicherweise gehörte der Großvater zu ihnen. Mit dem immerhin beruhigenden Gefühl, daß er sich nun vorläufig nur um sich selbst zu kümmern brauchte, schlief Andreas endlich ein. Im Einschlafen empfand er das wortlose Schulterklopfen seines Großvaters als unendlich wohltuend und viel hilfreicher denn Moritzens lärmende Redseligkeit.

Und wen hatte der Kommissar gemeint, als er Moritz grimmig anstarrte und sagte: »Schleppen Sie mir bloß nicht diesen widerwärtigen Fettwanst an«?

IV

An diesem sonnigen Samstagvormittag im Oktober saß Matzbach, friedlich schmausend und mit der Welt zufrieden, unter dem geöffneten Fenster im Wohnzimmer. Er trug einen teuren und häßlichen Morgenrock aus reiner Seide, knallgelb, und wackelte gelegentlich mit den Zehen. Ihm gegenüber, in dezenterem Morgengewand – blaßblau –, saß seine Freundin Ariane Binder, Besitzerin der Wohnung. Unter dem kurzen Blondhaar mit beginnender Versilberung war ihr Gesicht in den normalen Relationen der Einzelzüge nicht auszumachen, da sie hemmungslos lachte. Der Schwung des vollen Mundes wurde dadurch überdehnt, doch brachte es die leuchtenden Zähne zur Geltung. Die Wölbung der Brauen mochte übertrieben sein, dafür blitzten die grünen Augen. Ihre schlanken, schmucklosen Finger spielten mit einem schwarzen Zigarillo. Sie hatte ihr Frühstück bereits beendet. Matzbach berichtete mit vollem Mund von den ausgefallenen Zuschriften und seinen teilweise reichlich frechen oder bizarren Antworten. Er hatte die letzten Tage in Klausur verbracht und die nächsten beiden Folgen seiner Kolumne *Fragen Sie Frau Griseldis* in einer namhaften Illustrierten fertiggestellt. Arianes Tochter Evelyn, angetan mit Jeans und T-Shirt, hatte schulfreien Samstag und litt an einem sozialen Schub. Sie wuselte in der Küche herum und bereitete die Köstlichkeiten, die der nach mehreren Tagen intensiver Arbeit ausgehungerte Baltasar schneller verzehrte, als sie herangeschafft wurden.

Begonnen hatte er mit einem kleinen Filetsteak, garniert mit einem Spiegelei, Cornichons und einer Mischung aus zerschnittener Tomate und Zwiebelstückchen, scharf gebraten.

Der zweite Gang des Frühstücks hatte bestanden aus drei sehr krossen Brötchen, dazu drei weichgekochte Eier; die Brötchen mit dick Butter und – in dieser Reihenfolge – Pfälzer Leberwurst, gekochtem Schinken und altem Gouda belegt. Dazu inzwischen etwas mehr als einen Liter Kaffee.

Als Evelyn mit dem dritten Gang, einer Pfanne mit vier Rühreiern, Schinken und *Herbes de Provence*, den Raum betrat, klatschte Baltasar in die Hände.

»Ach ja«, sagte er, »nach den Mühen der vergangenen Tage und den Fährnissen der letzten Nacht, hm, beginnen nun Gram und Ungemach von mir abzufallen. Fast fühle ich mich wieder wie ein Mensch.«

Evelyn stellte die Pfanne auf einen Holzdeckel vor Baltasars Nase. »Reicht das zuerst mal, oder willst du noch mehr?«

Baltasar ergriff einen Holzlöffel und begann, in der Pfanne herumzurühren. »Nein, nein, das reicht einstweilen.« Er schaufelte mit Macht in sich hinein.

Ariane legte ihr Zigarillo in einen Aschenbecher. »Abgesehen von deiner Frechheit beim Beantworten von Herzenskümmernissen«, sagte sie lächelnd, »und bei der Verbindung der letzten Nacht mit Wörtern wie Fährnisse und Ungemach verwundert mich am meisten dein Fassungsvermögen.«

Baltasar grinste; keine leichte Sache mit prallem Mund. Kaum verständlich sagte er: »Die Möglichkeiten des menschlichen Versagens sind zahllos und unüberschaubar. Wenigstens beim Essen kann man mir nichts vorwerfen. Ich betrachte das als eine erfreuliche Einschränkung der potentiellen Unfähigkeiten.«

Als er sein Frühstück beendet hatte, lehnte Baltasar sich wohlig grunzend zurück, schnaufte und zündete sich eine seiner kurzen, schwarzen, stinkenden Zigarren an. »Ah ja«, sagte er in eine Rauchwolke hinein, »oh ho. Hm.«

Ariane kicherte. »Mit anderen Worten, du fühlst dich wohl.«

Baltasar brachte eine Art Lächeln zustande.

»Und jetzt«, sagte Evelyn, »ein Punktstrahler auf dein Gesicht, und wir können eine Geisterbahn aufmachen. Würde einer deiner lieben Freunde sagen.«

Baltasar bugsierte mit Hilfe kreiselnder Mundbewegungen die Zigarre in den rechten Mundwinkel und sprach an ihr vorbei. »Ich halte mir diese lieben Freunde nicht wegen ihrer Wahrheitsliebe, sondern aus reiner Sentimentalität. Schließlich stellen sie eine seltene Spezies dar.«

Ariane schrieb Anweisungen auf einen Zettel und reichte ihn Evelyn. »Da, Tochter. Das sind die Einkaufsvorschläge. Wenn dir noch was einfällt...«

Baltasar nahm die Zigarre aus dem Mund und betrachtete die beiden Frauen nachdenklich. »Merkwürdig. Zuerst bereitet sie das opulente Morgenmahl zur Zerbrechung des Fastens, und jetzt geht sie auch noch einkaufen. Etwa freiwillig? Oder hast du was ausgefressen?«

Evelyn schüttelte den Kopf. »Ich war in letzter Zeit brav wie ein Lämmchen.«

Ariane räusperte sich warnend.

»Dann«, murmelte Baltasar, »gibt es nur noch zwei Möglichkeiten, o Tochter meiner Kebse. Entweder du bist krank und leidest an einer Überdehnung des Gemüts, oder du willst heute abend Mutters Auto klauen.«

Evelyn kicherte und sah Ariane vorsichtig von der Seite an. »Darauf läuft es hinaus.«

Ariane äußerte sich nicht. Evelyn zögerte noch einen Moment, dann stand sie auf.

»Okay, ihr zwei Hübschen«, sagte sie, »dann will ich mal. Bis nachher.«

Als die Tür ins Schloß gefallen war, drückte Ariane ihr Zigarillo im Aschenbecher aus und betrachtete Baltasar prüfend. »Sag mal«, begann sie.

Baltasar hob abwehrend die Hand. »Aber nur, wenn es was Unwichtiges ist.«

»Du warst schon charmanter. Ich entsinne mich einer Rede, die du vor einiger Zeit gehalten hast. Darin hieß es, und ich zitiere wörtlich: Nichts, was aus deinem Munde kommt, könnte je unwichtig für mich sein.«

Baltasar nickte. »So ist es, und es ist gut, daß du das einsiehst. Alles, was ich sage, ist so völlig bedeutungslos, daß schon allein die Nichtigkeit es zu einem kosmischen Ereignis macht.«

Ariane verzog den Mund. »Sei bitte mal nur halb so albern. Wir müssen ja nicht dauernd Slapstickdialoge abhalten, oder?«

Baltasar legte die Zigarre zeremoniell in den Aschenbecher, beugte sich vor, setzte die Miene Zerknirschter Ergriffenheit auf, riß Arianes rechte Hand an sich, spitzte seinen fleischigen Mund zu einem Hühnerpopo und hauchte eine Art Geräuschbaiser auf Arianes Fingerspitzen.

»Sprich«, sagte er sanft, »du Hauptpfosten in meinem Seelenpferch, o du Frohlocken des himmlischen Kolibris!«

Ariane brach in schallendes Gelächter aus und tätschelte Baltasars Pfoten. »Ich schaffe es nicht, dir länger als drei Sekunden wirklich böse zu sein.«

Baltasar ergriff seine Zigarre und wedelte mit ihr. »Ich bin ein gewaltiges Ohr, und nichts könnte mich so wonniglich füllen wie der Wohlklang deiner Stimme.«

Ariane nickte. »Eigentlich bist du ausreichend abgefüllt, nach diesem Frühstück, aber nun denn. – Ich habe noch Urlaub zu kriegen. Hast du einen Vorschlag, was man damit machen könnte?«

Ariane leitete die Pressestelle eines großen Industrieverbandes mit Sitz in Bonn. Wegen unaufschiebbarer Dringlichkeiten im Lauf des Jahres hatte sie bisher erst einen Teil ihres Urlaubs nehmen können. Baltasar kaute auf der Zigarre herum; dann nahm er sie wieder aus dem Mund und legte sie fort. »Das ist in der Tat eine schwierige und wichtige Frage«, gab er zu.

Ariane lächelte. »Kann es sein«, fragte sie, wobei sie bemerkte, daß Baltasar den Kopf gesenkt hielt und Krümel auf dem Tischtuch zu zählen schien, »daß du eine einfache Frage aus den falschen Gründen für schwierig hältst?« Sie betrachtete sein krauses Haupthaar, bis er den Kopf hob. Seine grauen Augen blickten in ihre grünen.

»Keine Sorge«, sagte sie, »ich erzähle keinem, daß du eine Seele hast.«

Dann ergriff sie seine Hände und hielt sie einen Moment lang. »Aber es ist eine Kostbarkeit, das zu wissen.«

Er berührte ihre Nasenspitze mit dem Finger. »Kluges Weib, du irrst. Meine Seele ist allgemein bekannt; durch die Art und Weise ihres offenkundigen Fehlens ist sie weiterhin sogar definiert. Ich glaube, daß eine Menge Volks dir gänzlich verschiedene Vorträge über dieses, das meinige, Seelenobjekt halten könnte.«

»Ich weiß, daß du ein diskreter Mensch bist, der lieber seinen Hintern als sein Herz zeigen würde; das Herz ist viel intimer. Aber darum geht es nicht.«

»Und um was geht es?«

»Es geht darum, daß du dir gerade den Kopf darüber zerbrichst, wie du mir möglichst schonend ein paar Dinge sagen sollst.«

Baltasar streichelte sie und grinste. »Du machst das richtig gut. Mach weiter bitte.«

»Eigentlich sollte ich dich hängenlassen. Ich glaube, ich lasse dich hängen. Du mußt das schon selbst tragen.«

Baltasar verschränkte die Hände hinter dem Kopf. »Wozu, wenn du es doch schon weißt?«

»Bist du sicher, daß ich es weiß?«

Er seufzte. »Na schön. Du bewohnst den Vorzugsplatz in meinem Herzen. Das ist so seit einem Jahr. Das kann auch die nächsten hundert Jahre so weitergehen. Ich bin nur nicht dazu geschaffen, tagtäglich mit jemandem zusammenzuleben. Nun stelle ich es mir zwar sehr angenehm vor, mit dir ein paar Tage oder Wochen irgendwohin zu fahren; ich fürchte aber, daß dann irgendwann die Frage auftaucht, ob wir nicht unseren

Kram zusammenschmeißen sollen. Und dann müßte ich dir weh tun, und das will ich nicht. Und das wäre dann auch der Schluß.«

Ariane musterte ihn einige Sekunden schweigend.

»Du hast das schon öfter erlebt, ja?« fragte sie dann.

Baltasar breitete die Arme aus. »Wie sollte ich nicht? Schließlich neige ich nicht zur Askese. Askese ist eine der wenigen Formen geschlechtlicher Perversion, für die ich nichts übrighabe.«

»Sehr interessant.«

»Sauer?«

»Ein bißchen.«

»Warum?«

»Na, sauer ist nicht das richtige Wort. Ich bin nur ein bißchen enttäuscht darüber, daß du mich nach einem Jahr so wenig kennst. Meinst du, ich brauche keinen Freiraum, oder ich laß von heut auf morgen meinen Job sausen und verkauf meine Tochter, nur um dauernd in deiner Nähe zu sein?«

Baltasar beugte sich vor, lächelnd, faßte Ariane bei beiden Ohren und drückte ihr einen schmatzenden Kuß auf die Stirn. »Okay, erledigt. Wann fahren wir wohin?«

Etwa eine Stunde später klingelte das Telefon. Ariane erhob sich vom Boden, wo sie und Baltasar mit Landkarten beschäftigt waren, und ging zum Apparat.

»Binder. – Ah, Moritz, grüß dich. Wie gehts? ... Danke, mir gehts ausgezeichnet ... Ja, der Dicke ist hier. Moment!« Auffordernd bewegte sie den Hörer.

Matzbach erhob sich seufzend. »Nicht einmal am Wochenende ist man vor diesen Kanaillen sicher. Vor allem, wo ich doch nie Wochenende habe.« Er nahm Ariane den Hörer aus der Hand. »Ja, was ist los?«

Er lauschte eine Weile schweigend, dann brabbelte er unverständliche Laute vor sich hin. »Na ja, na schön, aber nur, weil du es bist«, sagte er schließlich. »Reicht Montag?«

Moritz ließ offenbar eine längere Rede los; Baltasar seufzte. »Muß das sein?«

Er wandte sich Ariane zu. »Hör mal, hast du Einwände gegen baldigen Kaffeebesuch?«

Ariane blickte von den Karten auf. »Wer? Moritz?«

»Und ein Rechtsanwalt.«

Sie zuckte mit den Schultern. »Ziemlich exotischer Besuch. Von mir aus.«

Baltasar rümpfte die Nase. »Was ist an Moritz und einem Anwalt exotisch? Banal, würde ich eher sagen. Hörst du, du mieses Subjekt? Ich denke nicht daran, einen Schritt vor die Tür zu machen. Das Wetter ist viel zu schön, um es in seiner Beschaulichkeit zu stören. Also pack deinen Juristen ein und komm her. Was? Ja, sofort.«

Ariane grinste. »Gut, daß ich nicht zu deinen Freunden zähle. Ich hätte dich aus lauter Zuneigung längst umgebracht und ausgestopft. Wann kommen sie?«

»Sofort. Viertelstunde oder so.«

Sie erhob sich wieder vom Boden und faßte mit spitzen Fingern ihren Bademantel an. »Vielleicht sollten wir uns anziehen.«

Baltasar machte »P« mit sehr viel Luft und einer ärgerlichen Grimasse. »Wenn ich anfange, mich für fremde Leute an- oder auszuziehen, kannst du meinen Nachruf aufsetzen.«

»Mach, was du willst. Da das hier meine Wohnung ist, bin ich, was mich angeht, anderer Meinung.« Sie boxte ihn freundlich in den Magen. »Außerdem siehst du süß aus in deinem widerlichen Kimono.«

Zwanzig Minuten später trafen Moritz und der Anwalt ein. Moritz, lang, schlaksig und nervös wie immer, stellte seinen Begleiter vor.

»Das ist Herr Korff«, sagte er, »mit Doppel-Eff. Frau Binder. Der da drüben, in diesem komischen Kaftan, ist der eminente Kriminalist Matzbach.«

Korff verbeugte sich höflich vor Ariane und musterte

Matzbach, der sich ächzend von der Couch erhob. Baltasar stapfte barfuß um den Couchtisch herum und reichte Korff die Hand. »Kommen Sie«, sagte er, »setzen Sie sich.« Moritz' ausgestreckte Hand übersah er.

Ariane, angetan mit einem knielangen Jeansrock und einer hellgrauen, kurzärmeligen Bluse, stellte Tassen zurecht und goß Kaffee ein. Mit Genuß verschüttete sie eine mittelgroße Menge: auf Baltasars Kimono. »Oh, das tut mir aber leid. Hab ich dich verbrüht?«

Baltasar grunzte, stand auf und watschelte nach nebenan. Korff, ein grauhaariger, mittelgroßer Mann mit scharfer Nase und müden, braunen Augen lächelte sie an und wies aus dem Fenster.

»Einen hübschen kleinen Garten haben Sie, gnädige Frau«, sagte er. Dabei rührte er mit der anderen Hand, die den Löffel hielt, in seinem Kaffee.

Baltasar erschien wieder. Er hatte den bekleckerten gelben Kimono gegen etwas womöglich noch Schrecklicheres ausgetauscht, nämlich eine grellrosa Latzhose, zu der er jedoch keineswegs ein Hemd trug, und barfuß war er noch immer. Fettwülste quollen allenthalben ins Freie. Als er sich gesetzt hatte, verschränkte er die Hände hinter dem Kopf. Korff betrachtete die buschigen Achselhöhlen, nahm einen Schluck Kaffee aus seiner Tasse und verschluckte sich.

Moritz, der neben ihm auf der Couch saß, klopfte ihm auf den Rücken. »Machen Sie sich nichts draus. Er ist immer so.«

Nachdem Korff sich freigehustet hatte, warf er Ariane einen Blick zu, der um Verzeihung zu bitten schien. »Sind Sie ganz sicher, Herr von Morungen, daß wir hier richtig sind?«

Moritz bleckte die Zähne. »Nein, ich bin sicher, daß wir hier falsch sind. Aber es ist, so wie ich es sehe, zunächst einmal die einzige Möglichkeit.«

Korff bewies Charakter. »Herr Matzbach, wie mir Herr Morungen berichtet, hat Kommissar Ziegler ihn gebeten, bitte nicht ›diesen widerwärtigen Fettwanst‹ anzuschleppen. Ich gestehe, daß ich nun begreife, was er damit meinte, und daß ich dem Kommissar von Herzen zustimme.«

Moritz kniff die Augen zusammen, und Ariane gluckste leise.

Baltasar verzog keine Miene. »Vielleicht erzählen Sie mir einfach, was los ist. Beleidigungen können wir hinterher noch reichlich austauschen. Hat Ihnen schon mal jemand gesagt, daß Sie wie ein Jurist aussehen?«

Moritz beugte sich vor. Er klopfte auf den Tisch. »Ruhe auf den billigen Plätzen. Wollen wir zur Sache kommen?«

Korff nickte und wandte sich an Ariane. »Darf ich rauchen, gnädige Frau?«

Ariane reichte ihm Zigaretten, Moritz gab ihm Feuer.

Baltasar erkundigte sich: »Aber inhalieren können Sie selbst?«

Korff überhörte das. Er nahm noch einen Schluck Kaffee, dann begann er zu sprechen.

»Herr von Morungen meinte, Sie seien der richtige Mann für diese etwas unangenehme Sache ...«

Moritz unterbrach. »Wenn Sie erlauben, würde ich gern schnell zusammenfassen, Herr Korff.«

Korff nickte. Moritz fixierte Baltasar.

»Also«, sagte er, »ein Freund von mir, Andreas Goldberg, ist innerhalb weniger Tage arbeitslos geworden und hat sich von seiner Frau getrennt. Seine Frau ist zu einem anderen Mann gezogen, und zwar Anfang der Woche. Am Donnerstag früh, also vorgestern, war Andreas mit ihr dort, in ihrer neuen Behausung, verabredet, um irgendwelche Finanzgeschichten zu klären. Als er ankam, das war so gegen halb neun, wurde er von der Polizei empfangen. Kurz nach sieben, wahrscheinlich, sind die Frau und ihr Neuer, übrigens ein Anwalt, im Bett erschossen worden. Nun ist das Problem folgendes: Andreas ist arbeitslos, seine Frau hatte eine brauchbare Lebensversicherung, deren Nutznießer Andreas wäre; außerdem hat sie ihn verlassen – so sieht es die Polizei –, und man hat gehört, daß sie und Andreas sich gestritten haben.

Andreas hätte also mehrere Motive – Geld, Eifersucht, gekränkte Eitelkeit, was weiß ich. Deshalb haben sie ihn zuerst vorläufig festgehalten, und inzwischen liegt ein ordentlicher Haftbefehl vor.«

Baltasar verzog das Gesicht. »Nun ja, solche Dinge sollen vorkommen. Aber wo ist das Problem?«

Korff übernahm die Fortführung. »Das Problem liegt darin, daß Herr Goldberg sagt, er sei unschuldig, daß er es nicht beweisen kann, daß andererseits eine ganze Menge Indizien gegen ihn vorliegen.«

»Also langsam«, sagte Baltasar.

Ariane, die ihn beobachtete, stellte fest, daß seine Augen leuchteten.

»Was sagt Goldberg, und was sind die Indizien?«

Korff drückte seine Zigarette aus. »Goldberg hat am Mittwoch seinen Großvater besucht...«

Moritz warf ein: »Der wohnt irgendwo in den Bergen, allgemeine Richtung Westerwald.«

»Er hat dort übernachtet und ist gegen sechs Uhr morgens oder kurz danach von dort wieder abgefahren. Der Großvater bestätigt das auch. Nun hätte Goldberg innerhalb etwa einer dreiviertel Stunde in Bonn sein können. Er sagt, er sei erst kurz nach acht in Bonn eingetroffen und vorher ziellos und verträumt durch die Gegend gefahren.«

Baltasar nickte. »Das heißt, er hätte um sieben schießen können, wäre dann gegangen und gegen halb neun wieder aufgetaucht, ja?«

»So sieht Kommissar Ziegler die Sache. Goldberg war gegen acht, halb neun mit seiner Frau verabredet, wie er zugibt und wie von anderer Seite bestätigt wurde. Motiv und Gelegenheit hatte er also durchaus. Nun kommt hinzu, daß in der Wohnung, in der der Doppelmord geschah, reichlich Fingerabdrücke von Goldberg gefunden wurden, obwohl er nach seinen Aussagen die Wohnung nie betreten hat. Außerdem hat die Polizei in seiner Wohnung einen Schlüssel gefunden, und zwar einen Schlüssel zur Wohnung, in der diese Tragödie sich ereignet hat.«

Alle schwiegen einen Moment. Dann sagte Ariane nachdenklich: »Also, dieser Goldberg hätte zur fraglichen Zeit dasein können, hätte einen oder mehrere Gründe gehabt, seine Frau umzubringen, ist nie in der Wohnung gewesen, hat dort trotzdem Fingerabdrücke hinterlassen, hat einen Schlüssel – das ist doch alles ganz schön überzeugend, oder?«

Korff nickte. »Bedauerlicherweise ja. Goldberg hat zwar für alles eine einigermaßen plausible Erklärung, aber da sprechen so viele Dinge gegen ihn . . .«

Baltasar räusperte sich. »Wohl wahr. Es sind schon Leute für sehr viel weniger gehängt worden.«

Korff blickte ihn streng an. »Bei uns gibt es keine Todesstrafe, Herr Matzbach.«

Baltasar winkte ab. »Warten Sie. Wie ich unsere Landsleute kenne, wird sie demnächst wieder eingeführt. – Was sagt Goldberg denn zu den einzelnen Punkten?«

Moritz kratzte sich den Kopf. »Na, was soll er sagen? Die Fingerabdrücke, sagt er, sind leicht zu erklären. Sie sind sämtlich an Gegenständen, die bis vor ein paar Tagen noch in seiner Wohnung, beziehungsweise der gemeinsamen Wohnung, gestanden haben und die er zum größten Teil mit verpackt hat. Für den Schlüssel hat er keine Erklärung. Er meint, in der Wohnung wären noch so viele Sachen, die seiner Frau gehören und die er nicht in allen Einzelheiten kennt, dazu gehört auch der Schlüssel.«

Baltasar steckte die Hände unter den Latz der Hose und kratzte sich am Bauch. Ein häßliches Geräusch füllte den Raum. »Hat er zu seinem Motiv vielleicht auch was zu sagen?«

Moritz nickte.

»Ja, und das glaube ich ihm sogar. Er sagt, er ist froh, endlich von seiner Frau getrennt zu leben. Auch, daß seine Firma pleite gemacht hat, kratzt ihn nicht weiter. Er meint, jetzt kann er endlich mal in Ruhe ein paar Bücher lesen, mit

Leuten reden und so weiter. Geldsorgen habe er nicht, zumindest keine großen. Erstens kriegt er ja Arbeitslosengeld, demnächst jedenfalls. Das ist zwar wesentlich weniger, als er bisher verdient hat, und damit kann er sich die teure Wohnung nicht mehr leisten, aber die wäre ohnehin in dieser Form und in dieser Lage und in dieser Preisklasse ein Wunsch seiner lieben Irene gewesen, und er wolle sehen, ob er nicht eine kleinere Altbauwohnung in der Nordstadt oder in Poppelsdorf findet.«

Baltasar grinste. »Da muß er sich aber beeilen. Wie ich die Stadtväter kenne, werden sie sich bemühen, schnell alles abzureißen, was deinen Goldberg interessieren könnte.«

Moritz grunzte. »Was das Geld angeht, fehlt noch zweitens. Er hat ein paar tausend Mark auf der Bank. Ein Teil davon läuft auf den Namen seiner Frau, deshalb hatte er sich mit ihr am Donnerstag verabredet, um das alles auseinanderzupuzzeln. – So, das wärs. Oder hab ich was vergessen, Herr Korff? Nein? Na gut. Was hältst du davon, Baltasar?«

Matzbach zündete sich eine Zigarre an. »Im Moment noch nichts«, sagte er paffend. »Ich müßte erst ein bißchen mehr wissen. Was hat die Frau gemacht, was hat Goldberg gemacht, bevor er arbeitslos wurde, wie lange waren die beiden verheiratet, wer ist der Nachfolger gewesen und so weiter.«

In den folgenden Minuten erfuhr er weitere Einzelheiten. Als die Rede auf die Boutique kam, runzelte er die Brauen. »Hm, gleich zwei Uhr, das ist zu spät für heute. Oder kennt ihr die Adresse von dem Mädel? Gibt es Telefon in dem Laden?«

Korff zückte sein Notizbuch. »Ja. Die Nummer...«

»Moment. Darf ich?« Als Ariane, verblüfft ob der jähen Aktivität, noch mehr ob der jähen Höflichkeit, nickte, stand Baltasar auf und ging zum Telefon. Korff nannte die Nummer; Baltasar wählte und sprach mit der Verkäuferin, die auf Anweisung des von Andreas mit der einstweiligen Führung der Geschäfte betrauten Anwalts die Boutique bis auf weiteres allein leitete. Er verabredete sich mit ihr für den frühen Abend. Nachdem er aufgelegt hatte, watschelte er wieder zu seinem Sessel zurück.

»So«, sagte er, »wo waren wir stehengeblieben?«

Korff berichtete weiter. Bei der Erwähnung der Anwaltskanzlei in der Nordstadt öffnete Baltasar die Augen.

»Ha, die kenne ich, alle drei. Ich wohne ja da in der Gegend, und manchmal treiben die sich sogar in Kneipen rum. Wen hats denn erwischt? Den schönen Robert Naumann? Ist das die Möglichkeit!« Er klatschte in die Hände.

Korff blickte ihn tadelnd an. »Ich finde das reichlich geschmacklos, Herr Matzbach.«

Baltasar betrachtete ihn freundlich. »Ich glaube, zwischen uns beiden wird noch einmal eine innige Freundschaft entstehen, Herr Jurist. Haben wir jetzt alles?«

Moritz schüttelte den Kopf. »Nein, es gibt noch etwas. Andreas sagt, er hätte auf der Fahrt nach Bonn getankt. Er kann sich aber nicht mehr erinnern, wo, und eine Quittung hat er natürlich auch nicht. Er weiß nicht mehr, wo er im einzelnen gewesen ist. Es war ein schöner Morgen, und ihm war so fröhlich ums Herz, und da ist er einfach der Nase nach gefahren.«

Baltasar machte »ts ts ts«, indem er seine Zunge unappetitlich laut vom oberen Gaumen entfernte. »Wenn man wüßte, wie seine Nase aussieht, könnte das schon helfen. Hat Ziegler das nicht überprüft?«

Korff zuckte die Schultern. »Lieber Herr Matzbach, trotz aller Pleiten in den letzten Jahren gibt es in diesem Land noch immer viel zuviel Tankstellen. Angeblich wurden gestern alle fraglichen Tankstellen an allen in Frage kommenden Straßen zwischen Westerwald und Bonn abgeklappert, aber ohne Ergebnis.«

Matzbach betrachtete ihn mißmutig. »Ich verbitte mir weitere Intimitäten der Form ›Lieber Herr Matzbach‹«, sagte er. »Nun habe ich mich ja in einem Anfall geistiger Umnachtung, die sich bei mir wie bei den meisten Leuten in hemmungsloser Aktivität äußert, mit dieser Verkäuferin verabredet, aber eigentlich weiß ich gar nicht, was das alles soll. Glaubt einer von den Anwesenden daran, daß Goldberg unschuldig ist?«

Korff schwieg; man sah, daß ihm sein eigenes Schweigen peinlich war. Schließlich ging es um seinen Mandanten. Ariane wiegte den Kopf hin und her.

Moritz ermannte sich. »Ich bin überzeugt davon. Ich kann mir Andreas nicht als Mörder vorstellen. Zweitens – das gerade war erstens –, also zweitens hat er keine Schußwaffe.«

Baltasar lachte. »Das ist ein tolles Argument. Was glaubst du, wie viele Leute in diesem unserem Lande« – dabei steckte er, in der Manier eines lästigen Politikers, die Zunge zwischen die Zähne und betonte dehnend das ›n‹ – »mit unregistrierten Waffen rumlaufen, und wie leicht es ist, eine zu bekommen, wenn man will?«

Korff sagte: »Ich wüßte gern, ob Sie etwas zu unternehmen gedenken, Herr Matzbach.«

Baltasar faltete die Hände wieder hinter dem Kopf, was Ariane mit einem leisen Stöhnen quittierte. »Ich glaube eigentlich nicht, daß ich etwas tun werde«, sagte er halblaut. »Sehr zu meiner eigenen Enttäuschung, übrigens. Ich hatte mich schon richtig gefreut, daß wieder mal etwas los ist, aber das sieht doch alles zu klar aus. Vielleicht wäre es anders, wenn ich mit diesem Goldberg befreundet wäre und aus persönlichen Gründen an seine Unschuld glauben müßte. Aber so, wie es ist, kann ich nur den armen alten Lichtenberg verfremden: Ich habe mit Goldberg nicht jahrelang in einerlei Nachtgeschirr gepisset und kann also nicht sagen, was an ihm ist.«

Moritz sprang plötzlich auf. »Ich hab noch was für dich, Dicker. Vielleicht ist es sinnlos, wahrscheinlich ist es irrsinnig, aber immerhin. Eine persönliche Information zum Thema Goldberg.«

Baltasar betrachtete ihn mißtrauisch. »Keine Variation, hoffe ich.«

»Was? Ach so, du Kalauer. Nein. Etwas, was dich interessiert oder wenigstens interessieren sollte. – Andreas hat ein Haustier.«

Baltasar stöhnte und blickte auf die Uhr. »Wer Kinder und Tiere haßt, kann nicht ganz schlecht sein. Wer Haustiere hält, tötet auch seine Frau. Ich glaub, ich ruf die Verkäuferin an und sag die Verabredung wieder ab.« Er stand auf.

Moritz hob die Hand. »Moment noch. Es ist kein gewöhnliches Haustier.«

Matzbach kniff die Brauen zusammen. »Was denn? Hat er ein Mastodon im Garten?«

»Nein, das nicht. Sein Haustier flucht.«

Matzenbach legte den Kopf schief. »Was tut es? Es flucht?«

»Richtig, und zwar geläufig. Außerdem ist es mindestens genauso bösartig wie du.«

»Ich und bösartig? Pah. Nun sag schon, was mit dem Tier los ist. Ein bissiger, fluchender Sägefisch vielleicht?«

Moritz schüttelte den Kopf und grinste. »Nein. Lieber Baltasar: Andreas besitzt einen alten, räudigen Raben. Dieser flucht und ißt gern Kaviar mit Marmelade oder Erdbeertörtchen mit Senf.«

Baltasar strahlte. »Ein erfreuliches Tier. Fast neige ich dazu, an die Unschuld dieses Mister Goldberg zu glauben. Hast du noch was dazu zu sagen?«

Moritz nickte triumphierend. »Ja. Der räudige Rabe mit dem widerlichen Geschmack heißt Poe.«

Baltasar atmete tief durch. »Alles klar. Dann ist Goldberg unschuldig.«

V

Die abendliche Unterhaltung mit der Verkäuferin Sylvia überließ Baltasar mit Vergnügen Ariane, die keine Lust hatte, zu Hause zu bleiben. Mit Vergnügen insofern, als Sylvia bei Baltasars Anblick in schallendes Gelächter der Kategorie »höhnisch« ausbrach. Er begab sich daraufhin in die nächstgelegene Kneipe und meditierte in einen Wein hinein, bis Ariane zu ihm stieß.

Nachdem sie sich gesetzt und ebenfalls einen Wein bestellt hatte, sagte sie: »Ist nicht viel bei rausgekommen.« Sie musterte Baltasar spöttisch. »Nach deinem ekelhaften Benehmen heute nachmittag gönne ich dir eigentlich das Gelächter dieser Dame von Herzen.«

Baltasar verneigte sich im Sitzen. »Ich danke dir für deine freundlichen Widmungen. Du labst meine Seele. Deine Worte gehen mir runter wie warme Galle.«

Ariane nickte. »So soll es auch sein. – Sie weiß nichts. Außer einer kleinen Sache, die vielleicht ganz interessant sein könnte.«

Baltasar spielte mit seinem Feuerzeug und wartete.

»Dieser Robert Naumann hatte Mittwoch abend einen wichtigen und reichlich geheimnisvollen Termin, von dem er sich viel versprach. Er hat, kurz vor Goldberg, im Laden angerufen und Irene Goldberg mitgeteilt, daß er deswegen nicht mit ihr essen oder sonstwas könnte.«

Baltasar verschränkte seine Hände und stützte sein Kinn auf den derart gebildeten Hügel. »Aha.« Nach einer kleinen Pause setzte er hinzu: »Ich begreife eine ganze Reihe von Dingen nicht.«

Ariane klatschte in die Hände. »Das ist aber schön. Der allwissende Matzbach begreift etwas nicht. Daß ich das noch erleben durfte!«

Baltasar grinste. »Hab ich dir wieder eine kleine Freude bereitet? – Ernsthaft: Da ist einmal die Geschichte mit der

Tankstelle. Ich kann mir zwar vorstellen, daß jemand morgens früh bei schönem Wetter völlig verträumt durch eine Landschaft fährt und nicht mehr genau weiß, wo er überall gewesen ist. Aber bei dem Polizeiaufgebot in dieser Republik müßte das doch feststellbar sein. Immerhin kommen zur Zeit auf einen Kommunisten hierzulande ungefähr hundert Polizisten.«

Ariane nickte. »Das mag wohl sein, aber Goldberg ist kein Kommunist. Warum sollte man also hundert Polizisten mit der Überprüfung seiner Ausflüge beauftragen?«

Baltasar runzelte die Stirn. »Dann kommt noch hinzu, daß, wenn eine Boutiquenbesitzerin und ein Rechtsanwalt ermordet werden, und zwar im Bett des Anwalts, man nicht unbedingt davon ausgehen muß, daß die Schüsse der Dame gelten.« Er kniff die Augen zusammen, bis sie aussahen wie die eines angetrunkenen Stachelschweins. »Ich denke mir da etwas Simples und Unerfreuliches. Die Bonner Kripo ist personell unterbesetzt und überbelastet. Daher ist es verwunderlich, daß überhaupt Ergebnisse zustande kommen, und nicht, daß so viele Fälle ungeklärt bleiben. Ich könnte mir denken, daß unser lieber Freund Ziegler den vorbeispazierenden Andreas Goldberg, der ein Motiv und kein Alibi hat, am liebsten knutschen würde. Damit hat Ziegler einen Spatz in der Hand. Warum soll er aufs Dach klettern und Ringeltäubchen suchen?«

»Fühlst du dich nicht wohl?«

»Wieso?«

»Na, deine Bilder! Was haben Spatzen und Tauben mit Morden zu tun? Du hast schon bessere Vergleiche erfunden. Und du hast schon andere Leute für derartige Vergleiche, wie du eben einen produziert hast, der Sprachlosigkeit geziehen.«

Baltasar schob die Unterlippe vor. Er sah aus wie ein trotziges Kind nach einer Tracht Prügel. »Ah bah. So fallen meine gestrigen Tugenden heute in Form gegenwärtiger Laster auf mein schütteres Haupt. Vielleicht sollte ich auswandern und in Australien Bumerangschnitzer werden. Also: Goldberg ist das friedliche Täubchen auf dem First, und

Ziegler verkneift sich die Suche nach dem tückischen Sperber auf der Wolke. Zufrieden?«

Ariane nickte, ohne eine Miene zu verziehen.

Baltasar fuhr fort: »Wenn ich das Gerede von Moritz und diesem Korff richtig verstanden habe, sind beide der Meinung, daß Freund Ziegler die Sache im Prinzip für erledigt hält und keine großen Anstrengungen macht, in anderen Richtungen zu suchen. Hm. Was kann man machen, was soll man tun? Wenn dieser Rabe namens Poe nicht wäre, könnten wir in Urlaub fahren.«

Ariane lachte. »Das Tier scheint es dir angetan zu haben, ja? Aber in Urlaub fahren können wir ohnehin nicht sofort. Eine oder zwei Wochen muß ich schon noch durchziehen, es liegt zu viel Unerledigtes auf meinem Schreibtisch.« Sie spielte mit dem Stiel ihres Weinglases. »Was hast du denn in den nächsten Wochen zu tun?«

Baltasar hüstelte geziert. »Ich habe zwei Runden Vorsprung mit meinem Kummerkasten. In der nächsten Woche könnte ich noch zwei Folgen von *Frau Griseldis* fertigmachen, um ungestört mit dir spazierenzufahren. Andererseits ...«

»Andererseits was?«

»Andererseits habe ich in diesem Jahr des Unheils noch nicht so viel Pengö auf die Seite gebracht, daß ich die Zinseszinsen meines Vermögens in Keuschheit ruhen lassen könnte.«

»So so. In Keuschheit?«

»Nein, eigentlich nicht. Irgendwas stimmt heute mit meinem Sprachbeutel nicht. Ich glaube, er ist leck. Die Dinger sollen sich natürlich vermehren, und auch in der Finanzwirtschaft ist Jungfernzeugung unüblich. Obwohl«, sagte er nachdenklich, »die langfristigen Planungen des zuständigen Ministers so aussehen, als ob er ganz fest mit der unbefleckten Vermehrung nicht vorhandener Gelder rechnete.«

»Nun labert Er wieder. Hat Er sonst nichts zu tun? Wo hat Er denn eigentlich die Schallgrenze oder Zinsgrenze oder was auch immer angesetzt?«

»Oh, sagen wir das mal so: Jenseits jeder beliebigen sechsstelligen Jahreseinnahme mache ich mir keine Sorgen.«

Ariane lachte. »Wie, und das hast du noch nicht erreicht?«

»Nein, es fehlen noch kleinere Sümmchen.«

Sie beugte sich vor. »Ich meine, es geht mich ja auch gar nichts an, aber ich will ehrlich zugeben, daß ich keine Ahnung habe, wovon du eigentlich lebst.«

Baltasar nickte. »Das frage ich mich auch. *Frau Griseldis* allein macht den Matzbach nicht fett.«

»Dafür frißt du dich ganz schön rum, oder?«

Baltasar klopfte sich auf den Bauch. »Das sind alles erstklassige Rohstoffe, und selbst angegessen. Pah. Ich wollte gerade etwas über die traurige Tatsache sagen, daß man als erstklassiger Kriminalist nicht leben kann.«

»Ha, ha, ha«, machte Ariane. »Du bescheidenes Kerlchen. Vor einem Jahr hast du durch Zufälle und die Hilfe deiner Freunde etwas herausgekriegt. Du konntest doch selbst nichts dafür. Und schon hält er sich für einen erstklassigen Kriminalisten!«

Baltasar spielte mit einer seiner Zigarren. »Das«, sagte er finsteren Gesichts, »klärt die Sache. Ich will nicht davon sprechen, daß zwischen uns eine gewisse Spannung zu bestehen scheint, die nicht mit der Kriminalistik, sondern viel mit einem gewissen Gespräch heute früh zu tun haben dürfte. Nein, darüber schweige ich mich aus. Ich rede auch nicht davon, wie du hörst, daß ich alles, was ich anfange, zu einem beachtlichen Ende bringe. Es sei auch fern von mir, etwa zu behaupten, daß ich begabt bin. Nein, von alledem wollen wir taktvoll schweigen. Aber deine Trotzigkeit bewegt mich dazu, etwas anzukündigen.« Er starrte ihr düster in die Augen. »Ich werde«, sagte er halblaut und betont, »nicht nur beweisen, daß dieser Goldfisch unschuldig ist, sondern auch, wer die böse Sache vollzogen hat. Ich habe gesprochen. Howgh.«

»Ich bin beeindruckt von deiner redseligen Verschwiegenheit. Und wie willst du das alles anstellen?«

»So, wie jeder erstklassige Kriminalist in diesem Lande es machen muß. Leben kann man nicht davon, es sei denn als Polizist. Und um Dinge zu tun, für die nach den hiesigen Gesetzen die Ermittlungsbehörden zuständig sind, muß man diese Gesetze umgehen. Ich werde genau das tun. Zahlen!«

Ariane äußerte noch eine Reihe hämischer Einwände und Kommentare; es gelang ihr jedoch nicht, Baltasar in irgendeiner äußerlich erkennbaren Weise zu beeindrucken. Galant öffnete er ihr die Kneipentür, danach die Beifahrertür seines schwarzen Pallas. Nachdem er sich hinter das Lenkrad geklemmt hatte, knurrte er: »Ein neues Auto brauche ich auch demnächst. Alles geht schief. Buhuh.«

Ariane tätschelte sein Knie, was zu heftigem Gasgeben führte. Der Wagen machte einen Satz.

»Armer Kleiner«, sagte sie, »was fehlt denn dem Mobil?«

Baltasar seufzte. »Nur, daß es in die Jahre kommt und daß dieser dumme Verein seit 1974 keine Autos mehr baut, die ich zu fahren bereit bin. Hier sitzt man wie in Omas Wohnzimmer. Die neuen Dinger sind eine Art Parterre-Helikopter mit Rundum-Armaturen. Ich glaube, ich steige auf Pferd und Karosse um.«

Schweigend steuerte er durch die Bonner Nacht. Als sie vor Arianes Wohnung in Plittersdorf parkten, stellte sie fest, daß ihr Wagen – und mit ihm ihr Töchterlein – durch Abwesenheit glänzte.

»He he«, sagte sie, »das sieht so aus, als hätten wir zur Abwechslung die ganze Wohnung für uns.«

Baltasar stellte den Motor ab und betrachtete sie mißtrauisch von der Seite. »Was heißt das? Willst du einen nächtlichen Hausputz vornehmen, aufräumen oder so was?«

»Nein«, sagte sie lächelnd, »nichts dergleichen. Aber wir haben ausreichend Platz und Ruhe für eine Versöhnung.«

Sie stiegen aus. Kurz vor der Haustür seufzte Baltasar. »Na ja«, sagte er, »das Fernsehprogramm wird immer mieser. Was bleibt einem da noch übrig?!«

Spät nachts tauchte Evelyn wieder auf. Sie musterte Ariane und Baltasar, die in lockeren Gewändern am Tisch saßen und Dame spielten, mit einem leichten Grinsen. Sie selbst sah ein wenig derangiert aus und war überaus fröhlich.

Baltasar zwinkerte ihr zu. »Na«, sagte er, »du solltest, glaube ich, eine Zitrone pressen und unverdünnt und ohne Zucker trinken.«

Evelyn schüttelte sich. »Wozu?«

»Das würde dich zwar nicht wieder in den Stand der Heiligkeit versetzen, aber immerhin dein seliges Grinsen vertreiben.«

»Soll ich in die Küche gehen und drei Zitronen pressen?«

»Ungezogenes Balg«, sagte Ariane. »Du solltest weniger reden und dafür lieber Kaffee machen.«

»Nachts um zwei?«

Baltasar nickte. »Ich leide, wie jedermann auf den ersten Blick sehen kann, an niedrigem Blutdruck. Ohne Kaffee kann ich nicht schlafen.«

Evelyn bewegte die Lippen und sagte etwas Unhörbares. Dann schaltete sie die Stimme wieder zu. »Na ja, gut, weil ihrs seid.« Sie verschwand in der Küche.

Bei Kaffee verfolgte sie die letzten Züge der Partie Dame, die mit einem totalen Sieg Arianes endete. Plötzlich sagte sie mit der Andeutung eines Kicherns in ihrer Stimme: »Ratet mal, wen ich heute abend getroffen habe.«

Als keiner antwortete, gab sie die Lösung bekannt: »Moritz und Edgar samt Begleitungen.«

»Ah«, sagte Baltasar, »der windige Reporter und der eminente Gynäkologe. Wo war das?«

Evelyn erwähnte eine Kneipe in Bonn, in der Nähe der Argelanderstraße. »Und ratet mal, worüber sie sich unterhalten haben.«

»Die Großwetterlage«, schlug Ariane vor.

Evelyn schnitt eine Grimasse. »Nee, über euch.«

Baltasar schlürfte mit etwa 95 Dezibel an seinem Kaffee.

»So, über uns. Das war bestimmt sehr interessant. Haben die Zuhörer applaudiert?«

»Nein, geweint. – Im Ernst: Moritz hat etwas von einem neuen Fall erzählt. Er wäre heute früh hier gewesen.«

»Wer? Der Fall?«

»Nein, Moritz. Baltasar, du bist schrecklich. Das muß gewesen sein, als ich einkaufen war, stimmts?«

»Du hast dich ja lange genug mit dem Einkaufen aufgehalten«, murrte Ariane.

Baltasar schlürfte abermals. »Und was«, sagte er schlabbernd, »wußte der windige Reporter, diese Plapperschlange, zu berichten?«

»Er hat gesagt, du würdest in Sachen Mord wieder aktiv.«

»Das«, sagte Baltasar empört, »hat er gesagt? In Sachen Mord aktiv werden! Pah. Er soll sich vorsehen, daß er nicht Opfer meiner Aktivitäten wird.«

Evelyn lachte. »Er drückte das anders aus. Er sagt, er will morgen früh, also heute, ins Bonner Münster zur Messe eilen und eine Kerze anstecken. Verbunden mit der Bitte an sämtliche Bewohner des Olymp, ihn diesmal zu verschonen.«

Baltasar zündete sich eine Zigarre an und spuckte einen Tabakkrümel auf den Boden. »Das kann er haben. Nie wieder, jedenfalls nicht bald, werde ich ihn in die Geheimnisse meiner aufregenden Nachforschungen einweihen.«

»Römertopf hat so ähnliche Wünsche geäußert.«

»Die Kanaille.«

»Er will in den nächsten Tagen das Telefon nicht beantworten, egal, wie oft du es klingeln läßt.«

Ariane grinste spöttisch. »Armer Baltasar. Moritz hat dir das eingebrockt und will nun nichts davon wissen. Der gute Edgar hat wahrscheinlich wieder viel zu nette Patientinnen, die er auch in der Freizeit umhegen muß. Und der freischaffende Autor ist auf Tauchstation gegangen, damit du ihn nicht findest. Wie willst du, ohne Hilfe deiner lieben Freunde, diesen Fall klären? Gib doch auf. Am Ende mußt du richtig arbeiten dabei. Beim letzten Mal hattest du ja deine Laufburschen.«

Baltasar schuf eine urweltliche Qualmwolke, die immer mehr einem Drachen ähnelte, je näher sie der Decke kam. Bevor die optische Bedrohung konkret hätte werden können, verging das Spektakel.

»Bah«, sagte er, »und abermals bah. Morgen, nach dem Frühstück, also heute demnächst, werde ich euch verlassen. Dann werdet ihr mich ein Weilchen nicht sehen, und ich werde in einsamer Schlacht wider das Böse fechten.« Nachdenklich setzte er hinzu: »Obwohl es mich beruhigt, daß auf meine Freunde kein Verlaß ist. Mein Glaube an das Schlechte im Menschen wäre sonst arg erschüttert worden. – Aber es gibt ja noch mehr freiwillige Zwangsrekruten.«

Nach dem Frühstück verabschiedete sich Baltasar und fuhr in die Nordstadt, zu seiner chaotischen Behausung. Er fahndete nach einem Notizbuch, in dem mehrere Telefonnummern standen, die er sich nicht merken konnte. Zunächst räumte er die Schreibmaschine beiseite, indem er sie auf den Boden stellte. Dann verschob er einen Stapel beschriebener Blätter, die beiden nächsten Folgen seiner *Frau Griseldis.* Dabei stieß er eine Bücherpyramide um, die sich krachend in Einzelteilen auf eine Batterie leerer Weinflaschen stürzte, deren eine zerbrach. Als er sich bückte, um die größeren Splitter aufzuklauben, brachte er mit dem Gesäß eine Stehlampe aus dem Gleichgewicht, die in ihrem Untergang seinen Eßtisch vom schmutzigen Geschirr der vergangenen Woche befreite. Von dem Lärm verschreckt, schnitt er sich den Finger an einer Glasscherbe. Nörgelnd richtete er sich auf, betrachtete das Panorama und warf einen hilfeheischenden Blick auf Boschs *Garten der Lüste* an der Wand über dem Sofa. Danach räumte er auf. Nach etwa einer Stunde, als er wieder treten konnte, ohne sich die Beine zu brechen, wischte er sich Schweiß und Staub von der Denkerstirn und schmiß die Kaffeemaschine an. Erneut suchte er sein Notizbuch. Er fand es schließlich unter einem Stapel von Schallplatten, meterweit entfernt vom Schreibtisch.

Als ersten versuchte er, Römertopf zu erreichen. Der häßliche Gynäkologe mit den angewachsenen Ohrläppchen war entweder nicht zu Hause, oder er hatte tatsächlich beschlossen, kein Telefonat anzunehmen. Seufzend probierte Baltasar es mit Moritz. Auch hier meldete sich niemand. Als dritten rief er einen gewissen Haefs an, der sich aber hütete, ans Telefon zu gehen. Dann fiel ihm der arbeitslose Philosoph und Volleyballfreak Henry Hoff ein. Auch dort nichts.

So umfing ihn jähe Ratlosigkeit ob der fruchtlosen Bemühungen, und in dieser zerbrechlichen Stimmung empfand er es als eine Erlösung, daß er vom Aufräumen schmutzig und verschwitzt war.

»Wenn man nicht weiß, was man tun soll, soll man nichts tun«, murmelte er. »Napoleon. Wenn man nicht weiß, was man unterlassen soll, sollte man sich waschen. Matzbach. Häh.« Pfeifend begab er sich ins Bad, riß sich die Kleider vom Leib und hüpfte wie eine Gazelle unter die Dusche.

VI

Ganz wider seine Gewohnheiten erhob Baltasar sich am frühen Montagmorgen zu einer unchristlichen Zeit, gegen acht Uhr. Im Verlauf eines notdürftigen Frühstücks – er frühstückte etwa so, wie eilige Menschen Bücher lesen: diagonal – sortierte er noch einmal die Einzelheiten, die ihm bisher bekannt waren. Mehrere abendliche Telefonate hatten ihm zwar keine weiteren Kenntnisse eingetragen, dafür aber, immerhin, einen relativ frühen Termin mit den beiden überlebenden Anwälten.

Kurz vor neun drückte er den Klingelknopf. Eine junge Dame, die kurz vorher in den Schminktopf gefallen sein mußte, öffnete ihm die Tür und bat ihn in die Praxis. Die beiden juristischen Gentlemen harrten seiner bereits, Kaffee trinkend und die anstehenden Ordnungen des Tages beredend.

»Ach, Sie sind das«, sagte der größere der beiden, als Matzbach sich mit seinem Nachnamen vorstellte. »Sie hatten ja am Telefon schon gesagt, daß wir uns aus den Kneipen hier in der Ecke kennen, aber ich konnte mit dem Namen kein Gesicht verbinden. Von Schlamm. Das ist mein Partner Curtius.«

Von Schlamm war etwa so groß wie Baltasar, also knapp unter einsneunzig, halb so feist, mit blondem Schopf, der sich zu lichten begann, und einem Gesicht, das kantig wirkte, bis auf das eher rückwärts orientierte Kinn. Curtius, ein wenig kleiner und schlank, dunkelhaarig, machte auf den zweiten Blick den besseren Eindruck; er überließ offenbar das Reden seinem Kollegen und zog zurückhaltendes Denken vor.

»Na«, sagte Baltasar, nachdem er sich gesetzt hatte, »kommen wir doch am besten gleich zur Sache.«

»Möchten Sie einen Kaffee?« fragte Curtius. »Nicht, daß ich ablenken will, aber es ist ja noch sehr früh.«

»Sie haben also Zweifel an der derzeitigen Meinung der Bonner Kriminalpolizei«, sagte von Schlamm.

Baltasar nickte und blickte von einem zum anderen. »Ich weiß nicht«, meinte er, »wie Sie zu der Sache stehen ...«

Curtius lachte kurz und hart. »Na, wie wohl. Wir sind natürlich begeistert. Allerdings frage ich mich, was Sie mit der Affäre zu tun haben und was Sie von uns erwarten.«

Baltasar faltete die Hände über dem Bauch und betrachtete die beiden friedlich, aber ohne jede Zuneigung.

»Das will ich Ihnen sagen, und zwar zunächst in Kürze. Ich glaube nicht, daß Schüsse, die auf einen Anwalt und seine Geliebte abgefeuert werden, und zwar zu einer Zeit, wo beide sich im Bett des Anwalts befinden, unbedingt der Geliebten gelten müssen. Für die Kripo ist Herr Goldberg, der mit seiner Noch-Frau verabredet war und kurz nach dem Mord vor dem Haus auftauchte, natürlich ein Himmelsgeschenk. Mir erscheint diese Erklärung allzu plausibel und einfach. Ich könnte mir eher denken, daß jemand etwas gegen Ihren Kollegen Naumann hatte und daß die Dame nur eine Art Zugabe war.«

Von Schlamm rümpfte die Nase. Die Sekretärin brachte den Kaffee und zog sich wieder zurück. Als die Tür sich geschlossen hatte, sagte von Schlamm: »Sie drücken das ein bißchen salopp aus. Vielleicht haben Sie recht, aber so, wie es jetzt aussieht, hat die Polizei für ihre Annahme etliche gute Gründe. Sie dagegen gehen von einer reinen Möglichkeit aus, für die nichts als eben die Möglichkeit spricht.«

Baltasar nickte. »Bis jetzt, ja. Nun habe ich aber erfahren, daß Ihr verblichener Kollege in den letzten Wochen mehrfach, und zwar jeweils relativ spät am Abend, berufliche Verabredungen hatte. Die Verkäuferin in der Boutique, die Frau Goldberg gehörte, sagte, ihre Chefin hätte am Mittwoch abend, kurz vor Geschäftsschluß, mit Naumann telefoniert; danach hätte sie, ein bißchen mürrisch, gesagt, das sei nun wieder eine von diesen dusseligen, späten Verabredungen. Er meinte, es wäre wichtig und geheim, aber wenn es was würde, könnte es ein Knüller werden.«

Curtius und von Schlamm wechselten Blicke. Dann sagte von Schlamm: »Merkwürdig. Sehen Sie, wir hocken im Moment in einem Raum, weil wir etwas zu besprechen hatten und weil wir auf Sie gewartet haben. Normalerweise arbeitet jeder von uns in seinem eigenen Zimmer. Die meisten Dinge laufen getrennt ab. Außer wenn es Probleme gibt oder etwas passiert, was alle interessiert. Wir wissen also in der Regel nicht, was die anderen gerade bearbeiten, wenn es nicht bei Beratungen zur Sprache kommt. Ich muß gestehen, was Sie da erzählen, ist mir völlig neu.«

Curtius nickte. »Ich habe auch keine Ahnung, was das bedeutet. Sind Sie sicher, daß man sich auf diese Verkäuferin verlassen kann?«

Baltasar grinste. »Zumindest was Klatsch angeht. Goldbergs Anwalt bestätigt das. Sie muß ungeheuer neugierig sein und alles, was sich einigermaßen interessant anhört, wie ein Schwamm aufsaugen.«

»Tja«, sagte von Schlamm, »vielleicht kann man das klären.« Er klingelte die Sekretärin herbei. »Sagen Sie, wer hat in der letzten Zeit Naumanns Termine notiert, Telefonate und so weiter?«

Die junge Dame überlegte. »Einige habe ich angenommen und aufgeschrieben, die meisten hat, glaube ich, Kirsten mitbekommen.« Sie lächelte leicht verlegen. »Ich war ja ein paar Tage krank...«

Curtius blickte von Schlamm an. »Tja, vielleicht sollten wir uns das wenigstens ansehen. – Bitten Sie doch Kirsten, mit allen wichtigen Terminkalendern, Telefonblocks und so weiter reinzukommen.«

Die andere Sekretärin erschien relativ schnell. Sie war noch ein bißchen jünger und noch ein bißchen stärker geschminkt als die erste. Sie schien den Sonntag in fröhlicher Feier verbracht zu haben; unter der Schminke sah sie schlecht aus und hatte tiefe Ringe unter den Augen, kaum verdeckt von einem satten Grün aus den Tiegeln der kosmetischen Industrie.

»Fräulein Roth«, sagte Curtius, »was können Sie uns über Naumanns Termine der letzten paar Wochen sagen?«

Fräulein Roth setzte sich auf den angebotenen Stuhl und begann zu blättern. »Nun«, sagte sie gedehnt, »einmal die üblichen Geschichten. Gerichtstermine und so weiter; dann hat er mir eine Reihe von Briefen diktiert...«

Curtius bat sie, alle für die Termine der letzten sechs Wochen wichtigen Unterlagen herbeizuschaffen.

Während sie in den verschiedenen Büros die Unterlagen zusammensuchte, wandte Curtius sich wieder an Matzbach. »Sie nehmen also an, daß die Schüsse Naumann allein galten und weder amouröse noch finanzielle Gründe hatten?«

Baltasar wiegte den Kopf hin und her. »So kann man das nicht sagen. Ich halte es nur für möglich, daß nicht Goldberg der böse Bube ist, sondern jemand, der andere und bessere Gründe hatte, auf Naumann zu schießen. Vielleicht spielt dabei auch Geld eine Rolle, wer weiß?«

Von Schlamm zündete sich eine Zigarette an und hustete. »Im Prinzip glaube ich zwar nicht daran, daß Goldberg es nicht war. Es ist aber zumindest seltsam, daß der ermittelnde Kommissar es bisher nicht für nötig gehalten hat, Naumanns berufliche Aktivitäten der letzten Zeit wenigstens anzutippen. Da haben Sie schon recht, Herr Matzbach.«

Curtius stützte die Ellenbogen auf den Schreibtisch und faltete die Hände unterm Kinn. »Im Moment ist das alles Theorie. Aber wenn wir von der Möglichkeit ausgehen, daß der Mord etwas mit Naumanns Terminen zu tun haben könnte, bringt uns das natürlich in eine unangenehme Lage.«

Von Schlamm runzelte die Stirn. »Wieso?«

»Ganz einfach. Wenn es so ist, dann werden wir vielleicht in den nächsten Wochen beim Aufarbeiten all der Dinge, die der Kollege uns hinterlassen hat, über etwas stolpern, was uns möglicherweise der gleichen Gefahr aussetzt.«

Von Schlamm machte eine wegwerfende Handbewegung. »Alles Unsinn. Nun mach nicht aus einer Mücke einen Elefanten.«

Sie schwiegen. Die junge Dame ließ auf sich warten. Curtius betrachtete Matzbach neugierig.

»Wenn Sie eine persönliche Frage erlauben: Wieso interessiert Sie die Sache, wie kommen Sie zur, hm, Detektivistik, und was machen Sie sonst?«

Baltasar zündete sich umständlich eine Zigarre an. »Ich bin von einem Freund gebeten worden, mich um die Sache zu kümmern. Er ist seinerseits mit Goldberg befreundet und schwört, daß der es nicht gewesen sein kann. Ich habe letztes Jahr durch Beharrlichkeit der Absichten und Klarheit des Geistes einen verzwickten Fall geklärt, und seitdem halten einige Leute mich für einen begabten Kriminalisten. Damit, im Vertrauen gesagt, unterschätzen sie mich in beleidigender Weise.«

Die beiden Anwälte lachten. Das Eintreten von Fräulein Roth enthob Baltasar der Pflicht, mehr über sich zu erzählen. Sie stapelte Akten auf den Schreibtisch, hinter dem Curtius saß, der seine Ellenbogen von der Platte nehmen mußte. Fräulein Roth nahm den Terminkalender in die Hand und las Daten und Namen vor, gab Stichwörter und verwies auf Durchschriften von Briefen, amtliche Schriftstücke etc. In vielen Fällen war entweder Curtius oder von Schlamm in der einen oder anderen Weise beteiligt oder zumindest informiert. Nach etwas mehr als einer Stunde hatten sie den Berg abgetragen.

Curtius rieb sich den linken Nasenflügel. »Na ja, viel ist nicht dabei herausgekommen. Nur diese paar Namen hier.«

Baltasar betrachtete die Liste, die er nebenher angefertigt hatte. Sie enthielt fünf Namen.

»Nun, immerhin. Fünf Leute, über die sonst nichts in den Unterlagen zu finden ist. Können Sie mir etwas über sie erzählen?« Er las den ersten Namen auf der Liste vor: »Hermann Albring.«

Curtius und von Schlamm verneinten. Fräulein Roth runzelte die Stirn, bis ein Teil der Schminke fast abbröckelte.

»Ich glaube, mich erinnern zu können«, sagte sie langsam, »daß Herr Naumann mal was von einem Journalisten gemurmelt hat.«

»Haben Sie ein Telefonbuch?« fragte Baltasar.

Nachdem sie es geholt hatte, riß er es an sich und begann zu blättern. »Aha. Hier haben wir ihn. Albring, Hermann, fr. Journalist – fr. heißt wahrscheinlich frisch, fromm, frivol, fröhlich oder frei, eh? Schauen wir doch mal, ob es die anderen auch gibt. Telefonbücher sind eine interessante Lektüre; man weiß nie genau, wie es ausgeht. – Aha. Fricke, Lorenz, MinRat. Ob das *der* Fricke, Lorenz ist? Jedenfalls der einzige im Buch.«

Er notierte sich in beiden Fällen Adresse und Telefonnummer.

»So«, sagte er munter, wobei er die wartenden Anwälte kurz anblickte, »machen wir weiter. Baginsky, Christine – auch nur eine solche vorhanden. Sehr schön. Vorwaldt, Roland – so, da gibt es keinen. Entweder hat er kein Telefon, oder er wohnt nicht in Bonn. Haben Sie häufig Klienten von außerhalb?«

Von Schlamm schüttelte den Kopf. »Kommt gelegentlich vor, aber nicht oft. Manchmal haben Leute Gerichtstermine in Bonn, weil sie hier was Böses getan haben, und es wäre zu teuer, ihre eigenen Anwälte aus Flensburg oder Garmisch mitzubringen. Aber sonst? Na ja, vielleicht der eine oder andere Fall aus der Umgebung. Sie wissen schon, Leute vom Dorf oder aus kleinen Orten in der Nähe, wo es keine Anwälte gibt. Die suchen uns dann aus dem Branchenverzeichnis heraus.«

Baltasar nickte. »Ich glaube Ihnen, daß das ein seltener Fall ist«, sagte er. »So, wie Sie heißen – wenn ich einen Anwalt brauchte, würde ich bestimmt keinen namens Schlamm nehmen, und dann auch noch ›von‹.«

Von Schlamm fand das gar nicht komisch, während Curtius grinste.

»So, der letzte; Stücker, Eduard, auch vorhanden.« Er klappte das Telefonbuch wieder zu. »Sagen Sie, Fräulein Roth«, sagte er dann sanft, »erinnern Sie sich bei diesen Namen noch an andere Einzelheiten?«

Sie konzentrierte sich sichtbar. Neben ihrem linken Auge löste sich ein kleines Bröckchen Putz von der Fassade und zerschellte auf dem Terminkalender, den sie auf dem Schoß hielt.

»Nein«, sagte sie schließlich, »jedenfalls nichts, was mir jetzt einfällt.«

Baltasar summte ein paar Takte eines aktuellen Schlagers vor sich hin. »Die Herren«, sagte er dann, »haben hoffentlich nichts gegen eine kurze Untersuchung von Naumanns Schreibtisch einzuwenden?«

Curtius schüttelte den Kopf. »Ansehen können Sie ihn sich auf jeden Fall.«

Von Schlamm setzte hinzu: »Solange Sie ihn nicht mitnehmen.«

Baltasar bedachte ihn mit einem Blick, der in Worten etwa »Schwache Revanche für die Geschichte mit dem Namen« hätte lauten können.

In Naumanns Raum wandte er sich zunächst noch einmal an die Sekretärin. »Für den letzten Mittwoch oder sonstige Tage in den letzten paar Wochen haben Sie aber keine Abendtermine notiert, oder?«

Sie blätterte noch einmal vor und zurück, schüttelte aber den Kopf. »Nein. – Moment, doch, natürlich, aber nicht notiert. Letzten Mittwoch – warten Sie mal, wie war das denn? Ach so, ja, mittags hat er mir gesagt, ich soll ihn daran erinnern, bevor ich gehe, daß er noch mit Köln telefonieren muß. Ich habe ihn daran erinnert und bin dann gegangen.«

»Wen er in Köln angerufen hat, wissen Sie aber nicht?«

»Nein, tut mir leid.«

Naumanns Schreibtisch erbrachte keine weiteren Informationen.

Wie um sich zu entschuldigen, sagte Fräulein Roth: »Ich habe ihn aufgeräumt, nachdem – nachdem das passiert ist.«

»War irgend etwas auf dem Schreibtisch, was vielleicht wichtig sein könnte oder Ihnen aufgefallen ist?«

»Nein.«

Auf einem kleinen Beistelltisch mit Rollen lagen etliche juristische Werke, Kommentare, Gesetzestexte und so weiter. Baltasar betrachtete sie mit Mißtrauen und Mißfallen. »Herr Curtius«, sagte er, »ich habe nun herzlich wenig Ahnung von solchen Dingen. Können Sie mir sagen, ob bei diesen Schriftwerken etwas ist, dessen Anwesenheit Sie verwundert?«

Fräulein Roth bestätigte, daß sie die Bücher dort aufgetürmt habe, soweit sie sich auf dem Schreibtisch befunden hatten, daß sie aber keines entfernt oder hinzugelegt habe.

Curtius überflog die Bände. »Das ist alles nicht besonders ausgefallen. Aber warten Sie mal, Naumann hatte die Angewohnheit, Zettel in die Bücher zu legen, wenn er mit etwas beschäftigt war, damit er relevante Texte schnell wiederfinden konnte.«

Er begann zu blättern. Tatsächlich fanden sich Zettel in mehreren Büchern.

»Na ja«, sagte er schließlich, »was meinst du dazu?«

Von Schlamm betrachtete die aufgeschlagenen Seiten und zuckte mit den Schultern. »Dazu ist nicht viel zu sagen. Das sind Dinge, die jeder von uns jeden Tag dreimal aufschlägt. Jedenfalls oft. Hier – das ist ungewöhnlich.« Er wies auf eine Seite in einem älteren Werk.

Matzbach beugte sich vor und überflog die Texte. »Saatgut«, murmelte er, »du liebe Güte.«

Er bat um einen weiteren Zettel, setzte sich an Naumanns verwaisten Schreibtisch und notierte sich in Stichworten die Themen, die Naumann offenbar in letzter Zeit behandelt hatte.

»Saatgut, Beleidigung, Ehrabschneidung, Schadenersatz, Fahrverbot, Informationsrecht der Öffentlichkeit, Verfahrensfehler oder wie immer das heißen mag, Untersuchungshaft...« Er brabbelte noch einiges vor sich hin; dann stand er wieder auf. »Ja, so, hm, aber ob das was bringt?«

Von Schlamm wandte sich ab, Curtius grinste. »Tja, mehr scheint nicht dazusein.«

Baltasar überlegte kurz. »Hatte Naumann vielleicht ein eigenes Verzeichnis wichtiger Telefonnummern, einen Notizblock, auf den er während des Telefonierens Männchen malte oder so was?«

Fräulein Roth nickte, ging aus dem Raum und kam sofort wieder zurück. Sie hielt Baltasar eine kleine Telefonkladde hin. »Hier, das waren einige Nummern, die er nach und nach eingetragen hat. Er hat es dann aber mir gegeben. Ich habe vorhin schon kurz nachgesehen; von den fünf Namen steht keiner drin.«

Sie machte eine Pause und schlug die Augen nieder. »Seinen Kritzelblock habe ich aber weggeworfen.«

Baltasar zog eine weinerliche Grimasse und durchblätterte die Kladde. Sie enthielt zahlreiche Namen und Eintragungen, darunter auch »Irene priv.« und »Irene Laden« und mehrere weitere weibliche Vornamen samt Telefonnummern.

Seufzend reichte er der Sekretärin die Kladde zurück. »Ich glaube nicht, daß es etwas bringt, wenn ich alle Nummern anrufe. Schade, daß Sie den Kritzelblock weggeworfen haben.«

Er sah sich noch einmal im Raum um, beobachtet von Curtius und Fräulein Roth. Von Schlamm hatte sich zurückgezogen.

Plötzlich hellte sich das Gesicht der jungen Dame auf. »Moment«, sagte sie, »da war noch was.« Sie ging zu einem ziemlich hohen Aktenschrank, stellte sich auf die Zehenspitzen und tastete mit der rechten Hand auf dem Schrank herum.

»Hier, das lag auf dem Schreibtisch.« Sie reichte Baltasar einen DIN-A2-Block der Art, wie Druckereien oder Verlage ihn als Werbegeschenk herstellen: oben ein kleingedruckter Jahreskalender, unten Eigenwerbung, dazwischen sehr viel Platz für Notizen.

Curtius warf ihr einen scheelen Blick zu. »Finden Sie, daß der Schrank der richtige Platz dafür ist?«

»Ich wollte das Ding zuerst wegwerfen, dann habe ich es da oben hingeworfen, weil es mir beim Aufräumen im Weg war, und schließlich hab ich es einfach vergessen.«

Baltasar strahlte. »Ein Lob Ihrer Vergeßlichkeit, denn hier stehen ein paar Nummern. Haben Sie noch mal die Kladde, bitte?«

Er setzte sich wieder hin und suchte. Es dauerte nicht sehr lang; auf der Schreibunterlage fanden sich lediglich neun Nummern. Zwei davon waren die beiden »Irene«-Nummern;

die übrigen sieben standen nicht in der Kladde. Eine der Nummern hatte eine Kölner Vorwahl. Baltasar notierte sich die Ziffern, dann reichte er die Schreibunterlage zurück.

»Heben Sie sie gut auf.« Er wandte sich an Curtius. »Spätestens übermorgen hole ich den lieben Goldberg aus dem Kerker, und dann wird sich mein Freund Ziegler, der eminente Kommissar, vermutlich persönlich herbemühen.«

Curtius musterte ihn mit zusammengezogenen Brauen. »Sie sind reichlich arrogant.«

Baltasar lächelte. »Ich kann es mir leisten.«

»Wieso sind Sie so sicher, daß Sie Goldberg rausholen werden?«

Baltasar stützte sich mit einer Hand auf den Schreibtisch; mit der anderen machte er eine großartige Geste. »Weil ich das beschlossen habe. – Eine Frage hätte ich noch an Sie, Mademoiselle.«

Fräulein Roth zuckte zusammen. »Meinen Sie mich?«

»Just. Ist es oft vorgekommen, daß Naumann selbst telefoniert hat, oder haben Sie ihn immer verbunden?«

Sie nickte, dann schüttelte sie den Kopf. »Beides. Ich meine, meistens habe ich ihn verbunden, aber manchmal hat er auch selbst gewählt.«

»Die Kölner Nummer hier und die anderen, die auf dem Block stehen, sind Ihnen unbekannt?«

»Ja. Ich kann mich jedenfalls nicht erinnern, daß ich sie jemals gewählt hätte.«

Nach einer kurzen Verabschiedung begab Matzbach sich zu seinem Wagen und donnerte quer durch die Nordstadt zur Bornheimer Straße. Gegenüber vom Großmarkt, auf dem die Landwirte der Umgebung ihre Erzeugnisse abliefern, läutete er Sturm.

Der arbeitslose Philosoph und Volleyballfreak Henry Hoff öffnete sofort. Persönlich. Er wohnte im vierten Stock, deshalb überraschte seine Anwesenheit im Parterre Matzbach zutiefst.

»Was machst du denn schon so früh hier unten, du Stinktopf?«

Hoff blinzelte. Er war noch reichlich verschlafen. In zerfledderten Jeans und zerschlissenen Latschen stand er an der Haustür. Im Gegensatz zu anderen brauchte er nicht zu Matzbach aufzuschauen, denn er war noch ein bißchen länger als dieser, wenn auch nicht im entferntesten so fett. »Post«, erklärte er weitschweifig.

»Willst du Briefträger werden?«

Hoff trug einen Stapel von Briefen unter dem Arm. Während sie zur Treppe gingen, sagte er: »Bin ich doch schon, wie du siehst, du feistes Ungeheuer. Hast du gefrühstückt?«

Oben angekommen – Matzbach prustend – gingen sie in die Wohnküche. Hoff suchte nach einem sauberen Becher und goß Kaffee für Matzbach ein. Danach ergriff er seinen noch halbgefüllten Becher und hockte sich auf die Tischkante. Mit geschickten Fingern drehte er eine Zigarette.

Baltasar musterte ihn mißbilligend. »Seit wann drehst du denn?«

Hoff hob die Schultern. »Seit ich mir keine Zigaretten mehr leisten kann.«

Matzbach rührte in seinem Becher. »Mich bewegt eine Frage. Wie kommt es, daß du unten, an den Briefkästen stehend, hörst, wenn ich oben bei dir klingle?«

Hoff leckte den Klebstreifen des Zigarettenpapiers ab und hängte das Produkt in den linken Mundwinkel. Während er ein Streichholz an der Wand anriß, erwiderte er undeutlich: »Das ist ganz einfach. Ich habe nichts gehört, aber auch durch das Milchglas der Haustür ist deine Silhouette unverkennbar.«

»Was aber, o luchsäugiger Milchglasvoyeur, treibst du so früh am Tag dort unten? Bist du unter die Korrespondenzler gegangen?«

Hoff exhalierte und klopfte auf den Stapel von Briefen. »Das sind Schreiben von bedeutenden Männern unserer Volkswirtschaft.«

Matzbach nickte. »Dachte ich mir. Teilen sie dir in wohlgesetzten Worten mit, daß sie zu ihrem unaussprechlichen Vergnügen deine Mitarbeit in ihren Unternehmungen weiterhin werden entbehren wollen?«

Hoff langte nach einem herumliegenden Messer mit Spuren von Margarine und Marmelade, wischte es an der Hose ab und nahm den obersten Brief. Er zerschlitzte das reichlich bedruckte Büttencouvert, zog ein Blatt heraus und überflog die wenigen Zeilen.

Matzbach betrachtete den Vorgang schweigend. Ein Brief nach dem anderen wurde seziert, obduziert, klassifiziert und relegiert; in der dafür vorgesehenen Ablagenische zwischen Herd und Boiler wucherte bereits ein Meter.

Hoff nahm die halbgerauchte Zigarette aus dem Mund, klemmte sie zwischen die Spitzen von Daumen und Mittelfinger und schnipste sie in den Spülstein, in dem sie zischend neben ihren Schwesterkippen des Morgens verlosch.

»Ja, ja«, murmelte er, »›Ihre Unterlagen erhalten Sie mit getrennter Post zurück. Wir danken für Ihr Interesse.‹«

Matzbach räusperte sich. »Vielleicht hättest du etwas Anständiges lernen oder jetzt endlich einmal an Umschulung denken sollen.«

Hoff wackelte mit den Zehen; das Schauspiel war halböffentlich, dank des Zustands der umgebenden Socken. »Was denn, deiner Meinung nach?«

»Nun, Dachdecker vielleicht, oder Pirat, Papst, Papagallo, Petrochemiker, Päderast, was weiß ich. Jedenfalls ist der Zustand eines arbeitslosen Philosophen absurd.«

Hoff schüttelte den Kopf und schob das Kinn vor. »Pillosophen sind nie arbeitslos. Sie denken unausgesetzt.«

Matzbach faltete die Hände auf dem Tisch. »Alle Ausgesetzten, Aussätzigen, Insassen und Aussassen tun das. Das ist nichts Besonderes.«

»Du hast bei deinen widerlichen Wortspielereien die Hintersassen und die Freisassen vergessen. Und den Sassafras.«

Matzbach beäugte mißtrauisch den Becher, dann nahm er einen Schluck Kaffee zu sich. »Hör mal, bist du über deine Arbeitslosigkeit hinaus beschäftigt?«

Hoff rutschte vom Tisch und setzte sich vorsichtig auf einen Stuhl, dessen Beine an beginnender Altersarthritis litten. »Natürlich. Ich schreibe Bewerbungen, lese Stellenanzeigen, zerbreche mir den Kopf und mache Schulden. Ich habe also keine Zeit für dummes Zeug.«

»Wann, lieber Freund, hättest du Zeit für dummes Zeug? Wenn du einen Job hättest?«

»Nein, dann wäre ich beschäftigt.«

»Also nie?«

Hoff kniff den Mund zusammen. »Worum geht es denn?«

Matzbach folgte mit den Blicken einigen Fliegen, die auf dem Rand des Marmeladenglases balancierend zu einem Flug durch die Küche starteten. »Um ein oder zwei kleine Morde.«

»Um Himmels willen. Wen hast du umgelegt? Soll ich dich ins Ausland schmuggeln?« Er beugte sich vor und war ganz besorgt.

Matzbach grunzte. »Nichts dergleichen. Ich habe beschlossen, rätselhafte Geschehnisse zu erhellen.«

»Ah. Das Dunkel deines Geistes zur Umleitung der Justiz verwenden, willst du das schon wieder?«

Baltasar zog eine seiner Zigarren aus einer Jackentasche und zündete sie umständlich an, ehe er antwortete. »Keiner versteht mich, und niemand hat mich lieb. Alle spotten meiner. Aber«, sagte er laut und energisch, »ich werde euch alle vor Scham erröten machen.«

»Wir werden alle wegen deiner Scham erröten.«

Matzbach stand auf. »Gut«, sagte er böse, »wenn du nicht willst, dann gehe ich jetzt.«

Er setzte sich wieder. Hoff begann mit der Anfertigung einer weiteren Zigarette und schwieg beredt. Mit der ersten Rauchwolke blies er das Streichholz aus. Er schob durch heftige Mundbewegungen die Zigarette in die Mitte seines Gesichts und klemmte sie dabei in einer Weise zwischen Unter- und Oberlippe ein, daß sie am Ende des Transportverfahrens aufwärts zeigte, den Glutkegel kaum zwei Millimeter von der Nasenspitze entfernt.

»Baltasar, Baltasar«, sagte er dann, »du dauerst mich. Erleichtere deine Seele und sprich!«

Mit knappen Worten berichtete Matzbach ihm von den Vorfällen, die zu Goldbergs Verhaftung geführt hatten, sowie von seinen bisherigen Taten.

Hoff lauschte stumm. Schließlich lehnte er sich zurück und kicherte. »Und so zieht der Held in den Kampf.«

Matzbach zog den Inhalt seiner Nase hoch. »Ja, um durch heftiges Bewegen meiner Arme eine Wirksamkeit anzudeuten, die jener der bürokratischen Windmühlen ähnlich ist.«

»Und was soll ich dabei tun?«

Baltasar runzelte die Stirn. »Helfen, Informationen sammeln, dumme Vorschläge machen, dich in Kneipen umhören und so weiter.«

Hoff nickte langsam. »Hab ich mir gedacht. Sind deine Helfer vom letzten Mal noch so gestreßt, daß sie diesmal keine Lust haben?«

»Alle haben irgendeine dumme Ausrede oder gehen nicht ans Telefon oder sonst was.«

»Kann man ihnen das verdenken?«

Baltasar grinste. »Nein. Also, wie stehts mit dir?«

Hoff überlegte.

»Also, eigentlich müßt ich ja in den nächsten Tagen mindestens vier Dutzend Bewerbungen schreiben.«

»Die Absagen werden auch ohne dein Zutun kommen. Du bist für jede qualifizierte Arbeit in einem so hohen Maße ungeeignet, daß alle größeren Körperschaften dieser Republik dich an erster Stelle auf ihrer Ablehnungsliste führen.«

Hoff warf mit einem alten Brötchen nach Matzbach. »Volleyballtrainer«, sagte er nachdenklich, »könnte ich natürlich auch werden... Im Ernst, Baltasar: Du weißt, daß ich seit sechs Monaten kein Arbeitslosengeld mehr bekomme, Unterstützung würden sie sich von meinem Vater zurückholen, und das will ich nicht. Ich hab keinen Pfennig mehr und muß mir dringend etwas suchen, egal was. Tagsüber Bewerbungen schreiben, abends Bier zapfen oder so. Wenn ich in Kneipen was für dich rauskriegen sollte – ich könnte mir im Moment nicht mal n Bier leisten ...« Er schwieg und begann, während er noch paffte, eine weitere Zigarette zu drehen.

Baltasar blickte an die Decke. »Soll ich dir was pumpen?«

Hoff musterte interessiert seinen Kühlschrank, als sei dieser eben zur Tür hereingekommen. »Nee, das ist lieb, aber ich wüßte nicht, ob oder wann ichs zurückgeben kann ...«

»Eigentlich«, sagte Baltasar nachdenklich und nebenhin, »brauche ich für ein paar Tage eine Mischung aus Fahrer und Sekretär. Kannst du tippen?«

Mit diesem Vorwand einigten sie sich, nachdem Hoff sich noch eine Weile geweigert hatte, bis Baltasar schließlich grob sagte: »Stell dich nicht so an. Ich setz dich als Bestechungsgeld oder Geschäftsunkosten ab.«

Danach zog er einige Blätter aus der Innentasche seiner Jacke. »Ist dein Telefon schon gesperrt?«

»Noch nicht, kann aber nur noch ein paar Tage dauern.«

Baltasar entfaltete die Blätter, legte sie auf den Tisch und strich sie glatt. Dann zog er einen Kugelschreiber aus der Brusttasche seines Hemdes. »Hier habe ich vier Telefonnummern, Namen und Adressen, und einen Namen ohne sonstige Informationen. Hier« – er wies auf den anderen Zettel – »habe ich sieben Telefonnummern. Vier, und zwar diese, jene, solche und welche, stehen auch auf dem anderen Blatt. Das ist beruhigend. Jetzt möchte ich mit Hilfe deines ungesperrten Telefons feststellen, wer sich hinter den anderen Nummern versteckt.«

Hoff stand auf, ging nach nebenan und kam mit dem Apparat zurück, der ein langes Kabel hatte. »Hier, versuch dein Glück.«

Baltasar bohrte seinen dicken Zeigefinger in die Löcher der

Wählscheibe. »Wenn du wieder zu Wohlstand gelangt bist, schaff dir bitte mir zuliebe eines mit Tasten an, ja?« Dabei wählte er jene der Nummern, welche eine Kölner Vorwahl hatte. Offenbar bekam er sehr schnell Anschluß, denn er öffnete halb den Mund, schloß ihn wieder, lauschte und begann zu grinsen; dabei notierte er etwas. Schließlich legte er den Hörer auf die Gabel und kicherte. »Ich habe ein interessantes, wenn auch einseitiges Gespräch mit einem automatischen Anrufbeantworter hinter mir.«

Hoff knackte mit den Fingergelenken. »Aha. Wessen Apparat war das denn in Köln?«

Matzbach schob ihm den Zettel hin. Hoff las laut: »Gesellschaft zur Stärkung der Verben e. V. – was ist denn das?«

Matzbach zuckte mit den Schultern. »Das weiß ich nicht; ich finde aber, es klingt pittoresk. Der Apparat hat mir freundlicherweise mitgeteilt, daß der Anschluß nur an Wochenenden sowie Donnerstagen bemannt sei. Wir werden der Sache demnächst auf den Grund gehen. – Gut, zur nächsten Runde jetzt. Komische Nummer das.«

Hoff betrachtete den Zettel. »Acht Ziffern und eine Zwei am Anfang – hm. Die meisten Nummern hier im City-Bereich rechts und links der Bahn, so zwischen Bahnhof und Bonn-Center, fangen mit einer Zwei an, aber die sind alle sechsstellig. Das sieht wie eine Durchwahl aus, vielleicht eines der Ministerien? Oder der Kanzler persönlich?«

Matzbach grunzte. »Werden wir sehen, Kanzler wär natürlich lustig, eh? Diese Tante in der Boutique, diese sogenannte Verkäuferin, ein unmögliches Stück Mensch, hat ja erzählt, die verblichene Dame habe ihr erzählt, der verblichene Herr habe dieser erzählt, etwas, falls es etwas ergäbe, würde ein dickes Ding.«

Hoff nickte. »Völlig klar, das habe ich mühelos verstanden. Telefonier lieber!«

Matzbach rümpfte die Nase, begann dann aber zu wählen. Nach der sechsten Ziffer war Schluß; er hielt die Muschel so, daß Hoff die mißtönende Pseudotriole und »Kein Anschluß unter dieser Nummer« hören konnte.

»Also«, murmelte Matzbach, »was machen wir mit dieser achtstelligen Nummer?«

»Vielleicht ist es die Kontonummer eines Menschen, der deinen Rechtsanwalt erpreßt hat?«

Matzbach seufzte nur; dann nahm er den Hörer wieder auf und wählte eine Null, danach die acht Ziffern. Nach dem fünften Tuten nahm jemand ab.

Matzbach nahm die Meldung schweigend entgegen, räusperte sich dann und sagte mit leicht verunsichert wirkender, halbhoher Stimme: »Ja, eh, entschuldigen Sie bitte, aber ist dort nicht die Kentaurenapotheke? – Aha, so, danke sehr. Bitte, entschuldigen Sie, daß ich mich verwählt habe.« Er legte auf. »Hm, ich weiß zwar nicht, ob das etwas einbringt, und es war ja auch nur so eine Idee. Eine Dame namens Gabrieli.«

Er notierte den Namen hinter der Telefonnummer, der er in Klammern eine Null voransetzte, und versah die ganze Zeile mit mehreren Fragezeichen. »Ich dachte nur daran, daß ich manchmal, wenn ich mir eine auswärtige Nummer aufschreibe, die Null fortlasse, weil sie selbstverständlich ist.«

Hoff nickte. »Weise, wenn ich auch nicht bei allen toten Anwälten voraussetzen würde, daß sie deine Macken teilen.«

Baltasar schwieg und wählte die dritte Nummer. Dort nahm sehr rasch jemand ab; Baltasar sagte lediglich: »Verzeihung, falsch verbunden«, und legte wieder auf.

»Und?«

Matzbach stülpte die Lippen nach außen. »Ein Hotel; wenn ich mich nicht irre, nahe am Botanischen Garten.« Er starrte auf seinen Zettel. »Was machen wir nun? – Na, es ist bald Mittag. Wenn du mich zum Essen ausführst, lade ich dich ein.«

Hoff grinste. »Wenn du mir einen Vorschuß zahlst, lade ich dich ein.«

»Gemacht. Schreib dir nur vorher diese paar Namen und Nummern auf.«

Hoff holte Papier und einen Stift und schrieb brav jene Namen, Adressen und Nummern ab, die Matzbach mit Hilfe des Telefonbuchs und der Sekretärin der Anwaltskanzlei gefunden hatte.

»So«, murmelte er, als er fertig war, »Fricke, Albring, Baginsky, Stücker und Vorwaldt, letzterer ohne alles. Was soll ich damit machen?«

»Das erkläre ich dir beim Essen.«

Sie gingen zu Fuß in eine kleine Gaststätte neben dem Großmarkt, in der man für unter zehn Mark ein kräftiges Mittagessen mit Suppe und Nachtisch bekam. Beim Kaffee einigten sie sich darauf, daß Matzbach einen Abstecher zu Großvater Goldberg unternehmen würde, während Hoff versuchen sollte, in Kneipen nahe den jeweiligen Adressen oder auf sonstige Weise etwas über die fünf beziehungsweise vier Leute zu erfahren. Matzbach stand auf.

»Ich werde jetzt fahren«, sagte er friedfertig. »Ich bin nämlich scharf drauf, diesen Raben kennenzulernen.«

VII

Als Baltasar mit einigen Mühen und Verirrungen die Fachwerkbehausung des Großvaters erreicht hatte, war dieser nicht aufzufinden. Murrend streunte Matzbach über das von alten, hohen Bäumen bestandene Grundstück. Schließlich entschied er sich für einen Einbruch, den er jedoch nicht durchzuführen brauchte, da die Tür nicht verschlossen war. Langsam und verwunderten Auges wanderte er durch das Haus und versuchte, die vielerlei toten Tiere einzuordnen, die ihn allenthalben anstarrten. »Dieses«, murmelte er vor sich hin, »ist eine veritable Geisterbahn. Schuhu, altes Mädchen!«

Letzteres war als Gruß gedacht und galt einer ausgestopften Schleiereule, die zwischen Zinnkrügen auf einer Anrichte residierte. Ihr gegenüber, auf einem kleinen Bord, das mit

Holzstiften in der Wand verankert war, trotzte ein Tukan der Belagerung durch Teedosen.

Seufzend und kopfschüttelnd kehrte Matzbach schließlich dem verwinkelten Hinterteil des Hauses den Rücken und begab sich in die Küche. Kaum hatte er die Tür geöffnet, als auch schon im Sturzflug ein schwarzes Objekt auf ihn losfuhr. Mit knapper Not entging Baltasar einem Schnabelhieb.

Der Rabe machte eine Zwischenlandung auf einer Stuhllehne und breitete die Flügel aus. Dabei musterte er Matzbach und krächzte etwas, das sich wie »Rotzlümmel« anhörte. Dann schlug er heftig mit den Schwingen und setzte zum nächsten Angriff an. Baltasar ergriff die Offensive und warf dem startenden Jagdflieger eine Streichholzschachtel vor das Flugbein, was den Raben jedoch nur kurzzeitig irritierte. Als er unter Gekrächz erneut auf Matzbachs Gesicht losging, schnappte Baltasar ihn in der Luft mit beiden Händen, hielt die Flügel fest, sah ihm streng in die Augen und hielt ihm folgenden Vortrag:

»Du Schmutzfink, du Abgrund der Widerwärtigkeit. Du Unhold, du Flatterratte, du Segelolm, unterbelichtetes Stück Aerodynamik, pickender Satan und Schnabelschnepfe. Harmlose Einbrecher zu belästigen, bah. Mieses UFO, du räudiger Meuchelmörder. Wenn ich dich jetzt loslasse, bitte ich mir mehr Respekt aus, und vor allem Friedensliebe. Hast du mich verstanden?«

Der Rabe lauschte in seiner unbequemen Lage mit quergelegtem Kopf. Als Matzbach ihn emporhielt und schüttelte, schiß ihm der Vogel in die Brusttasche.

»So«, sagte Baltasar erbost, »das zahl ich dir heim, du Mistkäfer. Wenn du mich beschmutzt, werde ich dich eben waschen, in heilsamer Umkehr der Injurien.«

Mit wenigen Schritten hatte er das Waschbecken der Küche erreicht. In einer Hand hielt er den Raben fest, mit der anderen öffnete er den Kaltwasserhahn. Dann ergriff er eine Plastikdose mit Spülmittel und besprühte das Tier. So geschah es, daß dem zeternden Raben ein Bad angedieh, und Baltasar redete ihm während des Vorgangs begütigend zu.

»Siehst du, die Reinlichkeit des Leibes fördert die Gelassenheit der Seele. Als ich noch ein Albatros war, habe ich immer freiwillig heiße Bäder in Geysiren genommen, und dabei haben Meerjungfrauen mir das Gefieder gezaust. Oh, die Schönheit der vergangenen Inkarnationen. Um ein zänkischer Rabe zu werden, mußt du in deinem letzten Leben ziemlich gesündigt haben. Was warst du nur, du Tier? Wer könntest du gewesen sein? Schwarz, räudig und zänkisch – ein Jesuit?«

An dieser Stelle öffnete sich die Tür, und Großvater Goldberg trat ein. Er betrachtete die Szene mit offensichtlichem Wohlgefallen.

»Dem Geruch nach hat er Sie angeschissen. Ich kenne seine Gründe nicht. Ich weiß auch nicht, wer Sie sind und was Sie in meinem Haus machen, aber dem Raben kann eine Abreibung nicht schaden.«

»Ihr Enkel«, sagte Matzbach, während er die feuchte Amtshandlung beendete, »hat einen merkwürdigen Geschmack. Wenn seine Frau als Frau so liebenswert war wie der Rabe als Rabe, dann wundert mich nichts mehr an dieser ganzen trüben Angelegenheit.«

Er wartete auf weitere Worte des Großvaters, aber dieser war durch die ungewöhnliche Menge an Wörtern, die er bereits gesprochen hatte, so erschöpft, daß er zunächst schwieg und der Prozedur mit einem falschen Lächeln zusah. Schließlich knurrte er: »Kaffee?«

Baltasar knurrte zurück: »Mit Milch.«

Dann trocknete er den Raben mit einem schmutzigen Spültuch ab und schlug ihm mit dem Zeigefinger auf den Schnabel. »So, du Früchtchen, das sollte dir eine Lehre sein.« Er blickte sich suchend um und entdeckte ein Glas mit Marmelade. Zum Glück stand es offen da, sonst hätte er einhändig Schwierigkeiten gehabt. Mit seinem dicken Zeigefinger holte er ein schönes Häppchen aus dem Glas und schmierte es sich ins Ohr. Dann setzte er den immer noch stummen und geduldigen Raben auf seine rechte Schulter und ließ ihn los. Offenbar war dies das richtige Rezept: Der Rabe trippelte ein wenig auf der Stelle, dann begann er, die Marmelade vorsichtig aus Baltasars Gehörgang zu naschen.

Der alte Goldberg schaute zu und grinste. »Gut so.«

Das Wasser begann zu kochen. Während Goldberg den Kaffee in einer alten Blechkanne aufbrühte, setzte Matzbach sich sanft auf einen Stuhl. Der Rabe ließ sich nicht stören.

Als der Großvater zwei Emaillebecher, Löffel und ein Milchkännchen auf den Tisch gestellt und sich gesetzt hatte, blickte Baltasar ihm in die Augen.

»Ich hoffe, ich muß Sie nicht auch in ähnlicher Weise von meiner Person überzeugen.«

»Ich kann mich allein waschen, danke.«

Matzbach rührte in seinem Kaffee und berichtete in knappen Sätzen: zur Person, zur Sache, zu den Anlässen und Auswirkungen. Als er damit fertig war, nahm er einen großen Schluck Kaffee und griff in die Brusttasche, um eine Zigarre herauszuziehen. Nachdenklich betrachtete er seine verschmierten Finger, an denen nun nicht nur Marmelade haftete.

»Trottel!« sagte der Rabe. Dann keckerte er.

Matzbach stand auf, ging zum Waschbecken und versuchte, mit spitzen Fingern, Wasser und dem Spültuch seine Brusttasche notdürftig zu säubern. Der Rabe blieb derweil auf der Schulter und verfolgte die Reinigung mit Anteilnahme.

Als Baltasar wieder saß, klopfte der alte Mann mit knochigem kräftigen Finger auf die Tischplatte. »Und jetzt?«

»Ganz einfach. Moritz hat Ihnen am Wochenende den Wagen gebracht. Sie geben mir Schlüssel und Zulassung, und ich versuche mit Hilfe des Wagens und dieses Flugsauriers hier, die Tankstelle zu finden, an der Ihr Enkel getankt hat.«

Goldberg schnaubte. »Zwischen hier und Königswinter oder Siegburg, egal, gibts tausend Tankstellen.«

»Na ja, ein paar weniger werdens schon sein. Aber haben alle Diesel?«

Goldberg kniff die Brauen zusammen. »Weiß nicht. Wohl die meisten. Hier gibts viele Bauern.«

»Kriegen die ihren Treibstoff nicht woanders?«

Goldberg zuckte mit den Schultern.

Matzbach leerte seinen Becher und stand auf. Er ging abermals zum Waschbecken, diesmal, um sein Ohr von den Marmeladeresten zu säubern. Der Rabe protestierte und flog auf die Schulter des Großvaters, wo er leise brabbelnd hocken blieb.

Als Baltasar mit den Fingern schnipste und den dicken Zeigefinger auf den Raben richtete, musterte der Vogel ihn unbewegt.

»Poe, komm her«, sagte Baltasar energisch und deutete auf seine rechte Schulter. Mit leichtem Staunen verfolgte der Großvater den Flug des Vogels, der gehorsam auf Baltasars Schulter zurückkehrte.

»Das ist mir neu«, sagte er. Dann holte er aus einer Schublade Schlüssel und Papiere, reichte sie Matzbach und winkte ihm zu folgen. Sie gingen zu einem Schuppen auf dem hinteren Teil des Grundstücks. Goldberg öffnete das Tor, und Matzbach inspizierte den alten Diesel. Ächzend klemmte er sich hinter das Steuer, schob den Sitz nach hinten, um atmen zu können, und betrachtete sinnend das Armaturenbrett. Der Rabe flatterte auf die Rückbank, wo er auf und ab stolzierte.

»So so«, sagte Baltasar.

»Was?«

Baltasar wies auf den Tachometer. »Hier, der Zähler für die Tageskilometer. Normalerweise stellt man ihn ein, wenn man aufgetankt hat. Bis Bonn sind es etwa fünfzig Kilometer. Angenommen, Ihr Enkel hat in Bonn noch mal, na, sagen wir zehn Kilometer zurückgelegt, macht von hier aus sechzig.

Dann hat Moritz vielleicht noch einmal zehn Kilometer gemacht, um aus Bonn herauszukommen, und wieder fünfzig, um den Wagen herzubringen. Macht hundertzwanzig plusminus zehn Prozent. Nun hat der gute Andreas aber nicht hier, sondern auf dem Weg nach Bonn getankt. Und Umwege gemacht. Wenn wir genau wüßten, wie viele Kilometer Moritz zurückgelegt hat, wüßten wir, wie weit von Bonn die betreffende Tankstelle sein kann. Selbst unter Berücksichtigung der Tatsache, daß Ihr Enkel Umwege gemacht hat, würde uns das schon helfen.«

Goldberg nickte.

Matzbach stieg wieder aus und ging zu seinem eigenen Wagen. »Wo ist das nächste Telefon?«

Der Alte erklärte es ihm.

Baltasar hob die Hand. »Gut, bis gleich«, sagte er. In diesem Moment ließ sich der Rabe auf seiner Schulter nieder und krächzte. Baltasar seufzte. »Na schön, Vieh, komm mit.«

Er fuhr zur Telefonzelle und hatte Glück; Moritz war in der Redaktion.

»Na, Matzbach, auf der Pirsch?«

Baltasar gab einen Schnalzlaut von sich. »Hör mal, ich will was wissen.«

Morungen stöhnte. »Motzbauch, was willst du wissen? Bin ich deine Auskunftei? Ruf die Auskunft an!«

»Wie weit bist du mit Goldbergs Wagen gefahren?«

Moritz schnaufte. »Mastbock, Mastbock, wie soll ich das wissen?«

Baltasar fluchte. Danach sagte er: »Also, paß auf. Hast du den Tageszähler angefaßt?«

Moritz überlegte. »Ach so. Du willst die Tankstelle finden. Mhmhmhmhmhmhm ... Ich habe nicht nur den Tageszähler nicht angefaßt, lieber Mistbär, sondern mir sogar gemerkt, welche Zahl er zeigte.«

»Soviel Umsicht hätte ich dir gar nicht zugetraut. Welche Zahl wars denn?«

Moritz gluckste. »Das, lieber Freund, kriegen wir raus. Ich hab mir nämlich ne assoziative Eselsbrücke gebaut, um sie zu behalten. Na, Mordsblock, was sagst du dazu?«

Matzbach schüttelte sich. »Bitte bitte, lieber Murxritz, tu es mir kund.« Er warf ein Markstück nach, bevor die Post das interessante Gespräch beendigen konnte.

Moritz holte tief Luft. »Also, ich hab mir die Zahl so gut merken können, weil sie was mit Erotik zu tun hat.« Er machte eine Pause; dann setzte er kleinlaut hinzu: »Und jetzt hab ichs vergessen.«

Baltasar ächzte. »Erotik? O du lieber Himmel. Und jetzt hat er es vergessen!«

Moritz summte leise; es klang eher wie eine Störung in der Leitung. Schließlich sagte er: »Aber das kann man rekonstruieren, dazu sind ja Eselsbrücken da. Warte mal. An dem Morgen hatte der Kollege von der Filmredaktion mir was von einem unanständigen Film erzählt, den er besprechen sollte...«

»War die Zahl vielleicht hundertfünfundsiebzig? Oder neunundsechzig? Oder was?«

Moritz grunzte. »Sei still, bring mich nicht durcheinander. Bei deinem Geschwätz soll man auch noch denken... Ich hab den Film wieder! Ein siebzehnjähriger Junge tut in diesem Film mit zwei fünfzehnjährigen Mädchen irgendwelche Dinge, die dann frei sind ab sechzehn.«

Baltasar addierte. »Das macht dreiundsechzig.«

Moritz hustete. »Kopfrechnen gut, aber das war nicht die Zahl. Warte mal. Der Film spielt in Los Angeles. In Los Angeles gibt es doch diesen furchtbaren Freeway, du kennst doch bestimmt auch Bilder davon, diese grausigen Autobahnschlangen, die in siebzehn Schichten über-, unter- und nebeneinander wie Zöpfe verflochten sind, ja?«

Baltasar seufzte. »Noch eine siebzehn. Das macht achtzig.«

»Dabei fiel mir ein, daß ich ein paar Tage vorher eine alte Bekannte, mit der mich, lang ists her, was Erotisches verband, hm, vom Flugplatz abgeholt habe, Köln-Wahn. Die sagte irgendwas über die Verflechtung der Autobahnzu- und -abfahrten, deswegen fiel mir Los Angeles ein. Die Dame aber ist dreiunddreißig.«

»Das bringt uns auf hundertdreizehn. Mach nur so weiter.«

»Keine Sorge. Ich habs jetzt, aber es ist blödsinnig. Die Dame erzählte mir, daß sie demnächst einen wohlhabenden Menschen von sechsundvierzig Jahren zu ehelichen gedenkt. Das macht hundertneunundfünfzig. Die Quersumme von einhundertneunundfünfzig ist fünfzehn. Da das ganze Gerede im Prinzip um Sex kreiste, multiplizier mal fünfzehn mit sechs. Also neunzig. Geteilt durch die beiden fünfzehnjährigen Mädchen ergibt das fünfundvierzig. Und das, lieber Baltasar, ist die Zahl, die der Tageszähler zeigte. Hah.«

Baltasar sagte schwach: »Erstaunlich. Bist du ganz sicher?«

»Ja. Da fällt mir ein, daß ich auch an das Ende des Zweiten Weltkriegs gedacht habe. Bitte sehr, die erfolgreiche Gegenprobe.«

»Du dummer Ziegenbock, warum schreibst du dir so was nicht auf?«

Moritz kicherte. »Jetzt, wo du es sagst, fällt mir ein, daß ich es wohl aufgeschrieben habe. Heute früh hab ich in meiner Jacke einen zerknüllten Zettel gefunden, auf dem stand fünfundvierzig, aber damit konnte ich überhaupt nichts anfangen, und deswegen hab ich ihn fortgeworfen.«

Als Baltasar wieder bei Großvater Goldberg angekommen war, berichtete er diesem von den außergewöhnlichen Gedächtnisleistungen des Lokalredakteurs. Goldberg lauschte schweigend, runzelte nur zwischendurch die Stirn.

Poe, der die ganze Zeit friedlich auf Baltasars Schulter gehockt und nicht einmal das Telefonat durch unziemliches Betragen gestört hatte, startete plötzlich wild durch und jagte unter Kriegskrächzen hinter einem Eichhörnchen her.

Matzbach breitete eine Karte auf der Motorhaube seines Wagens aus und zog mit einem Kugelschreiber eine Art Halbkreis um Beuel.

»Hier. Wenn der Tacho fünfundvierzig zeigte, dann kann man ungefähr zehn abziehen für Fahrten in Bonn. Ihr Enkel hat bestimmt keine Fähre benutzt, um auf die linke Rheinseite zu kommen, an so was würde er sich wohl erinnern. Die nächste Brücke oberhalb von Godesberg ist bei Neuwied, das ist zu weit und scheidet also aus.«

Er musterte kritisch den Halbkreis.

»Wenn er große Umwege gefahren ist, kann ihn das ja durchaus bis ins Bergische Land gebracht haben.«

Großvater Goldberg schüttelte den Kopf. »Glaub ich nicht.« Er wies auf die Gegend östlich von Köln, ohne sich auf einen bestimmten Punkt festzulegen. »Von da aus wäre er über die Flughafenautobahn nach Bonn zurückgefahren ...«

Baltasar nickte. Den Auskünften nach hatte Andreas Goldberg ausdrücklich betont, er sei auf lieblichen Landstraßen durch den Morgen gebummelt, also schieden Autobahnen ebenso aus wie die einigermaßen häßliche Strecke Neuwied-Honnef-Königswinter, die außerdem am Rhein entlang verläuft, und vom Rhein hatte der Delinquent ebenfalls nicht gesprochen.

Matzbach strichelte eine zweite Linie, ungefähr einen Viertelkreis östlich und südöstlich von Beuel. »Hier irgendwo, ungefähr fünfunddreißig Kilometer von Beuel entfernt, dürfte er getankt haben. Das kann Richtung Altenkirchen gewesen sein, aber auch Richtung Eitorf.« Er seufzte. »Daß die Menschen aber auch immer so unbedachte Schritte unternehmen müssen.«

Er pfiff auf den Fingern und brüllte »Poe!«, dann, als das nichts bewirkte, »Rabenaas!« Irgendwo raschelte es, und der Vogel landete auf Baltasars Schulter.

»Ich werde jetzt ein bißchen diesen Wagen bewegen und den Tank leerfahren. Vielleicht kommt etwas dabei heraus.«

Goldberg nickte. Baltasar kletterte wieder hinter das Steuer, steckte den Schlüssel ins Zündschloß und wartete, bis das Vorglühen beendet war. Dann startete er den Motor, der unter Ächzen duftige Wölkchen absonderte. Als er den Rückwärtsgang einlegte und aus dem Schuppen herausschoß, klopfte Goldberg auf das Dach. Matzbach kurbelte das Fenster herunter.

»Ja?«

Der Großvater grinste.

»Schnallen Sie den Raben an, er greift Ihnen sonst in die Gangschaltung!«

Poe hüpfte auf dem Beifahrersitz auf und ab, sprang dann auf die Rückenlehne und gähnte. Baltasar bedankte sich mit einem gehobenen kleinen Finger für den Raben-Rat und fuhr los.

Kurz nach sieben bog er hupend wieder auf Goldbergs Grundstück ein. Es wurde dunkel und empfindlich kalt.

»Ach ja«, sagte Baltasar traurig, als er mit dem fröstelnden Raben auf der Schulter die Küche betrat, »die schönen Tage von Aranjuez sind nun vorüber.«

Goldberg blickte vom Herd auf, an dem er mysteriöse Mischungen erhitzte. »Spät kommt Ihr, doch Ihr kommt.«

Matzbach nickte und deutete eine rituelle Verbeugung an. »Der lange Weg säumt meine Entschuldigung«, erwiderte er. Seufzend ließ er sich auf einen Stuhl sinken.

Goldberg schob den Unterkiefer vor. »Wein?«

Baltasar nickte. »Und Kaviar für den finsteren Pfadfinder«, sagte er mit einer Kopfbewegung nach rechts, zum geschulterten Poe.

Goldberg langte eine mit feuchten Lappen zur Kühlung umwickelte Flasche aus einer Ecke hervor, entwickelte sie, zog vorsichtig den Korken heraus und stellte zwei Gläser auf den Tisch. Nachdem er sie gefüllt hatte, nahm Matzbach einen vorsichtigen Schluck und schüttelte sich.

»Brrr, das zieht einem ja die Löcher in den Socken von innen zu! Riesling?«

Goldberg nickte. »Guter alter«, sagte er fast liebevoll, »das heißt junger, aber wie früher, ohne Zucker.«

Baltasar nahm einen weiteren Schluck und grunzte schon beifälliger. Goldberg bestrich eine Scheibe Graubrot mit gesalzener Butter, schmierte eine Schicht Erdbeermarmelade darüber, garnierte die Angelegenheit mit Zwiebelringen und krönte alles mit einigen Tupfern Senf. Dann schnitt er es in winzige Stückchen und schob es dem Raben hin, der von Baltasars Schulter hüpfte und munter zu speisen begann.

»Das Tier«, sagte Matzbach ungläubig, »muß krank sein.«

Goldberg nahm den Topf vom Herd und teilte den Inhalt gerecht; einen der überhäuften Teller stellte er vor Matzbach, mit dem anderen begab er sich an die andere Seite des Tisches und setzte sich.

»Essen!«

Baltasar schnupperte und strahlte. »Ah, die Köstlichkeiten der oberen und der unteren Sphäre, Himmel und Erde.«

Gebratene Blutwurst, Kartoffelpüree und Apfelkompott untereinander, in Zusammenarbeit mit dem Riesling, beanspruchten seinen Gaumen derart, daß er hinterher sofort zu einer Zigarre greifen mußte, um wieder zu sich zu kommen.

Großvater Goldberg stopfte eine alte stinkende Pfeife mit altem stinkenden Tabak, blies eine übelriechende Wolke in Richtung Poe und lehnte sich zurück.

»Berichten!«

Baltasar paffte noch einige Sekunden, dann nahm er die Zigarre aus dem Mund. »Tja, was soll ich berichten? Ich bin gefahren, kreuz und quer. Immer wenn ich das Gefühl hatte, links könnte ein schönes Tal sein, oder vielleicht würde der häßliche Kirchturm mir zuliebe einstürzen, wenn ich nur nah genug an ihm vorbeiführe, immer dann bin ich abgebogen. Ich habe die Tankstellen nicht gezählt, an denen ich gehalten habe. Irgendwann gegen sechs wurde der Rabe unruhig. Ich dachte, er müßte vielleicht mal, und weil ich keine Lust hatte, ihm wieder meine Brusttasche zu reichen, habe ich angehalten. Aber er wollte nicht raus. Ich bin also weitergefahren, und siehe da, hinter der nächsten Kurve war eine Tankstelle.«

Baltasar musterte den immer noch mampfenden Vogel.

»Hat er sich verdient«, sagte er. »Ich habe dann an der Tankstelle gehalten, und Poe ist rausgeschossen, kaum daß ich die Tür geöffnet hatte. Der Tankstellenpächter kam an und grinste. ›Sie mit Ihrem komischen Vieh schon wieder?‹ sagte er, bevor er mein Gesicht gesehen hatte. Dann hat er mich ein wenig befremdet gemustert. Ich habe ihm erklärt, daß ich Wagen und Vogel nur leihweise besäße, und ihn dann gefragt, wann er die beiden zuletzt gesehen hätte.«

Goldberg beugte sich vor. »Na, und wann?«

Baltasar verschränkte die Arme vor der Brust. »Na, wann wohl! Ich als Universaldilettant bin darauf angewiesen, daß die unwahrscheinlichen Zufälle immer mit mir sind und nie gegen mich.« Er zog einen Zettel aus der Innentasche seiner weiträumigen Wildlederjacke und schob ihn dem Großvater hin.

Goldberg las. »›Der unterzeichnende Dingsbums, Pächter der Tankstelle und so weiter, bestätigt hiermit, am Morgen des vergangenen Donnerstag, Datum gegen 7 Uhr 30, den Wagen mit Kennzeichen XYZ mit Diesel vollgetankt zu haben. Er erinnert sich genau an eine birnenförmige Delle am hinteren rechten Kotflügel und daran, daß der Fahrer dieses Wagens einen Raben bei sich hatte. Beschreibung des Fahrers ...‹ Klar, eindeutig Andreas.«

Goldberg faltete den Zettel säuberlich zusammen, strich den Falz mit dem Daumennagel glatt; dann reichte er Baltasar das Papier mit spitzen Fingern. Als Baltasar es wieder an sich genommen hatte, blickte der alte Mann ihm in die Augen und streckte die rechte Hand aus, die Matzbach drückte.

»Baltasar«, sagte Goldberg halblaut, »ich danke Ihnen.«

»Großvater«, sagte Baltasar sanft, »nichtsnutzige Enkel

prachtvoller Ahnen sollte man unterstützen, um die Trauer von ehrwürdigen Häuptern fernzuhalten.«

Dann lehnte er sich wieder zurück. »Allerdings gebe ich zu, daß der Rabe einen wichtigen Teil zu verantworten hat. Ich weiß nicht, ob die birnenförmige Delle allein genügt hätte.«

Er machte eine Pause und murmelte dann nachdenklich: »Stellt sich die Frage: Was mach ich jetzt?«

Goldberg musterte ihn aufmerksam. »Wieso? Was wollen Sie denn jetzt noch machen?«

Baltasar stützte die Ellenbogen auf den Tisch und zündete seine erloschene Zigarre wieder an. »Na ja, ich hatte mich auf eine verwickelte Affäre gefreut, und jetzt ist alles so einfach. Oder auch nicht. Es ist zwar klar, daß Ihr Enkel nicht der böse Bube ist, aber irgendwer muß ja die beiden Liebenden umgenietet haben. Warum soll ich denn der Polizei den Rest überlassen, nachdem ich einmal angefangen habe? Das könnte meinem lieben Freund Ziegler so passen, pah.«

Goldberg schüttelte den Kopf. »Versteh ich nicht. Wer ist Ziegler?«

»Ein gelegentlich unfreundlicher Kommissar der Bonner Kripo, mit dem ich schon einmal das Vergnügen hatte. Haben Sie ihn nicht kennengelernt?«

»Nein. Hat wahrscheinlich einen Untergebenen zu mir geschickt. Was wollen Sie tun?«

Matzbach rümpfte die Nase. »Es kommt ohnehin nichts Zählbares in bar dabei heraus, also kann ich doch gleich versuchen festzustellen, wer wirklich was und warum und wie getan hat, oder?«

Goldberg grinste. »Sie haben sonst nichts zu tun?«

»Doch, aber für ein bißchen Aufregung sollte man sich immer Zeit nehmen.«

Poe segelte mit trägen Schlägen durch die Küche und landete ächzend auf der Fensterbank. Goldberg musterte ihn böse.

»Kleiner Kacker«, sagte Matzbach, »muß er etwa?«

Schweigend öffnete Goldberg das Fenster; der Rabe schoß in die kühle Nacht.

Während Goldberg eine weitere Flasche besorgte, schnüffelte Baltasar mißtrauisch an den Tabakbeständen des Alten. »Sie«, sagte er dann, als der Großvater wieder am Tisch Platz genommen hatte, »rauchen wohl auch alles, was sich nicht wehrt oder nicht schnell genug laufen kann, wie?«

Goldberg stopfte sich eine weitere Pfeife. »Spezialmischung.«

Matzbach sog die Luft durch die geblähten Nüstern ein und leckte sich die Lefzen. »Hinreißendes Aroma. Fingernägel, Gewürznelken, Kameldung, Dörrobst und Juckpulver, eh?«

Goldberg betrachtete ihn verärgert. »Hören Sie doch endlich auf zu labern. Entweder labern oder trinken. Schach?«

Sie spielten viele Partien und laberten nicht mehr. Weit nach Mitternacht zählte Baltasar die Flaschen und setzte Goldberg matt.

»Da«, sagte er.

Goldberg musterte die Stellung und nickte.

Baltasar lehnte sich zurück und ließ einen epochalen Rülpser. »Bleibt immer noch die Frage, was ich jetzt mache«, knurrte er. Nachdenklich sog er an seiner Zigarre.

Ein schwarzer Flügel zuckte vor dem Fenster, dann pochte es.

»Lenore!« schrie Baltasar. »Nimmermehr!«

Goldberg ließ den Raben herein. Poe sah zufrieden und zerzaust drein.

»Haben die zur Zeit Wallungen?« fragte Matzbach.

»Dieses entsetzliche Vieh hat immer Wallungen. Mir wär schon lieb, wenn Andreas sich bald wieder um das Monster kümmert.«

»Sehen Sie«, sagte Baltasar langsam und deutlich, wenn auch bemüht, »wenn ich morgen früh mit dem Wisch meinen lieben Freund Ziegler besuche, wird er mich verfluchen, und dann werden sie Andreas freilassen. Vielleicht wird Ihr Enkel mich knutschen wollen, und davor graut mir mehr als vor

Zieglers Ausfälligkeiten. Zusammengefaßt: Ich habe nichts davon. Ziegler hat nichts davon. Andreas hat auch nichts davon. Ein paar Tage der Meditation bei karger Kost schaden keinem. Wenn ich also den Zettel abliefere, ist eitel Grausen angesagt. Dann wird der stumpfe Stulpenstiefel der Polizei die zarten Spuren, die der Mörder vielleicht hinterlassen hat, zertrampeln, und ich gehe wieder einmal leer aus. Wenn Sie das noch ein paar Tage mit dem Vieh aushalten und nicht so dringend darauf bestehen, daß Ihr minderwertiger Enkel morgen pfeifend durch die Gegend fährt und sich hinterher wieder an nichts erinnert, wenn dies, dann jedoch ...«

Goldberg stützte den Kopf auf die Fäuste. »Was dann?«

»Dann jedoch würde ich gern noch ein paar Tage lang ermitteln, um meinen Vorsprung zu behalten, wenn die Herren von der Kripo errötend meinen Spuren folgen.«

Goldberg nickte. »Kann ich verstehn. Von mir aus lassen Sie ihn noch n paar Tage hängen. Wie wollen Sie denn weitermachen?«

Baltasar seufzte. »Ich bin von unfähigen Zuarbeitern abhängig. Einer dieser Menschen bemüht sich, über einige andere etwas zu erfahren. Sobald er etwas erfahren hat, werde ich etwas unternehmen. Andernfalls auch früher.«

»Sehr erhellend, Ihre Ausführungen.«

Matzbach setzte ihm eine halbe Stunde in unterschiedlichen Wortlauten auseinander, was er zu tun beabsichtigte.

Goldberg erklärte alles für Blödsinn. »Und jetzt«, sagte er am Schluß, »gehe ich ins Bett. Aber vorher sag ich Ihnen noch was. Wenn ich nicht das Gefühl hätt, ich steh in Ihrer Schuld ...«

Matzbach hustete. »Also, was dann?«

»Sie haben den Tankwart gefunden. Mit dem Zettel kriegen Sie Andreas frei. Deshalb dürfen Sie ihn noch, sagen wir, zwei Tage hängenlassen ...«

Baltasar unterbrach ihn. »Wenn ich den Zettel nicht gefunden hätte und Andreas nicht rausholen könnte, müßte ich ihn also sofort rausholen?«

»Wie auch immer, für Unsinn sind Sie zuständig. – Also, zwei Tage, mehr nicht. Dann kann der dumme Junge noch ein bißchen in sich gehen. Er ist ja sowieso arbeitslos.«

»Also gut. Morgen schicke ich den Wisch seinem Anwalt, mit der Bitte, alles zu überprüfen. Den Brief kriegt dieser Korff übermorgen früh. Wenn *er* es nicht tut – wozu sollte er auch –, prüft Ziegler bestimmt alles nach. Also werden sie Andreas frühestens Mittwochnachmittag freilassen. Wenn ich bis dahin nicht mehr rausgekriegt hab, kann ich ohnehin aufgeben.«

Goldberg ging vor ihm her und zeigte ihm das Zimmer, in dem ein Gästebett harrte. »Hat man Ihnen schon mal gesagt«, sagte er dabei, »daß Sie reichlich arrogant sind?«

Baltasar nickte. »Es hat sich wiederholt, und eines Tages habe ich dann beschlossen, es auswendig zu lernen, damit ich es mir endlich merke.«

Kurz nach sieben Uhr wurden die Insassen des Goldbergschen Fachwerkhauses von unchristlichem Lärm geweckt: ein Telegrammbote. Goldberg, leicht verkniffenen Gesichts, schlurfte mit dem Telegramm in der Hand zu Matzbachs Kemenate.

Baltasar rieb sich die Augen. »Sandmann, heil dir«, knurrte er. Dann riß er den Umschlag auf. ›Sofort Hoff anrufen. Fricke. Hoff.‹ Er zeigte Goldberg das Telegramm.

»Was denn«, knurrte der Alte, »Hoff anrufen, Fricke, Hoff? Idiotisch, diese moderne Lyrik. Kaffee?«

Baltasar stürzte ins Bad, zu seiner Zahnbürste. Anschließend spurtete er zu seinem Wagen und verschwand. Eine Viertelstunde später kam er zurück.

»Na?« Goldberg goß dampfenden Kaffee in zwei Emaillebecher. Baltasar schlürfte, fluchte über seine verbrannte Zunge und griff zu einer Zigarre.

Goldberg schüttelte den Kopf. »Frühstücken Sie immer so?«

»Nur wenn ich Zeit hab. – Also: Hoff ist manchmal ein cleveres Kerlchen. Er hatte sich ausgerechnet diesen Fricke als ersten rausgepickt, weil Ministerium.«

»Welchen Fricke, wieso, weil Ministerium?«

Matzbach setzte ihm schnell auseinander, was es über die Liste mit den Namen und die Telefonnummern und überhaupt zu erzählen gab.

»Hat also ein Ministerium nach dem anderen angerufen und sich mit Herrn Fricke verbinden lassen wollen. Natürlich gab es nicht überall einen Fricke in leitender Position. Schließlich hatte er einen, der hieß aber Eusebius mit Vornamen und war ein anderer. Klar, wenn ich Eusebius hieße, wäre ich auch ein anderer. Im Innenministerium landete er bei einer freundlichen jungen Dame. Die sagte, Herr Fricke habe gegen Mittag das Büro verlassen und wolle erst am Donnerstag wieder erscheinen.«

Goldberg nickte. »Nette junge Dame. Was hätte Ihr Hoff denn gemacht, wenn Fricke dagewesen wäre? Ihn gefragt, ob er in der letzten Zeit jemand umgebracht hat?«

»Er hätte ihn nach dem Vornamen gefragt und dann behauptet, er wolle einen Kasimir Fricke sprechen und sei falsch verbunden. Jedenfalls, Fricke aushäusig. Darauf hat Hoff prachtvoll gelogen und der jungen Dame gesagt, er müsse Fricke unbedingt sprechen. Er sei ein entfernter Vetter, und in der Familie hätte es einen Todesfall gegeben.«

»Noch ein Todesfall, sehr schön.«

»Daraufhin ist die Dame sehr gesprächig geworden. Herr Fricke hätte nur gesagt, er wollte noch ein paar Dinge vorbereiten und dann morgen, also heute, früh in die Rhön fahren. Sie wüßte nicht, weshalb, aber so wäre es nun mal.«

Matzbach machte eine Pause und schlürfte wieder von dem Kaffee. »Dann hat Hoff noch ein paar andere Telefonate gemacht, bei denen aber nichts rausgekommen ist. Schließlich hat er sich gestern abend vergewissert, daß Fricke noch in seiner Wohnung ist. Er ist hingefahren, hat Licht gesehen, hat dann von der nächsten Zelle aus angerufen und beim Klang einer Männerstimme aufgelegt. Dann hat Hoff versucht, mich zu erreichen. Das war natürlich unmöglich, weil ich hier war.«

»Unmöglich.«

»Eben. Also hat er die halbe Nacht nicht geschlafen und heute früh das Telegramm aufgegeben. Er hat noch einen Hilfsposten rekrutiert, der hat ihn eben angerufen und ihm gesagt, Fricke habe das Haus mit einem Taxi verlassen und sich zum Bahnhof begeben, mit leichtem Gepäck.«

Matzbach machte eine Pause. »Ich bin zufrieden«, sagte er dann. »Wahrscheinlich kommt nichts dabei heraus, und Fricke besucht einen entfernten Vetter, weil jemand gestorben ist, aber immerhin hat Hoff Organisationstalent. Das ist eine wertvolle Entdeckung. Hoff ist jetzt zum Bahnhof geprescht; er wird in der Nähe des Fahrkartenschalters warten, bis ein Mensch mit leichtem Gepäck vorbeikommt, der so aussieht, wie der andere Posten Fricke beschrieben hat, und der eine Fahrkarte in die Rhön löst. Dann wird auch er eine solche lösen und einsteigen. Der andere Posten wird in Hoffs Wohnung gehen und darauf warten, daß ich ihn anrufe.«

Goldberg hatte dem Vortrag mit leichtem Zwinkern gelauscht. Nun sagte er: »Findig, aber völlig blödsinnig. Wo hat Hoff denn den zweiten Posten her?«

»Ha«, sagte Matzbach, »das ist es ja, das hätte ich ihm nicht zugetraut.«

Mehr war nicht aus ihm herauszuholen. Nach einer Weile begab er sich erneut zu seinem Wagen und fuhr zur Telefonzelle. Als er zurückkam, strahlte er über die ganze enorme Fläche seines feisten Gesichts.

»Sehr schön. Fricke und Hoff fahren über Frankfurt nach Fulda, wo sie voraussichtlich in vier Stunden eintreffen werden. Ich auch. Herr Großvater, es war mir ein Vergnügen. Hier ist der Zettel. Schicken Sie ihn bitte an Anwalt Korff.«

Er nannte die Adresse und setzte hinzu: »Wenn Sie ihn erst heute nachmittag in den nächsten Dorfbriefkasten werfen, kommt er erst übermorgen an, das gibt mir noch einen weiteren Tag. – Und halten Sie diesen Vogel fest. Ich will ihn nicht dabeihaben.«

VIII

Am frühen Nachmittag musterte Matzbach die Gesichter der Passagiere, die in Fulda den Bahnsteig verließen. Ihm erschienen alle gleich häßlich, vor allem Hoff, der mit allen Anzeichen des Beleidigtseins näher kam.

»Altes Ekel«, sagte er, als er Matzbach erreichte, »da geht er.« Er deutete mit dem Kopf diskret in eine ungenaue Richtung.

Matzbach sah mindestens zehn Leute. »Wer?«

»Seine hurtige Exzellenz, der Herr Ministerialrat Lorenz Fricke.« Hoff wies nun offen auf den Rücken eines älteren Herren, der sich anschickte, das Bahnhofsgebäude zu verlassen. Matzbach sah nur einen grauen Haarkranz unter einem lächerlichen Hut sowie die hintere Hälfte eines abgetragenen grauen Anzugs, einen Rucksack und dicke Wanderschuhe.

»Was macht der in Fulda, mit einem Rucksack?«

Hoff seufzte und blickte Matzbach anklagend an. »Zuerst schickst du mich auf Nachforschungen aus, dann läßt du mich wochenlang Zug fahren, obwohl ich doch Züge hasse wie die Beulenpest, und schließlich sagst du nicht ›Danke, teurer Freund, für heftigen Einsatz‹, auch nicht ›Armes hungriges Kerlchen, soll ich dich zu einem kleinen Bankett einladen‹, nein, du fragst einfach, was wer wo wie will. Ekelhaft.«

Baltasar ergriff Henry am Arm und zog ihn zum Ausgang. Fricke stand unschlüssig da und blickte in den Himmel, dann auf seine Armbanduhr. Er hatte ein verwaschenes Gesicht, an dem nur eine Knollennase bemerkenswert war. Matzbach und Hoff blieben im Ausgang stehen, wo sie halb hinter einem Wandvorsprung warteten. Schließlich schüttelte Fricke den Kopf und ging zum Taxistand. Er verhandelte mit dem Fahrer des ersten Wagens, dann warf er seinen Rucksack auf den Rücksitz und stieg vorne ein.

»Merde alors«, sagte Baltasar fröhlich, »nun müssen wir

ihm folgen. Ich hätte dich sonst zu einem opulenten Menü an der Pommesbude da drüben eingeladen.«

Hoff fluchte durch die Zähne, zündete sich eine – nicht selbstgedrehte – Zigarette an und folgte Matzbach, der eiligen Schrittes zu seinem Wagen ging.

»Merk dir die Nummer«, knurrte Baltasar. Das Taxi fuhr an, noch ehe sie seinen Wagen erreicht hatten. Zum Glück war die nächste Ampel rot.

Mit einigem Abstand folgten sie dem Taxi. Hoff rauchte mit Genuß.

»Die ganze Strecke von Frankfurt bis hierher habe ich in einem Nichtraucherabteil sitzen müssen«, beklagte er sich, »sonst hätte ich ihn nicht im Augenwinkel behalten können.«

Matzbach verzog das Gesicht. »Ein guter Agent wird nie aus dir. Gute Agenten quengeln anders. Wie oft hast du ihm gesagt, daß du ihn beschattest?«

Hoff drückte die Zigarette an der Fensterscheibe aus und warf die Kippe auf den Boden, während er mit der anderen Hand den Aschenbecher demonstrativ zuschob. »Er hat mich nicht gesehen, jedenfalls nicht bemerkt«, sagte er mit zusammengebissenen Zähnen. »Zum Glück bin ich weder so widerlich noch optisch so aufdringlich wie du.«

Baltasar pfiff ein fröhliches Liedchen; dann sagte er munter: »Ich sehe voraus, daß wir eine nette Zeit haben werden. Du bist prächtig gelaunt.«

Daraufhin holte Hoff tief Luft und beschimpfte Matzbach minutenlang, wobei er in allen Einzelheiten auf die undurchsichtige Familiengeschichte, die Formen freier Lebens- und Gewerbeführung mütterlicherseits und die besonderen Charaktereigenschaften Matzbachs einging, nicht, ohne sich in längeren Spekulationen über erbliche Geistes- und venerische Krankheiten zu ergehen.

Matzbach lauschte interessiert und hielt dabei vornehmen Abstand zum Taxi. Bald lag Fulda hinter ihnen; das Taxi beschleunigte und bog dann in eine Landstraße ein. Irgendwann verstummte Hoff. Matzbach griff blind nach hinten und förderte eine Packung mit Keksen und ein paar Brötchen zutage, die er unterwegs in aller Eile an einer Autobahnraststätte erstanden hatte. »Hier, friß.«

Hoff mampfte still vor sich hin. Das Taxi lag weit vor ihnen; Matzbach bemühte sich, so oft es ging, wenigstens einen Wagen zwischen dem Taxi und seinem Auto zu lassen. Das wurde schwieriger und schließlich unmöglich, da die Gegend immer einsamer und höher und der Verkehr immer karger wurde.

Nach etwa dreißig Kilometern Fahrt bremste Matzbach jäh ab. Das Taxi hatte angehalten und stand kurz vor der Einmündung der bisher gefolgten Straße in eine andere, dem Anschein nach etwas größere.

»Was machen die denn, zum Teufel?«

Hoff kniff die Augen zusammen und starrte nach vorn; Matzbach grinste.

»Armer Junge«, sagte er, »wie allen Atheisten bleibt auch dir nur noch der Teufel, wenn du glauben oder fluchen willst, eh?«

Hoff krümmte die Finger, wie um einen dicken Hals auf Standhaftigkeit und Durchmesser zu untersuchen. Matzbach musterte die Landschaft, fand aber nichts ausreichend Spannendes in ihr und widmete sich der Landkarte. »Wahrscheinlich erklärt Fricke jetzt dem Fahrer, wo er genau hinwill.«

Hoff grunzte. »Wenn wir es doch auch schon wüßten. Sind wir bald am Kyffhäuser?«

»Dummerchen«, sagte Baltasar, »der liegt weiter im Norden. Wir sind aber bald bei unseren sozialistischen Brüdern und Schwestern.«

»Freunden!« sagte Hoff.

Matzbach schüttelte den Kopf. »Nein. Freunde kann man sich aussuchen, Verwandtschaft muß man hinnehmen.«

Hoff grinste plötzlich. »Das Aussuchen nützt einem aber auch nicht immer; wenn ich dich so betrachte ...«

Baltasar schlug vor: »Nimm einfach an, wir hätten diesseits

von Adam weitere gemeinsame Vorfahren, dann kannst dus vielleicht besser aushalten.«

Plötzlich setzte das Taxi sich wieder in Bewegung. Niemand war ausgestiegen. Matzbach rollte ebenfalls wieder an.

»Aha«, sagte er, »also rechtsrum.«

Hoff musterte die Karte. »Blödsinn. Die B 278 nach Süden – links liegt ein wichtiger Ort, eine Metropole gewissermaßen, namens Hilders. Wenn sie nicht dahin wollen, wohin dann? Um nach Gersfeld oder Würzburg zu fahren, ist die bisherige Strecke ein Riesenumweg.«

Matzbach flötete leise. »Nicht nur an deiner Grammatik, sondern auch an deiner Leseweise der Karte habe ich einiges auszusetzen. Stell dir vor, sie biegen gleich wieder links ab?«

Hoff fand die dünn eingezeichnete Nebenstraße auf der reichlich großformatigen Karte. Ein die Ortschaft Frankenheim einschließender sozialistischer Schnabel hackte hier ein Stück aus der Bundesrepublik.

»Früher«, sagte Matzbach, »muß es eine direkte Verbindung von Hilders nach Fladungen gegeben haben, bis die Asiaten sich dazwischengeklemmt haben. Da, siehste!«

Das Taxi verschwand nach links, passenderweise genau nach Osten, wie Matzbach leise vor sich hin murmelnd feststellte.

»Merkwürdige Örter«, sagte Hoff, »gibt es hier. Batten, Seiferts. Namen sind das.«

»Hier hat man vorgestern die Zukunft vergraben und inzwischen den genauen Platz vergessen, wo sie liegt.«

Hoff zog den Inhalt seiner Nase hoch. »Deine Reden erleichtern einem den Abschied von dir. Ich will raus!«

Matzbach gab Gas, um das Taxi nicht aus den Augen zu verlieren. Nach einer weiteren Weile bogen die Verfolgten wieder in eine andere winzige Landstraße. Plötzlich, mitten in der Landschaft, hielt das Taxi an. Baltasar steuerte seinen schwarzen Haifisch in eine von der Forstverwaltung zu just diesem Behuf vorgesehene Lücke der restlichen Bewaldung;

das gelang ihm eben noch, bevor der Baumbewuchs aufhörte. Nach etwa einer Minute, vermutlich des Handelns und Zahlens, stieg Fricke aus, öffnete die hintere Tür, nahm seinen Rucksack, winkte dem Fahrer und schritt kräftig aus.

»Allgemeine Richtung Süd-Südost«, stellte Matzbach fest.

Sie warteten, bis das Taxi gewendet und sie wieder passiert hatte; dann fuhren sie vorsichtig weiter. Als sie die Stelle erreichten, an der Fricke ausgestiegen war, hielten sie wieder an. Matzbach stieg aus, kletterte auf das Trittbrett und starrte in die Ferne.

»Weg«, sagte er, als er sich ächzend wieder in den Sitz fallen ließ. »Keine Spur von ihm.«

Hoff lehnte sich zurück und verschränkte die Arme vor der Brust. »Herrlicher Tag heute. Kaum Sonne, dafür aber jede Menge hervorragender Wanderwege, oder?«

Matzbach knurrte und studierte die Karte. »Ich wollte, ich hätte ein Meßtischblatt von dieser Gegend. Und einen Kompaß.«

»Willst du wandern? Du könntest glatt abnehmen dabei.«

Matzbach schwieg und fummelte mit dem Finger auf der Karte herum. Schließlich meinte er: »Na, ungefähr dreieinhalb bis vier Kilometer bis zur Grenze, aber die liegt hinter uns. Er geht von der DDR weg.«

»Er wird seine Gründe haben.«

»Wer hat die nicht? Aber: Wohin geht er? Hier sind wir jetzt. In die Richtung geht er, sofern er geht. In einer Woche ist er in Bad Kissingen. Ob da noch andere Orte zwischenliegen, kann ich dieser vermaledeiten Karte nicht entnehmen. Er könnte genausogut, um eventuelle Verfolger zu irritieren, und vielleicht hat er uns ja gesehen, also, er könnte genausogut nur hier ausgestiegen sein, um uns an der Nase herumzuführen.«

»Schwierig, bei deinem Zinken.«

Matzbach schnaubte. »Und dann geht er nach Süden, ein bißchen später nach Westen, dann nach Norden, überquert diese Straße, auf der wir uns befinden und von der die Karte nichts weiß, und geht schließlich doch in Richtung DDR. Wenn er dann noch nach Nordosten schwenkt, ist er in ein paar Tagen in Schmalkalden. Da kann er sich mit irgendwelchen Leuten vom Land verbünden.«

»Hör doch mit deinen Kalauern auf, um des Satans willen.«

Matzbach faltete die Karte zusammen und starrte düster aus dem Fenster. »Die Frage ist, was machen wir jetzt?«

Hoff zündete sich eine neue Zigarette an. »Ich weiß was. Wir fahren zum nächsten Restaurant, dort lädst du mich zu einem reichhaltigen Mahl ein, und dann fahren wir gemütlich zurück nach Bonn und vergessen den ganzen Stuß.«

Baltasar ließ den Motor an und wendete den Wagen. Er fuhr bis zur letzten Kreuzung zurück.

»Da«, sagte er nach einem gründlichen Blick auf die Hinweisschilder; »wie du siehst, gibt es in dieser Einöde menschliche Siedlungen.«

Hoff nickte. »Ja; deine scharfsinnige Analyse dieser Schilder überzeugt mich.«

»Deshalb, o Henry, werde ich dich jetzt an einem passenden Punkt absetzen.«

Er wendete abermals. Hoff blickte ihn von der Seite an. »Wieso Punkt, und inwiefern passend?«

Matzbach fuhr langsam und starrte angestrengt auf die Landschaft rechts und links der Straße. Er sagte nichts. Etwa einen Kilometer jenseits des Punktes, an dem Fricke das Taxi verlassen hatte, gab es auf der rechten Seite unweit der Straße einen Hügel. Baltasar bremste.

»Hier«, sagte er, wobei er auf den Hügel deutete, »wirst du dich bittesehr placieren und die Augen offenhalten.«

Hoff protestierte. »Ich weiß nicht, ob ich das werde. Wozu soll das gut sein?«

»Von da oben kannst du ziemlich weit gucken. Wenn der Genosse Ministerialrat irgendwo den Kopf hebt, kannst du ihn, wenn überhaupt, höchstens von da oben sehen.«

Er stellte den Motor ab und öffnete die Tür. Mit dem Zündschlüssel winkte er aufmunternd. Hoff seufzte und stieg aus. Matzbach verschloß sorgfältig die Türen und erstieg den Hügel. Oben angekommen spähte er nach Süden und Südwesten. Eine gräuliche, monotone Landschaft breitete sich aus, die bald abzufallen schien. Matzbach zog die Karte aus seiner Jackentasche und studierte sie noch einmal. »Wir sind hier«, murmelte er, »ungefähr achthundert Meter hoch, vielleicht ein bißchen mehr. Da drüben« – er wies nach Westen – »scheint ein Tal zu sein, wahrscheinlich ein Flußtal. Ich gäbe was für eine genauere Karte. Hm.«

Er faltete die Karte zusammen und starrte auf die merkwürdige Gegend, in der Fricke verschwunden war.

»Sieht aus wie ein Hochmoor«, sagte er. »Aber das kriegen wir noch raus. Teurer Freund, halte du treulich die Wacht, bis ich wiederkehre, zu lösen die Bande.«

Hoff zertrat den Rest seiner Zigarette. »Mir gefällt es hier nicht. Ich möchte jetzt gern eine Couch haben, ein großes Pils und eine sehr entgegenkommende Kellnerin.«

Baltasar spuckte aus. Dann versenkte er die Pranke in der abgründigen rechten Außentasche seiner Jacke, und als er sie wieder hervorzog, war eine Pistole darin. Er reichte sie Hoff, der sie mit spitzen Fingern entgegennahm.

»Falls«, sagte Matzbach betont lässig, »Fricke ein Schelm ist und bisweilen Anwälte samt deren Kebsen killt, ist es ratsam, vorsichtig zu sein. Kannst du mit so was umgehen?«

Hoff betrachtete das Gerät in seiner Hand. Er hielt die Pistole, als sei diese eine bißbereite Kobra. »Nein«, sagte er gequält, »bis vor kurzem wohnte ich in einer westlichen Demokratie, in der so was nur in der öffentlichen Hand liegt.«

Baltasar grinste. »Nicht zu vergessen, neben dem Gewaltmonopol der Bürokratie, auch das gelegentliche Aufflammen ritterlicher Duellgefühle bei Ganoven.«

Hoff musterte die Pistole immer noch.

Baltasar klopfte ihm auf die Schulter. »Wenn es dringend

wird, einfach mit dem richtigen Ende auf den Anlaß der Dringlichkeit zielen und an diesem netten Hebel ziehen.«

»Wann wird es dringend?«

Baltasar blickte noch einmal in die Runde und dann auf seine Uhr. »Hm, kurz nach drei. Das gibt uns noch ungefähr drei Stunden Tageslicht, oder? – Der Platz hier hat den Vorteil, daß man weit sehen kann. Und den Nachteil, daß man gut gesehen wird. Aber keiner kann ungesehen nah genug herankommen, um dringend zu werden, mein Lieber, also reg dich nicht auf. Außerdem bin ich in einer Viertelstunde oder so wieder hier. Ich werd jetzt mal eben ins nächste Dorf rasen, versuchen, dort eine Karte und ein paar Auskünfte zu kriegen, und dann komm ich wieder. Machs gut.«

Er grüßte spöttisch und kletterte wieder zu seinem Wagen hinunter. Hoff setzte sich unglücklich auf einen großen Stein knapp unterhalb der Hügelspitze und betrachtete abwechselnd die Pistole und die Landschaft.

»Man muß warten, bis es dringend wird«, murmelte er dabei. »Bei mir ist im Moment etwas anderes viel dringender. Aber an solche Nebensächlichkeiten denkt natürlich ein großer Geist nicht. – He!« brüllte er hinter Matzbach her, der gerade seinen Wagen wieder aufschloß, »bring Klopapier mit, hörst du? Ich weigere mich, ohne Papier weiter Räuber und Gendarm zu spielen!«

Matzbach winkte, zeigte ihm einen Vogel und stieg ein. Dann wendete er den Wagen und jagte los.

Nach einer halben Stunde kam er zurück. Prustend erklomm er den Hügel, warf Hoff eine Rolle Papier in den Schoß und setzte sich neben ihn.

»Da«, sagte er, »für hinterlistige Zwecke. – Irgendwas Besonderes?«

Hoff schüttelte den Kopf und reichte ihm die Pistole, sichtlich froh, das Ding wieder loszuwerden.

»Nee«, sagte er erleichtert, »einmal dachte ich, ich hätte da drüben eine Bewegung gesehen, aber das war wohl nichts.«

Matzbach nickte und breitete eine Detailkarte auf dem Boden aus. »Hier sind wir. Du hattest die letzten fünfunddreißig Minuten das Privileg, allein und Aug in Aug einem der berühmtesten Hochmoore des Vaterlandes gegenüberzuhokken. Dieses ist das Schwarze, weiter unten findet sich das Rote Moor.«

Er zog mit dem Finger ein paar dünne Linien nach, die aussahen wie die Schleifspuren einer Schwarzfußfliege, die die Karte bewandert haben könnte.

»Das sind Wege durch die Moore, Knüppeldämme und so. Wir werden jetzt, sobald du deine Geschäfte erledigt hast, ein wenig hineinspazieren und nachsehen, ob wir den teuren Vermißten entdecken. Natürlich nur von fern.«

Hoff verzog das Gesicht. »Hast du eigentlich überhaupt kein menschliches Empfinden? Nun willst du mich auch noch durch ein Moor jagen? Kann man da wieder rauskommen, oder werden wir in tausend Jahren anthropologische Kuriositäten sein?«

Matzbach erhob sich und faltete dabei die Karte wieder zusammen. »Ich hab noch zu viele erfreuliche Dinge zu erledigen, als daß ich jetzt die Beförderung zur Moorleiche anstreben wollte. Und dann auch noch an deiner Seite, pah. – Sieh zu, daß du schnell fertig wirst.«

Er kletterte abwärts, zum Wagen. Nach ein paar Minuten folgte Hoff. Er setzte sich auf den Beifahrersitz.

Matzbach startete den Wagen wieder. »Na, hast du erfolgreich eine anthropologische Kuriosität deponiert?«

Hoff zog es vor, nicht zu antworten. Sie fuhren zu der Stelle zurück, wo Fricke verschwunden war und ein kleiner Weg begann. Baltasar fuhr einige Meter weiter, wo er den Wagen am Straßenrand abstellen konnte. Dann machte er aufmunternde Handbewegungen, denen Hoff seufzend nachkam.

Nachdem sie einige Minuten gegangen waren, verengte sich der Weg. Matzbach zog die Karte heraus und betrachtete sie mit zusammengekniffenen Brauen. »Aha.«

Hoff blickte ihn an. »Was ahast du?«

Matzbach hielt ihm die Karte unter die Nase. »Da, noch ein bißchen weiter, und wir sind richtig schön drin. Und dann gabelt sich der Weg, und dann wird es lustig.«

Hoff reichte ihm die Karte zurück. »Angenehme Gegend, reichliche Vegetation; jüngst sah ich auch einen Wisent, und irgendwo da vorn hockt bestimmt einer mit Blasrohr und Giftpfeilen.«

Matzbach antwortete nicht; er stapfte voran.

Nach etwa einer Viertelstunde erreichten sie die Stelle, an der sich der Weg gabelte.

Baltasar zog erneut die Karte zu Rate. »Ich schätze, es kommen nur zwei Möglichkeiten in Frage, rechts oder links.«

Hoff nickte. »Weise. Mehr Möglichkeiten gibt es ja auch nicht. Außer nach oben und nach unten. Welchen von den beiden Wegen wollen wir denn nehmen?«

Er sah sich mit einem Kopfschütteln um. »Asphalt mag ja stinken, aber es trägt besser als das da.« Er deutete auf die graugrüne Fläche, die unregelmäßig mit Gesträuch und undefinierbaren Halmen bewachsen war.

Baltasar lachte. »Alles halb so wild. Das meiste trägt so gut wie Asphalt. Die haben die Wege hauptsächlich deshalb angelegt, um die Menschenmassen, die sich hier in der Saison durchwälzen, von der zerstörerischen Zertrampelung kostbarer Moose abzuhalten. – Dieses Jahr sind erst elf Leute im Moor abhanden gekommen.«

Hoff verschränkte die Hände hinter dem Rücken und wippte auf den Fußspitzen. »Das freut mich, dann brauche ich mich ja vor nichts zu fürchten. Elf, sagst du? Woher weißt du das?«

Baltasar deutete mit dem Daumen nach hinten. »In dem Dorf, wo ich eben war und wo ich die Karte in einem kleinen Laden gekauft habe, haben sie das erzählt.«

»Aha. Und wie sind diese elf Leute abhanden gekommen? Verirrt, erschossen, ertrunken, verdurstet?«

Baltasar grinste. »Leichtsinnig gewesen, nehme ich an.

Manche findet man im Verlauf des Jahres, andere erst nach Jahrzehnten, andere nie. Tröste dich, keiner wird dich vermissen.« Er starrte wieder auf die Karte und auf die beiden Wege. »Na ja, es gibt nur die beiden Möglichkeiten. Ich glaube, dieser hier, der nach Südwesten geht, sollte eher in Frage kommen als der andere Weg. Der andere führt in einem Bogen nach Südosten zu einem Ort. Ich glaube nicht, daß jemand aus Bonn hierherkommt, nur um eine halbe Stunde durch ein Moor zu laufen und dann in einem Ort herauszukommen, den er mit fünf Minuten längerer Taxifahrt auch erreicht hätte.«

Er faltete die Karte zusammen. *¡»Vamos!«*

Murrend folgte Hoff. Nach weiteren zwanzig Minuten erreichten sie eine kleine Verbreiterung des Wegs; auch wuchsen hier einige Bäume, und man hatte zwei grob zugehauene Bänke aufgestellt.

Hoff ließ sich auf eine der Bänke sinken und zündete sich eine Zigarette an. »Ah«, sagte er, »fester Boden. Kontinente haben ihre Vorzüge. Wohin willst du eigentlich noch?«

Matzbach setzte sich neben ihm auf die Bank und befragte erneut seine Karte. Dann blickte er auf die Uhr. »Also, Fricke hat ungefähr eine Dreiviertelstunde Vorsprung. In dem Gelände hier könnten wir fünf Minuten hinter ihm sein und würden ihn nicht sehen. All diese Biegungen und das Gestrüpp. Ich wüßte nur gern, ob er tatsächlich hier entlang gegangen ist.«

Er schob Hoff die Karte hin, stand auf und ging zu einem Abfallbehälter neben der anderen Bank. Dort ließ er sich auf die Knie nieder und fischte etwas heraus. Mit spitzen Fingern hielt er es hoch: ein zusammengeknülltes Stück Papier. Er zog es auseinander und strich es auf der Bank glatt. »Siehst du«, sagte er, »wer den Schmutz nicht scheut, hat am Finden mehr Freud. Alter Spruch aus dem Volksmund der Rhön.«

Hoff blinzelte. »Schöner Spruch. Was soll ich sehen?«

Matzbach kam zu ihm und reichte ihm das Papier. Es

handelte sich um eine Tüte, wie Bäcker sie zur Verpackung von Brötchen benutzen. Der Aufdruck verriet, daß der betreffende Bäcker in Bonn sein Unternehmen betrieb, und zwar ganz in der Nähe von Frickes Wohnung.

»Ja, ja«, murmelte Baltasar, »Picknick am Wegesrand.« Er riß die Tüte auseinander und betrachtete die Innenseite. Deutlich waren Spuren von Butter zu erkennen.

»Na schön«, sagte Hoff, »aber was haben wir davon?«

Baltasar warf das Objekt, nachdem er es zusammengeknüllt hatte, in den Abfallbehälter zurück.

»Wir wissen jetzt zweierlei«, sagte er. »Erstens, daß ein Mensch, der irgendwann in jüngerer Zeit in Bonn Brötchen gekauft hat, hier vorbeigekommen ist. Zweitens, daß es noch nicht allzulange her sein kann, denn die Butter ist noch nicht ranzig.«

Hoff seufzte. »Wie viele Menschen kaufen in Bonn Brötchen, und wie viele von ihnen könnten diesen wunderschönen Pfad gegangen sein? Außerdem liegt mir nichts davon vor, daß Fricke heute früh beim Bäcker gewesen wäre.«

Baltasar schloß die Augen. »Vielleicht hat er die Brötchen letzte Woche gekauft, hat sich heute früh Brote geschmiert, verstehst du, Scheiben, abgeschnitten von einem Laib, beschmiert mit Butter und belegt mit was weiß ich, Salami oder Schinken oder sonst was, und weder für das eine noch für das andere mußte er heute früh einkaufen gehen. Und ich glaube nicht, daß in dieser Jahreszeit noch große Mengen von Bonnern mit Bonner Brötchentüten durch die Rhön streunen. Immerhin befinden wir uns in der zweiten Oktoberhälfte, und das Wetter beginnt, ungnädig zu werden. Und drittens: Schau mal in den Mülleimer.«

Hoff runzelte die Brauen und stand auf. Er warf einen Blick in den Abfallbehälter. »Nun ja, du wirst wohl recht haben. Jedenfalls ist der Behälter vor kurzem geleert worden, sonst wäre mehr drin als dieses Brötchenpapier und eine Coladose. – Und jetzt?«

Baltasar hielt ihm die Karte hin. »Jetzt gehen wir zurück zum Wagen und suchen uns ein Plätzchen, an dem man etwas essen und das Ende des Weges betrachten kann.«

Hoff folgte der dünnen Linie auf der Karte mit dem Finger. »Du meinst, er geht geradeaus?«

»Wenn nicht, dann hat er zu wenig Gepäck. In zwei Stunden wird dieser Tag abgehakt und zu den Akten gelegt. Wenn Fricke nicht geradeaus geht, kommt er nirgends hin. Dann hätte er wohl in dieser Jahreszeit ein Zelt oder einen Schlafsack dabei. Sein kleiner Rucksack sah mir aber eher nach Brötchen, Zahnbürste und Unterhose zum Wechseln aus. Also los.«

Sie gingen zurück. Als sie den Wagen erreicht hatten, erkundigte Hoff sich vorsichtig: »Und du bist ganz sicher, daß wir jetzt irgendwo hinfahren, wo man etwas essen kann? Ich meine, nicht, daß ich hungrig wäre, ich habe ja erst gestern abend etwas gegessen; ich frage einfach so.«

Baltasar startete den Motor, wartete, bis der Wagen sich auf die Beine gepumpt hatte, und fuhr an.

»Nicht zu vergessen die Brötchen, die ich dir ausgegeben habe. Aber keine Sorge, du kriegst gleich was. – Der Weg, den Fricke gegangen ist, überquert irgendwo weit hinter uns diese Straße und führt dann weiter nach Wüstensachsen. Da gibt es bestimmt was zu essen.«

Im nämlichen Ort angekommen, suchte Matzbach nach einem Parkplatz von bestimmter Beschaffenheit.

»*Mon dieu*, warum kurvst du hier so rum? Da an der Straße ist doch genug frei!«

Baltasar warf Hoff einen niederschmetternden Blick zu. »Ich will dieses Vehikel an einem Punkt abstellen, wo zumindest seine Nummernschilder vor neugierigen Augen geschützt sind. Was meinst du, würdest du denken, wenn du als Bonner in der Rhön plötzlich ein Auto mit Bonner Nummer sähest, noch dazu ein so prachtvolles Fahrzeug?«

Hoff schwieg. Schließlich fand Matzbach einen Parkplatz, der zu seiner Zufriedenheit gereichte.

Sie gingen durch den Ort. Matzbach deutete mit dem Kinn auf einen imaginären Punkt. »Da drüben müßte nach meiner Berechnung ein müder Wanderer auftauchen. Und hier steht ein passend prächtig gebautes Gasthaus.«

Zu seinem Entsetzen erfuhr Hoff von der nicht besonders entgegenkommenden Kellnerin, daß die Küche geschlossen sei und erst gegen sechs Uhr wieder öffnen werde. Matzbach erkundigte sich nach Schnittchen, die glücklicherweise zu bekommen waren, und bestellte größere Mengen Kaffee dazu.

»Und jetzt?«

Hoff kaute, stellte dumme Fragen mit vollem Mund und blickte Matzbach an, als sei dieser die Inkarnation der babylonischen Verwirrung.

Baltasar nahm einen riesigen Schluck Kaffee, rülpste und griff dann nach einer Zigarre. »Jetzt werden wir warten, ob und bis der einsame Wandersmann erscheint.«

»Und dann?«

»Feststellen, wohin er sich begibt, und ihm folgen.«

Hoff rümpfte die Nase. »Wie wir wissen, das heißt, wie mir seine Sekretärin sagte, will er Donnerstag früh, also übermorgen, wieder im Ministerium sein. Also wird er sich wohl früher oder später nach Bonn begeben. Wozu sollen wir hier noch dumm rumsitzen?«

Matzbach distanzierte sich. »Du magst so sitzen; ich sitze immer geistreich.«

»Im Ernst – was willst du eigentlich?«

Matzbach breitete die Arme aus. »Wie ich dir berichtet habe, weiß ich, daß Andreas Goldberg nicht der böse Bube ist. Das wird spätestens morgen auch der liebe Ziegler wissen, der Genosse Kommissar. Dann kommt der Junge raus, und die Herren von der Kripo werden all das nachholen, was ich seit gestern früh gemacht habe, also Informationen über mögliche andere Ursachen und Missetäter sammeln. Dann kommen sie bei den gleichen Namen und Adressen an wie ich, und bis dahin möchte ich einen kleinen Vorsprung haben. Ich habe mir das eben so in den Kopf gesetzt.«

Melancholisch folgte er einer besonders gelungenen, krötenförmigen Rauchwolke mit den Augen. »Denn der Neid ist überall grün und gewaltig die menschliche Niedertracht. Zitat Ende. Und was wäre das Leben ohne erlebte und hinterher erzählte Anekdoten? Du weißt, wie sehr große Geister sich in kleinen Zeiten langweilen. Deshalb gönn mir doch dieses unschuldige Vergnügen der Gaunerjagd!«

Henry hustete. »Wahrlich, du bist schon zu bedauern. Minderwertigkeitskomplexe, gepaart mit defektem Denkapparat, ein schweres Los. Ich werde dir getreu zur Seite stehen, und erst wenn der behandelnde Arzt, ganz in Weiß, die Tür hinter dir schließt, werde ich dich verlassen.«

»So ist es recht, mein Freund. Ich wußte, ich kann auf dich bauen. – Was nun unseren Kandidaten angeht...« Er machte eine Pause, blies asymmetrische Rauchfiguren und schaute aus dem Fenster. »Also, es will mir nicht so recht in den Kopf, was ein Ministerialrat im Innenministerium so plötzlich, zwei Tage vielleicht, im Herbst in der Rhön treibt, und dann auch noch zu Fuß.«

Hoff sagte höhnisch: »Kann ich dir erklären. Er wandert durchs Moor.«

Matzbach dankte mit einer gekonnten Verbeugung. »Abgesehen davon. Er nimmt sich zweieinhalb Tage frei, nicht etwa zwei oder drei, sondern zweieinhalb; dann erledigt er irgendwas, und ich wüßte gern, was er gestern noch so Dringendes zu erledigen hatte. Morgens klettert er in die Eisenbahn, läßt sich nach Fulda verschaffen, steigt dort in ein Taxi, fährt mit diesem runde vierzig Kilometer – bestimmt zu einem satten Preis – und verschwindet mit leichtem Gepäck im Moor. Ich schätze, er wird innerhalb der nächsten beiden Stunden hier auftauchen, irgendwo, hier oder anderswo, ein Nachtlager mieten, morgen früh ab nach Fulda, oder vielleicht schon heute abend, und dann zurück nach Bonn. Was soll das alles?«

Hoff zuckte mit den Schultern. »Ein kleiner Zwischenurlaub.«

»Zwischenurlaub! Firlefanz. Hätte er mit einem freien Tag, letzten Freitag zum Beispiel, besser haben können. Hätte er Donnerstag abend nach Fulda fahren können, dort übernachten, Freitag morgen in die Wildnis und juphei. Nee, nee, nee, das überzeugt mich nicht, da steckt mehr hinter. Bloß was?«

Hoff betrachtete die Kellnerin. »Vielleicht hat er ein Liebchen im Moor und mit ihr ein Rendezvous. Dann kommt er erst morgen.«

Matzbach schnaubte. »Bla-bla. Versuch doch mal eine andere Richtung.«

Hoff grinste. »Welche, o Sokrates?«

»Denkst du nicht auch, daß ein dem Senator für das Büttelwesen unterstellter Amtmann den Feinden des Reichs ein Mehreres würde sagen können?«

»Mitnichten, o Matzbacchus. Wenn Fricke überhaupt an wichtige Dinge herankommen könnte – na ja, könnte sein, im Innenministerium, warum nicht? Aber dann hat er bestimmt seine Kontaktleute in Bonn oder Köln oder so, denen er Informationen weitergibt.«

»Muß nicht unbedingt sein. In letzter Zeit sind ja doch etliche DDR-Agenten hochgenommen worden. Stell dir vor, Fricke sitzt an einer Stelle, wo er nicht nur Dinge erfährt, die vielleicht unsere Brüder im Osten interessieren, sondern wo er auch noch erfährt, welche der Kontaktleute zur Zeit beschattet werden?«

Hoff lehnte sich zurück. Nachdenklich sagte er: »Natürlich könntest du recht haben. Jemand aus dem Innenministerium, der nicht nur irgendwas weiß, sondern weiß, welche Agenten in den nächsten Tagen oder Wochen auffliegen werden beziehungsweise welche überhaupt den hiesigen Stellen bekannt sind, wäre natürlich ungeheuer wertvoll. Aber eben weil er so wertvoll wäre, hätte er bestimmt andere Möglichkeiten der Nachrichtenübermittlung als eine Wanderschaft durch Hochmoore in der Rhön. Die Grenze ist hier genauso dicht wie überall, und wie wir wissen, ist er nicht zur Grenze gegangen.«

Matzbach winkte ab. »Das heißt nichts. Klar, er könnte ganz einfach die DDR-Botschaft in Godesberg anrufen, und wie ich unsere Leute einschätze, würden sie es nicht einmal feststellen. Darauf, auf die generelle Dummheit, kann er sich aber nicht verlassen. Vielleicht ist etwas im Busch, das so wichtig ist, daß es unbedingt schnell und sicher übermittelt werden muß. Also fährt er nach Fulda, steigt dort in ein Taxi, das von einem freien Mitarbeiter Ostberlins gesteuert wird, fährt mit ihm lange genug in der Gegend herum, um auch eine längere Sache loszuwerden, und läuft dann zur Entspannung ein bißchen durchs Moor, und natürlich, um einen plausiblen Grund zu haben. Oder er hat mit einem Kontaktmann einen bestimmten hohlen Baum im südwestlichen Moorabschnitt vereinbart, deponiert dort Mikrofilme und wandert weiter. Oder oder oder. Daß die deutsche Binnengrenze uns so reichlich verrammelt vorkommt, heißt ja noch lange nicht, daß die anderen nicht nachts einen von ihren Leuten ungesehen durchschleusen können, wenn sie wollen. Vielleicht hat der im Moor gewartet.«

Hoff spielte mit seinem Zigarettenpäckchen und dem Wegwerffeuerzeug. Halblaut sagte er: »Na ja, das könnte alles sein, aber es ist eigentlich doch alles reichlich unwahrscheinlich. Ich glaube, du liest zu viele Thriller.«

Sie unterhielten sich eine Weile über das Thema, wobei Matzbach noch etliche ausgefallene Varianten einfielen. Schließlich baten sie um Spielkarten, die die Kellnerin ohne Entgegenkommen brachte, und spielten Offiziersskat. Kurz nach sechs räusperte Matzbach sich und neigte den Kopf zum Fenster.

»Nicht hinschauen; er kommt.«

Hoff war zerstreut; er hatte eben eine blanke Zehn umgedreht, zu der Matzbach das As besaß. »Wer kommt?«

»Fricke.«

»Na ja, irgendwann mußte er ja kommen, oder? Hast du doch selbst dauernd behauptet.«

Fricke, schleppenden Schrittes, blieb auf der Straße stehen und sah auf seine Armbanduhr. Dann kam er in die Gaststätte und setzte sich nahe bei der Tür an einen Tisch. Als die Kellnerin zu ihm ging, bestellte er ein großes Bier und bat sie, ihm ein Taxi zu rufen. Sie zapfte zuerst und telefonierte dann.

Matzbach saß mit dem Rücken zu Fricke und war massig genug, um Hoff zumindest größtenteils der Sichtbarkeit zu entziehen. Als die Kellnerin wieder an ihnen vorbeikam, sagte er leise: »Zahlen, bitte!«

Nachdem das geregelt war, spielten sie weiter, bis ein Taxi vorfuhr und Fricke ebenfalls zahlte. Sie warteten, bis Fricke in das Taxi eingestiegen war und offenbar Anweisungen gegeben hatte, denn der Wagen drehte und fuhr nach Norden.

Sie hasteten zu Matzbachs Fahrzeug. Baltasar beschleunigte heftig und jagte die enge, kurvenreiche Strecke entlang. Es dauerte nicht allzu lange, bis sie in Sichtweite des Taxis waren.

Hoff seufzte. »Was willst du jetzt tun?«

Matzbach zuckte mit den Schultern. »Was wohl? Mal sehen, wo er hinwill.«

»Fulda, schätze ich.«

»Ist nicht gesagt. Was soll er jetzt in Fulda, außer übernachten? Ich kenn zwar die Fahrpläne nicht, aber ich glaub, es wär jetzt schon nicht mehr ganz so einfach, noch nach Bonn zu kommen.«

Er hielt vosichtigen Sichtkontakt zu dem Taxi, das zielstrebig, aber nicht zu schnell fuhr. Schließlich erreichten sie Hilders.

Kurz vor der ersten größeren Kurve stieg der Taxifahrer auf die Bremse; der Wagen rollte langsam um die Biegung, und Matzbach bremste ebenfalls. Fricke stieg aus dem Taxi, nahm seinen Rucksack und wechselte zur anderen Straßenseite hinüber. Dort lag ein Hotel. Baltasar fuhr langsam weiter, bis er parken konnte, ohne den Verkehr zu gefährden. Dann stellte er den Motor ab und zündete sich eine Zigarre an.

Sie warteten schweigend etwa zehn Minuten. Dann öffnete Matzbach die Tür. »Du bleibst bitte sitzen. Der Schlüssel steckt. Falls er etwa doch wieder herauskommen sollte, rutsch rüber und laß schon mal an, ich komme dann sofort.«

Damit warf er die Tür zu und stiefelte zum Eingang des Hotels hinüber.

Drinnen war es angenehm warm; die Beleuchtung im Empfangsraum war gedämpft.

Hinter dem Empfang saß ein jüngerer Mann, der lächelnd aufblickte, als Matzbach näher trat.

»Guten Abend. Was kann ich für Sie tun?«

Matzbach stützte sich auf den Rand des Empfangstischs. »Ich wäre eventuell daran interessiert, in einem oder zweien Ihrer Zimmer zu übernachten.«

Der Mann lachte. »Aber mit dem allergrößten Vergnügen doch, der Herr. Wie viele Betten hätten Sie denn gern?«

Matzbach beugte sich vor. »Wie viele haben Sie denn?«

Der Mann lachte erneut. »Reichlich, minus vier.«

»Wieviel ist reichlich minus vier? Wenn dabei mindestens zwei herauskommt, könnten wir uns vielleicht einigen.«

Er hatte einen schnellen Blick in das vor dem Mann offen liegende Buch geworfen und den Namen Fricke entziffert.

»Zwei können Sie haben. Wie viele Personen sind Sie?«

»Ich bin zwar verschieden, aber persönlich einer. Ich habe draußen noch einen minderwertigen Reisegefährten, dessen einziges Glück das Essen ist.«

Der Mann schob ihm das Buch hin. »Wenn Sie bitte beide eintragen wollen, hier und hier. Dem Hunger Ihres Freundes kann geholfen werden. Die Küche ist geöffnet.«

Matzbach nahm die Schlüssel an sich und inspizierte die Gemächer. Die Inspektion fiel zu seiner Zufriedenheit aus, so daß er Hoff Zeichen gab.

Dieser stellte den Wagen an eine bessere Stelle, stieg aus und kam mit dem gesamten Gepäck der Expedition ins Hotel. Sie brachten die Sachen auf ihr Zimmer und gingen dann noch einmal nach draußen.

»Weniger«, sagte Baltasar mißmutig, »um meinen adonischen Leib durch die Abenddämmerung dieses wesentlichen Orts zu schleifen, als vielmehr, um nachher durch ein Fenster zu spähen und ein Zusammentreffen mit Fricke glimpflich zu gestalten.«

Hoff äußerte sich nicht; er ließ nur seinen Magen knurren.

Nach etwa einer halben Stunde, als es vollständig dunkel war, kehrten sie zum Hotel zurück.

Baltasar spähte. »Da sitzt er und schaufelt Kalorien.«

Er warf einen zweiten Blick hinein. »Aha«, machte er danach, »nun ja, dann hinein.«

Zielsicheren Schrittes steuerte er auf einen bestimmten Tisch zu, an dem Fricke sie nicht sehen konnte.

»Wieso gerade hier?« fragte Hoff leise. »Vorne wäre doch auch gegangen.«

Matzbach seufzte. »Wäre es. Aber wenn er mal auf den Topf will, kommt er an dem Tisch, den du meinst, genau vorbei. Bäh.«

Sie aßen ein reichliches Mahl und tranken üppige Pokale voll säuerlichen Frankenweines, und weil es ihnen infolge der miserablen Organisation der Veranstaltung an Lektüre gebrach, mußten sie mit der Gesellschaft des jeweils anderen vorliebnehmen, und mit einem Schachbrett. Fricke verschwand relativ bald; sie hörten seine Schritte, durch Teppiche gedämpft, der Treppe zustreben. Zuvor hatte er sich von der Kellnerin und dem Mann, der nicht nur Empfangschef, sondern auch Oberkellner und Besitzer des Hotels war, mit einem müden »Gute Nacht allerseits!« verabschiedet.

Später winkte Matzbach den Mann herbei und lud ihn zu einem Wein ein.

»Ab wann könnten Sie uns wecken, und ab wann gibt es Frühstück?«

»Wann wollen Sie denn weiter?«

»Wann geht der erste Zug?«

Sie waren auf ihrem Spaziergang an einem kleinen Bahnhof vorbeigekommen, der sehr an jene Gebäude erinnerte, vor denen in gewissen Filmen harte Männer mit Colts im Gürtel und gelegentlich Fliegen auf der Wange ihr Stelldichein mit dem Schicksal in Gelassenheit erwarten.

»Der erste geht sehr früh, aber wenn Sie zu einer normal frühen Zeit nach Fulda wollen, so kurz vor halb acht.«

»Kann man vorher schon frühstücken, oder müssen Sie dann extra für uns den Ofen anwerfen?«

»Nein, keine Sorge. Der Herr, der vorhin da drüben gesessen hat, will auch mit dem Zug fahren und vorher frühstücken. Außerdem stehen wir hier alle früh auf.«

IX

Auf der Treppe, wo sie, bereits mit ihrem ungeheuren Marschgepäck in der Hand, beim Abstieg zum deutschen Hotelfrühstück einander erstmals an diesem Mittwoch sahen, brach Hoff in heftiges Gelächter aus. »Was hast du denn gemacht? Einen melodramatischen Schub gehabt, was?«

Matzbach schwieg, indigniert zu früher Morgenstunde. Hoff musterte ihn abermals.

»Ich gebe zu«, sagte er dann, »wenn ich nicht wüßte, daß du es bist, würde ich dich für ein magenkrankes Nilpferd halten, oder so ähnlich. Aber es steht dir gut. Wen willst du foppen?«

Baltasar legte einen Finger auf den Mund. Im Frühstücksraum saßen nur zwei Gäste; Fricke war einer davon. Matzbach steuerte wieder einen entfernten Tisch an; Fricke war allerdings zwischen Marmelade und der örtlichen Weltzeitung derart hin und her gerissen, daß er für Passanten kein Auge mehr hatte.

Bei Kaffee und Marmeladenbrot setzte Baltasar Hoff leise auseinander, was er plante.

»Ich werde mich, damit er nicht immer nur dich sieht, mit ihm in diesen Zug setzen und nach Fulda fahren, nur, um sicher zu sein, daß er nicht zwischendurch aussteigt. Du wirst bitte mit dem Wagen die gleiche Strecke wie der Zug fahren, soweit dies möglich ist, und an jedem Bahnhof kurz halten, bis du sicher bist, daß weder er noch ich aussteigen. Wahrscheinlich treffen wir uns dann in Fulda. Klar?«

Henry nickte. »Versteh ich alles, aber sag mir trotzdem: Warum hast du dich angemalt? Jetzt, bei Licht, muß ich dir ein Kompliment machen. Du siehst wirklich völlig anders aus.«

Baltasar grunzte. »Ich habe mir ein wenig Klopapier in die Schuhe geschoben, um meinen Gang zu verändern. Das siehst du natürlich nicht, wenn ich sitze.«

»Ich bin begeistert. Der Kandidat wird es besonders dann vermerken, wenn du im Zug wieder sitzt.«

Baltasar reagierte nicht darauf. »Außerdem habe ich mir mit zwei, drei dünnen Strichen ältere Augen und wehmütige Kerben um den Mund gemacht. Man soll sparsam mit dem wenigen umgehen, was man hat. Der Bleistift war nicht sehr lang. Paß mal auf.«

Er stand auf und ging zur Tür, in seiner normalen Art. Dort drehte er sich um, musterte Frickes Zeitung, hinter der sich ein vielleicht böser Kopf verbarg, ließ die Schultern hängen und kam zurück. Hoff machte große Augen. »Toll. Das magenkranke Nilpferd nehm ich zurück. Fußkranker Tapir paßt besser. Und was soll das alles?«

Matzbach setzte sich wieder.

»Es gebricht dir«, sagte er verdrossen, »am notwendigen psychologischen Feingefühl. Wenn man jemanden lange kennt, übersieht man viele Dinge. Es gibt Leute, die können sich einen Bart wachsen lassen oder einen alten Bart abnehmen, und keiner ihrer langjährigen Freunde wird es merken. Fremde dagegen werden zuallererst so oberflächliche Dinge wie Bart oder Gang sehen oder, wenigstens, unbewußt wahrnehmen. Ich will lediglich dafür sorgen, daß der liebe Junge neben mir im Zug sitzt und mich morgen, wenn ich ihm unbemalt gegenübertrete, nicht erkennt. Er wird dann vielleicht denken oder sagen: Der kommt mir irgendwie bekannt vor. Aber das ist auch alles.«

Henry leerte seine Kaffeetasse. »So so. Du kommst mir irgendwie unbekannt vor.«

Baltasar seufzte und zog seine Brieftasche. »Hier, damit du dich an mich erinnerst. Und für alle Fälle. Ich weiß nicht genau, wieviel noch im Tank ist.«

Er schob Hoff mehrere Hunderter hin und stand auf. »Ab sofort«, sagte er leise, »kennen wir uns nicht mehr. Du bleibst jetzt hier sitzen und bezahlst die Rechnung, sobald Monsieur und ich gegangen sind. Dann gehst du vorsichtig zum Wagen. Und fahr ihn nicht zu Schrott, wie du das mit deinen immer tust.«

»Aye, aye, Sir.«

Fricke warf einen Blick auf die Uhr an der Wand, dann auf seine Armbanduhr und faltete die Zeitung zusammen. Matzbach ging langsam, wie unter einer Last, an ihm vorbei zum Ausgang. Hoff blickte verdutzt hinterher und winkte dann der Kellnerin. »Geben Sie mir bitte die Rechnung.« Er nannte die Zimmernummern. Fricke stand nun auf und nahm seinen Rucksack zur Hand. Hoff stützte den Kopf auf die Hände und verbarg sich fast völlig, konnte aber sehen, daß Fricke bleich und gequält in den Morgen blickte.

Die Rechnung kam schnell; kaum zwei Minuten nachdem Fricke das Hotel verlassen hatte, machte auch Henry Hoff sich auf den Weg. Es war ein kalter, klarer Oktobermorgen. Als er um die Ecke des Hotels bog, um zum Wagen zu gehen, sah er nicht allzuweit vor sich Matzbach und Fricke. Baltasar ging schwer und mühsam, mit hängenden Schultern, vermutlich auch noch leise ächzend. Fricke überholte ihn, blickte ihn von der Seite an und blieb stehen. Hoff ging vorsichtig auf die andere Straßenseite. Er sah so etwas wie Mitleid in Frickes Gesicht. Da ringsum alles still war, hörte er sogar die Unterhaltung der beiden.

Fricke: »Kann ich Ihnen helfen? Wollen Sie auch zum Bahnhof?«

Matzbach antwortete ächzend und pfeifend, mit gequälter, hoher Stimme: »Sie sind sehr freundlich, mein Herr, aber das kann ich ja wohl nicht von Ihnen verlangen.«

Fricke: »Ach, kommen Sie, geben Sie mir Ihre Tasche.«

Er nahm Baltasars leichte Tasche, nahm den Dicken am Arm und steuerte mit ihm die Straße hinunter in Richtung Bahnhof. Hoff schloß den Wagen auf, warf sein Gepäck hinein und setzte sich hinter das Steuer.

»Man hält es«, sagte er halblaut zum Lenkrad, »nicht für möglich.« Er folgte den beiden mit den Augen, bis sie langsam hinter der Straßenbiegung verschwanden. Sie würden gleich eine kleine Brücke überqueren und sich dann nach rechts zum Bahnhof begeben.

Kopfschüttelnd ließ er den Motor an und betrachtete noch einmal die Karte, um festzustellen, wo der nächste Bahnhof war. Dann gab er Gas.

Kurz vor neun Uhr verließ Matzbach den Bahnhof in Fulda und steuerte hinkend und gebrechlich auf den Wagen zu. Hoff erkannte ihn erst, als er sich bis auf zehn Meter genähert hatte.

Baltasar öffnete die Fahrertür und knurrte: »Rutsch rüber.«

Hoff gehorchte. »Großmutter, was hast du für platte Füße?»

»Damit ich dich besser in den Hintern treten kann.«

Matzbach ließ sich in den Sitz sinken und seufzte. Dann zündete er sich eine Zigarre an und wischte mit dem Taschentuch die Spuren der Maske aus dem Gesicht.

»Ah bah«, sagte er. »Auftritt erfolgreich beendet. Fricke ist ein merkwürdiger Zeitgenosse. – Wollen wir unser zweites Frühstück noch hier oder an der nächsten Autobahnraststätte zu uns nehmen?«

Hoff zuckte mit den Schultern. »Mir egal. Im Moment bin ich noch voll der guten Marmelade. Pfui.«

Baltasar startete, fädelte sich in den reißenden Fuldaer Verkehr ein und stieß gewaltige Rauchwolken aus.

Hoff fragte mitfühlend: »Auch Nichtraucherabteil?«

»Dieser ungeheuerliche Schienenbus ist durchgehend für Raucher. Aber wie sieht ein hinfälliger Greis mit Zigarre aus? Unglaubwürdig. Also hab ichs mir verkniffen.«

»Nun komm schon zur Sache.«

»Tja, was soll ich erzählen? Du wirst es mir ohnehin nicht glauben.«

»Versuchs wenigstens.«

»Hast du bemerkt, wie Fricke heute aussah? So, als hätte er die Nacht in Karl Mays Geistermühle verbracht. Bleich und gequält. Aber sehr hilfsbereit. Hat mich am Arm genommen und meine Tasche zum Bahnhof getragen. Dann hat er mir eine Fahrkarte besorgt, damit ich nicht vor dem Schalter stehen mußte.«

Hoff grinste. »Armes zerbrechliches Kerlchen. Wußtest du da schon, wohin er fährt?«

»Natürlich. Auf dem Weg zum Bahnhof haben wir leichte Konversation gemacht.« Er ahmte seine hohe Greisenstimme nach: »Zu liebenswürdig, mein Herr. Man trifft heute so wenige hilfsbereite Leute, es ist manchmal nicht einfach. Fahren Sie auch nach Fulda?« Er kicherte. »Na, dann hat er mir noch in den Zug geholfen. Ein Wahnsinnszug. Offenbar hauptsächlich für Pendler. Jedenfalls war alles ganz schön voll. Wir haben Sitzplätze gekriegt, natürlich, aber glücklicherweise nicht nebeneinander. Ich konnte ihn die ganze Zeit beobachten, unauffällig.«

Matzbach machte eine Pause und trommelte mit den Fingern auf dem Lenkrad herum. »Rat mal, was er während der Fahrt gemacht hat.«

Hoff hob die Brauen. »Was weiß ich? Gesungen, gelesen, aus dem Fenster gestarrt, in der Nase gebohrt?«

»Nix dergleichen. Er hat zuerst leise vor sich hin gesummt, dann hat er einen Rosenkranz aus der Tasche gezogen und bis Fulda gebetet. Ein paarmal schoß ihm das Wasser in die Augen. Er hat nicht direkt geheult, aber heftig geblinzelt und gewischt.«

Hoff riß die Augen auf. »Na so was. Und dann?«

»Dann ist er ausgestiegen, hat mir noch aus dem Zug geholfen und sich verabschiedet. Er wartet jetzt auf einem anderen Bahnsteig auf den Zug nach Frankfurt und fährt von dort aus wieder nach Bonn. Das heißt« – er blickte auf die Uhr –, »inzwischen müßte er wohl schon unterwegs sein.«

Hoff schüttelte langsam und nachdenklich den Kopf. »Wandert durchs Moor, schläft im Hotel, sieht morgens aus wie der ausgekotzte Tod, ist hilfsbereit, betet Rosenkranz und weint leise vor sich hin. Kriegst du das auf die Reihe?«

Matzbach brabbelte etwas, das sich wie »mitnichten« anhörte, schwieg dann aber eine ganze Weile, die Zigarre zwischen den Zähnen, die Hände am Lenkrad.

Hoff blickte ihn von der Seite an.

»Hat man dir schon mal gesagt, daß du Ähnlichkeit mit Churchill hast? Ich meine, ich traue dir nicht zu, einen Weltkrieg dadurch zu gewinnen, daß du Champagner schlürfend in der Badewanne sitzt und vier Sekretärinnen gleichzeitig beschäftigst, aber immerhin: die Zigarre und die Häßlichkeit des Gesamtbildes ...«

Mit einem kurzen, der leiblichen Nachfüllung gewidmeten Zwischenaufenthalt auf einer der anmutigen Autobahnraststätten der Republik durchfuhren sie in den folgenden Stunden einen Teil derselben und erreichten am frühen Nachmittag wieder deren Metropole.

In Hoffs Wohnung fanden sie einen Zettel vor, auf dem die zusätzliche freiwillige Hilfskraft notiert hatte: »Keine Lust mehr. Bin weg. Tschüs.«

Hoff braute Kaffee, während Matzbach sich wie ein Geier

auf das Telefon stürzte. Zur Abwechslung erwischte er Moritz sofort. »Hör zu«, sagte er. »Ich geb dir jetzt ein paar Namen durch. Sieh mal, ob du was in euren Archiven findest.«

Moritz protestierte. »Ich hab genug zu tun, auch ohne deinen Quatsch. Worum gehts denn?«

»Immer noch um den netten kleinen Doppelmord.«

»Ah«, sagte Moritz vergnügt, »ich dachte, man hätte dir die Hände schon abgehackt, zumindest aber gebunden.«

»Wieso dieses?«

Moritz gluckste. »Ungünstiger Murxbär, weißt du es denn noch nicht? Heute früh erreichte ein Zettel mit einer Zeugenaussage, einem Alibi für Andreas, die Kanzlei Korff. Der Herr Anwalt hat sich sofort zu Ziegler begeben. Der versucht seit Stunden wutschnaubend, dich zu erwischen.«

Matzbach hüstelte. »Das tut mir leid, aber ich bin im Moment nicht erreichbar. Ich werde mich auch hüten, in die Nähe meines Telefons zu gehen.«

»Wo steckst du denn? Ziegler hats schon bei Ariane versucht.«

»Wo ich stecke, werde ich dir gerade sagen, du Plapperschlange. Dann kann ich es Ziegler ja gleich durchgeben.«

»Betrüblich, wie genau du deine Freunde kennst. Was sind das für Namen?«

Matzbach diktierte ihm Namen und, soweit er sie wußte, Adressen von Fricke, Albring, Baginsky, Stücker und Vorwaldt sowie, als letztes: »Die Gesellschaft zur Stärkung der Verben e. V. in Köln.«

Moritz atmete heftig. »Gesellschaft zur Stärkung von was?«

»Verben. Wie Tuwörter.«

»Wie stärkt man denn Verben? Mit Kragenstärke oder Korsett, oder wie? Und vor allem: wozu?«

»Weiß ich alles nicht. Wenn ich das wüßte, würde ich doch dich nicht fragen. Beziehungsweise *früge* ich dich nimmer, wenn du es denn gestärkt haben willst.«

Moritz notierte. Dann sagte er: »Hör mal, Mistbach, hier ist im Moment verschärfte *action* angesagt. Was dagegen, wenn ich die Leitung spalte?«

»Nee, spalte nur. Ich ruf später noch mal an.«

Er ging wieder in Hoffs Wohnküche, in der es nach Kaffee roch.

»So so so«, sagte er bei der Entgegennahme eines gefüllten Bechers. »Freund Ziegler sucht mich. Ei, was machen wir denn da?«

Hoff schlug vor: »Entweder *hide and seek,* oder *search and destroy*. Ich bin für Verstecken.«

Matzbach grübelte. Schließlich setzte er den Becher so hart auf den Tisch, daß eine Woge überschwappte. »Ha, hm. Ich glaube, es ist an der Zeit, die Offensive weiter auszubauen. Wen, meinst du, wird Ziegler als nächstes aufsuchen?«

»Na ja, wahrscheinlich die Anwälte, denke ich mir.«

Baltasar nickte. »Bravo, Söhnchen. Und dort wird er alles finden, was ich gefunden habe, denn die ehrenwerten Herren werden ihm zweifellos genauestens mitteilen, was ich dort getan und gelassen habe. Und dann wird er furchtbar zuschlagen.« Er wischte die Kaffeelache mit seinem Ärmel auf die andere Seite des Tischs hinüber, wogegen Hoff sich mangels Stoffes nicht wehren konnte. »Und dann wird er vermutlich die fünf Namen durchgehen und all das finden, was mir bisher verschlossen war.« Matzbach kicherte. »Das wird ihm aber nichts nützen, denn, wie ich vom letzten Mal noch weiß und wie Ziegler in diesem Fall schon wieder reichlich demonstriert hat – wie hab ich den Satz angefangen? Also, jedenfalls wird er aus allem, was er findet, die falschen Schlüsse ziehen.«

Er rekelte sich und rieb den Rücken an der Stuhllehne. »Infolgedessen ich ungestört weitermachen kann, oder?«

Hoff stand auf, holte einen Lappen von der Spüle und wischte den exilierten Kaffee fort.

»Wenn du meinst«, meinte er, »dann mach, mach, was du willst. Mir ist alles recht, solange ich nicht dauernd deine Pistole halten und deine Phantasmagorien erleben muß.«

Baltasar erhob sich lächelnd. »Du bist ein wahrer Freund. Ich wußte, es ist kein Verlaß. Ich werde mich jetzt auf die Pirsch begeben, und falls Ziegler sich bei dir meldet, hast du mich nicht gesehen. Klar?«

Gegen sieben Uhr rief er an und zitierte Hoff zu einem, wie er es nannte, »frugalen Geschlemme« in ein chinesisches Restaurant.

»Man hat nach dir verlangt«, sagte Hoff, als er sich zu Matzbach an den Tisch setzte.

»Wer ist man?«

»Na, den einen kannst du dir ja denken. Ziegler auf der Suche nach dem widerlichen Fettwanst, der sich immer in behördliche Ermittlungen einmischt.«

Matzbach nickte und schwieg. Nachdem der Kellner die Bestellungen aufgenommen hatte, beugte er sich vor.

»Na ja, was solls? Sonst noch wer?«

Hoff zog einen Zettel aus der Tasche. »Moritz hat schnell gearbeitet. Er bittet mich, dir zu sagen, seine schnelle Arbeit möchte er durch In-Frieden-gelassen-Werden honoriert sehen.«

Baltasar zog die Mundwinkel geringschätzig nach unten. »Pah, man wird sehen. Was hat er denn?«

Hoff wedelte mit dem Zettel. »Ich habe beim Telefonieren geschrieben, das kannst du wahrscheinlich nicht lesen. Ich lese es dir also vor.«

Er räusperte sich wirkungsvoll.

»Also, Gesellschaft zur Stärkung der Verben – Fehlanzeige. Desgleichen Roland Vorwaldt. Hermann Albring ist ein Kollege von Moritz, ein freier Journalist, wie im Telefonbuch vermerkt. Er sitzt in Bonn und arbeitet unregelmäßig für verschiedene größere Zeitungen in Norddeutschland, in der Provinz. Moritz kennt ihn nicht näher, nur vom Sehen, sagt aber, soweit er wüßte, hätte dieser Albring neulich einem Politiker auf den Schlips getreten. Da steht wohl demnächst ein Prozeß an.«

Baltasar strahlte. »Aha. Da war doch unter den Dingen, mit denen sich Naumann vor seinem Ableben befaßte, unter anderem die Rede von Beleidigung und Ehrabschneidung. Damit hätten wir zumindest einen Anhaltspunkt.«

»Wieso Anhaltspunkt? Okay, vielleicht hat Albring in dieser von Moritz angedeuteten Sache Naumann konsultiert, aber umgebracht?«

Matzbach winkte ab. »Das meine ich doch gar nicht. Vielleicht hat der Politiker Naumann umgebracht, eh? Wer war es denn eigentlich?«

Hoff versuchte, seine eigene Schrift zu entziffern. »Ein Mensch namens Miltz, glaube ich; viel mehr wußte Moritz aber auch nicht. Er sagt, wenn er zu dem Fall noch etwas entdeckt, gibt er es durch. – Weiter. Über unseren tapferen Wandersmann Lorenz Fricke liegt auch nichts vor, abgesehen von einer acht Jahre alten Meldung, daß L. Fricke bei einem Kegelwettbewerb im Innenministerium den zweiten Platz belegt hat. Ist wahrscheinlich nicht sehr hilfreich, oder?«

Matzbach äußerte sich nicht dazu. Der Kellner brachte die Suppe. Hoff musterte sehnsüchtig seinen Napf, der Tomatensuppe mit Fleisch enthielt, las dann aber weiter vor. »So, also weiter. Eduard Stücker ist ein dichtbeschriebenes Blatt. Moritz hat mir nur einige Punkte durchgegeben, er will in den nächsten Tagen ein komplettes Dossier mit Kopien aller Unterlagen zusammenstellen und dir zuschicken. Also kurz: Stücker hat offenbar einen sehr guten Namen als Gutachter und Berater und arbeitet sowohl für Privatleute als auch für große Firmen als auch für öffentliche Auftraggeber. Er unterhält drüben, in Oberdollendorf, ein Büro für Landschaftsarchitektur und Stadtplanung mit zirka zehn Angestellten, darunter angeblich sehr hübsche Sekretärinnen. Er hat in den letzten zehn bis fünfzehn Jahren etliche größere Projekte im Großraum Bonn konzipiert, beraten und war an der Durchführung beteiligt. Das ist im Moment alles über ihn, aber da kommt noch einiges an Details nach.«

Matzbach, rücksichtslos wie immer, löffelte bereits und nickte; undeutlich und mit ziemlich feuchter Aussprache äußerte er etwas, das wie »Hönashindaföichfoscht« klang; Hoff interpretierte dies als »Schön, das sind ja erfreuliche Fortschritte« und schielte auf seine dampfende Suppe.

»So, zum letzten beziehungsweise zur letzten. Baginsky, Christine, ist eine renommierte Kapazität in Sachen Biologie, Biochemie und Ernährung. Sie ist gerade aus Südamerika zurückgekommen. Dazu erschien in mehreren Zeitungen ein Bericht über ihre neuesten Arbeiten. Und zwar hat sie wohl im bolivianischen Hochland mit einer dortigen Kartoffel experimentiert, die zwar nicht ganz so nahrhaft ist wie die *tartufola teutonica*, dafür aber anspruchslos, was Boden und Pflege betrifft, und gegen die meisten hiesigen Schädlinge resistent. Moritz schickt dir auch den dazugehörigen Bericht mit.«

Erleichtert legte er den Zettel weg und griff zum Löffel. Matzbach legte den Löffel weg und ergriff den Zettel; dabei sagte er halblaut: »Siehste, plötzlich kommen immer mehr Sachen zusammen. Man muß nur seinen privaten Geheimdienst unterhalten. – Ich war nämlich vorhin in dem einen Hotel, dessen Telefonnummer auch auf Naumanns Zetteln stand. Dort habe ich unter sorgfältiger Umwicklung meines Zeigefingers mit einem Fünfziger diesen in die Brusttasche des Portiers gesteckt, um sein Herz abzutasten. Das hat mir interessante Einblicke in das Gästebuch verschafft. Und rat mal, wen ich da gefunden habe?«

Er blickte Hoff derart aufdringlich und auffordernd auf den Suppenlöffel, daß Henry sich zu einer Antwort genötigt sah. »So, wie du anfängst, wahrscheinlich Vorwaldt.«

Matzbach nickte triumphierend. »Und rat mal, wo Vorwaldt laut Eintragung wohnt! In La Paz, Bolivien.«

Er ergriff seinen Löffel wieder, nachdem er den Zettel eingesteckt hatte, und schickte sich zu weiterem Suppeschlürfen an; vorher meinte er nur noch eilig: »Das klärt das Stichwort ›Saatgut‹ und das Hotel. Hm, prächtig.«

Nach dem Essen, kurz nach Beginn der Zigarre, informierte Matzbach Hoff: »Ich weiß, wer es war.«

»Wer was war?«

»Na, der Mörder.«

»Oho, wer wars denn?«

Matzbach grinste. »Ziegler. Er hat das alles organisiert, um mich reinzulegen. Ich weiß nämlich im Moment wirklich nicht weiter.«

»Was erwartest du denn eigentlich? Daß ich dir drei Dutzend Einzelteile eines Puzzles präsentiere, die sich unter deinem Auge zu einem Bild zusammenfügen?«

Baltasar schob die Unterlippe vor. »So ungefähr. Na ja, mal abwarten, ob in dem Päckchen, das Moritz schicken will, irgendwas wichtig ist. – Du könntest mir einen Gefallen tun, Sekretär.«

»Welchen, Arbeitgeber und Diktator?«

Matzbach zog sein Scheckbuch heraus, desgleichen einen Füllhalter, malte einige Ziffern und Buchstaben auf ein buntes Stück europäischen Papiers und schob das Endergebnis Hoff über den Tisch zu.

»Hier«, sagte er, »dein Gehalt für diese Woche. Mach mir gelegentlich mal ne Quittung. – Also, da du wenig von Pistolen hältst, denke ich mir, daß eine Erforschung der Sekretärinnen von diesem Stücker eher in dein Fach schlägt.«

Hoff grinste. »Das ist natürlich ein liebenswerter Auftrag. Das, glaube ich, mache ich gern. Was möchtest du denn über sie wissen? Ihre Gewohnheiten, Vorlieben, Schuhgrößen oder was?«

»So viel wie möglich über ihren Boss. Aber laß dir Zeit, du brauchst nicht alle gleichzeitig anzumachen.«

Er starrte auf seine feisten Finger. »Moritz werde ich morgen belästigen. Ich werde ihn bitten, Madame Baginsky genauestens zu interviewen, unter besonderer Berücksichtigung der juristischen Aspekte von Saatgut. An Vorwaldt kommen wir nicht ran. Fricke ist mir ein Rätsel; ich wüßte zu gern, was ihn in die Rhön getrieben hat, aber im Moment weiß ich nicht, wie man dahinterkommen könnte, außer, indem man ihn direkt fragt. Stücker gehst du bitte von hinten an, auf dem Weg über seine Damen, soweit die erhältlich sind. Albring sollte am besten wohl auch Moritz machen.«

»Er wird dich verfluchen.«

»Soll er. Ich lade ihn demnächst in eine Eisdiele ein, das liebt er.«

Hoff beugte sich neugierig vor. »So, damit hast du alle Arbeit verteilt. Und was machst du inzwischen? Versteckst dich unter Arianes Bett und wartest auf Erfolgsmeldungen?«

»Ich verstecke mich unter niemandes Bett. Ich begebe mich morgen abend nach Köln, zur wöchentlichen Sitzung der Gesellschaft zur Stärkung der Verben e. V. Ich will erstens wissen, was das für ein Verein ist, und zweitens, was Naumann mit ihnen zu tun hatte. Und bis dahin, teurer Freund, werde ich mich meinem Kummerkasten widmen. Man muß ja schließlich irgendwas Unvernünftiges tun, sonst kommt man zu nichts.«

»Nun denn, Frau Griseldis. Ist damit der Abend beendet?«

»Wir könnten natürlich noch festzustellen versuchen, welche Sorte Wein heute im ›Gamsbart‹ gezapft wird und ob sie einen dritten zum Skat verlockt.«

Hoff seufzte. »Ich sehe schon, das wird ganz harte Arbeit.«

X

Die Gesellschaft zur Stärkung der Verben e. V. tagte in einem noblen alten Haus neben anderen alten noblen Häusern kurz hinter dem Kölner Zoo.

Etwa fünfzehn Leute beiderlei Geschlechts drängten sich um einen Tisch in dem großen, gemütlich eingerichteten Raum im Parterre. Auf dem Tisch befanden sich Gläser und Flaschen. Eine mittelgroße Frau mit klaren, sympathischen Gesichtszügen blickte Matzbach neugierig an und kam ihm einige Schritte entgegen.

Baltasar reichte ihr die Hand und stellte sich unter einem kleinen Neigen des Kopfes vor. »Matzbach.«

»Ah, willkommen, Herr Matzbach. Wir haben gestern miteinander gesprochen. Ich bin Frau Gabrieli. Kommen Sie; darf ich Ihnen etwas anbieten?«

Sie gingen zum Tisch; die anderen machten Platz und sahen Matzbach zum Teil mit unverhohlener Neugier, zum Teil diskret aus den Augenwinkeln an. Er stellte sich selbst laut vor, danach mußte er eine Serie von Händen drücken und hörte Namen. Manche waren lang, andere kurz, wieder andere schmerzlos oder albern, und die Hände variierten ebenfalls sehr stark; es fühlte sich an von schlapp über feucht und wischiwaschi, aggressiv und ungern bis hin zum harten, sicheren Händedruck eines Mannes, den Matzbach auf Mitte Fünfzig schätzte, mit breiten Schultern, gut austrainierten Muskeln, gebräunt, einem starken Kinn und forschenden, grauen Augen in einem guterhaltenen Gesicht. Der Grund dafür, daß Matzbach von ihm mehr aufnahm als von den meisten anderen, war einfach und plausibel. Er stellte sich vor mit dem Namen »Stücker«.

Während Matzbach sich unbewegten Gesichts für ein Glas trockenen Weins entschied, lebten rings um ihn herum die abgebrochenen Gespräche wieder auf. Halben Ohres vernahm er die Rede eines jüngeren Mannes, der seine Nachbarin wie folgt informierte: »Wissen Sie, gestern abend widerfuhr mir etwas Unangenehmes. Vielleicht sahen Sie bereits diese kleine Wunde an meinem Gelenk.« Er hielt die rechte Hand hoch, daß man den winzigen Schnitt sähe. »Als ich meine Nachttischlampe ausknops, schlopf die Birne aus der Fassung und zerschull. Einige Fragmente fielen mir ins Bett. Es war ganz schön mühsam, alle einzeln herauszusuchen.«

Die Nachbarin nickte mitfühlend. »Sochen Sie lange, oder ging es schnell?«

»Ach, wie gesagt, es war mühsam.«

Baltasar verschluckte sich nicht an seinem Wein, er riß nun aber doch ein wenig die Augen auf. An der Kopfwand des Raums hing ein Schild mit dem Kategorischen Konjunktiv *Das Würde des Menschen sei antastbar!*

Matzbach lauschte eine Weile den ringsumher ablaufenden Gesprächen, in denen immer wieder seltsame Imperfektformen seine Aufmerksamkeit heischten; dies um so mehr, als in normalen Gesprächen, im üblichen mündlichen Umgang, mit wenigen Ausnahmen, Vergangenes im zusammengesetzten Perfekt berichtet wird. In dieser Runde verwandten die Sprecher nicht nur Imperfekte, sondern diese fast immer in einer unüblichen Form. Nach einer Weile nahm er die Gelegenheit wahr, sich mit Frau Gabrieli zu unterhalten.

»Sagen Sie, Madame«, bat er, »ich habe den Namen Ihrer Gesellschaft irgendwo gelesen und war, natürlich, neugierig. Deshalb habe ich Sie angerufen, um Näheres zu erfahren. Viel mehr wollten Sie mir ja nicht erzählen; Sie meinten ja, ich solle kommen und mich selbst überzeugen. Nun bin ich hier. Ich finde die reizenden Imperfekte äußerst unterhaltsam, wüßte aber doch gern, was die Zielsetzung Ihrer Gesellschaft ist.«

Frau Gabrieli lächelte, vielleicht ein wenig spöttisch. »Oh, das ist ganz einfach. Sie werden unser Leitmotiv bemerkt haben.«

Sie wies auf den Kategorischen Konjunktiv. Baltasar nickte.

»Sehen Sie, es gibt einige Menschen, die aus ästhetischen Gründen gegen die Verflachung der Ausdrucksmöglichkeiten sind. Natürlich kann und will niemand die normale Entwicklung der Sprache aufhalten, sonst wären wir noch immer bei Latein. Wir empfinden lediglich, daß durch Preisgabe zahlloser Ausdrucksmöglichkeiten die Welt weder besser noch gemütlicher geworden ist. Es ist eine Preisgabe ohne Gegenleistung.«

Sie musterte ihn sinnend. »Ich weiß nicht, ob Sie zu diesem Thema überhaupt ein Verhältnis haben.«

Baltasar drehte den Stiel seines Weinglases hin und her. »Natürlich«, sagte er, »habe ich dazu ein Verhältnis. Ich hätte allerdings Schwierigkeiten, wenn ich Ihnen genau angeben sollte, wie dieses Verhältnis beschaffen ist.«

»Verstehe ich Sie richtig ...«

»Sie verstehen richtig. Einer unserer verführenden Politiker sprach neulich von einem Unverhältnis zwischen aufgewandten Mitteln und erreichtem Ergebnis. Das ist, natürlich, blanker Nonsens. Zwischen zwei verglichenen Dingen gibt es kein Unverhältnis, denn auch eine Relation von, sagen wir, eins zu einer Milliarde ist ein Verhältnis, wenn auch ein unausgewogenes. Mein Verhältnis zu Ihrem Anliegen ist wahrscheinlich minder denn Ihres, aber ich bin ja gekommen, um mich informieren und vielleicht anwerben zu lassen.«

Stücker unterhielt sich angeregt mit mehreren Leuten, die in einem Kreis um einen Louis-Quinze-Fauteuil standen. Frau Gabrieli bat um Feuer für ihre Zigarette.

»Wir werben nicht«, sagte sie dann; »wir wissen genau, daß alles vergebens ist. Wir betreiben das als ein schöpferisches Spiel gegen die modernen Pädagogen, die ihre Schüler B-l-ö-t-z-i-n schreiben lassen, weil sie ja verstehen, daß sie Blödsinn meinen.«

Baltasar suchte in seiner Jacke nach den Zigarren. »Ja, das hat aber noch einen Aspekt. Die armen Kinder müssen sich später mal irgendwo um eine Anstellung bewerben, und dazu sollten sie in der Lage sein, einen orthographisch einwandfreien Lebenslauf abzuliefern. Nicht alle prospektiven Arbeitgeber können sich in ihrer geistigen Verwirrung mit den Kulturbürokraten messen.«

Frau Gabrieli blinzelte. »Sie haben natürlich recht, aber die praktischen Probleme sind so groß, daß wir hier uns nur theoretisch damit befassen können. In Spielform.«

»Nichts ist ernster als ein Spiel«, sagte Matzbach geziert. »Um es sinnvoll zu spielen, muß man strikte Regeln einhalten; das unterscheidet es von der sogenannten Realität, die vor allem daraus besteht, daß man einige Systeme von Regelbrüchen auszutarieren sucht. – Aber nun erzählen Sie mir doch mal, was hier an den Abenden geschieht.«

Sie deutete mit einer ungenauen Armbewegung auf die Leute, die herumstanden oder -gingen, tranken und dabei mit wechselnden Gesprächspartnern diskutierten.

»Heute, bis jetzt jedenfalls, sieht es nach einem allgemeinen Reden aus«, sagte sie. »Manchmal besprechen wir spezielle Themen; ein bestimmtes Buch oder eine aktuelle Politikerrede mit besonderem Wortmüll, oder so.«

Baltasar nickte nachdenklich. »Ich könnte mir diese Veranstaltung gut unter dem Titel ›Tanz auf dem Vulkan‹ vorstellen. Der Ausbruch ist nicht zu verhindern, aber man sollte ihn stilvoll erwarten.«

Frau Gabrieli nahm einen Schluck aus ihrem Sektglas. »So ist es. Wie gesagt, dadurch, daß sprachliche Nuancen aufgegeben wurden, ist die Welt nicht gemütlicher geworden. Sie wird auch nicht besser werden, wenn ab morgen alle Bewohner der Republik wieder den Konjunktiv korrekt verwenden oder wenn man alle Politiker, die ›ich würde sagen‹ sagen, zwangspensioniert. Aber sie wird ein bißchen weniger arm sein. Sie ist arm und armselig genug, auch ohne Gestammel.«

»Vergessen Sie nicht«, warf in diesem Moment Stücker ein, der zu ihnen getreten war, »die Ausführungen der Metalinguistik zu diesem Thema. Wenn die Sprache das Denken formt, nicht umgekehrt, dann führt Sprachverfall automatisch zu einem Verfall des Denkens, und die Welt wird noch unordentlicher, ungemütlicher und armseliger. Prost.« Er hob sein Glas, trank und zwinkerte Matzbach zu.

Ernsthaft fuhr er fort: »Wir wissen ja, sofern wir uns für Geschichte interessieren, was aus dem Römischen Imperium geworden ist. Am Ende, so sehe ich das jedenfalls, konzentrierte sich aller Wille zur Macht und Ordnung darauf, Palastintrigen zu überstehen und bessere Getreidepreise zu erzielen. Das sind Probleme, die einem Caesar, Cicero oder Seneca lächerlich erschienen wären. In der Spätzeit des Imperium Romanum gab es Männer dieser Größenordnung nicht mehr. Merkwürdigerweise auch keine großen Stilisten ...«

Matzbach blies einen zur Auflösung strebenden, schlampigen Rauchring an die Decke.

»Na ja«, sagte er, »Sie können Cicero und Seneca aber nicht gerade als Exponenten der imperialen Idee hinstellen.«

»Außerdem«, warf Frau Gabrieli ein, »hat ein Jegliches seine Zeit, wie in einem anderen, stilistisch wertvollen Buch zu lesen steht. Meinen Sie nicht, daß für das Imperium einfach die Zeit abgelaufen war?«

Stücker zuckte mit den Schultern. »Uhren kann man vor- oder nachstellen; man kann sie auch anhalten. Man muß nur wollen. Woran ist denn das Imperium zugrundegegangen?« Er blickte Frau Gabrieli und Matzbach herausfordernd an.

Baltasar runzelte die Stirn. »Soviel ich weiß, an Bleivergiftung.«

Stücker nickte heftig. »Genau. Übersetzen Sie das mal. Die Führungsschicht hat sich dem Lotterleben in Wohlstand ergeben und nicht mehr über das Imperium nachgedacht, sondern nur noch über immer raffiniertere Genüsse. Dazu gehörte Wein aus immer seltsamer geformten Gefäßen und Bleiamphoren und so weiter. Elite kaputt, Imperium futsch. Wir«, sagte er mit Betonung, »sind heute in der gleichen Situation.«

Frau Gabrieli schüttelte den Kopf und verzog indigniert den Mund. »Erlauben Sie, Herr Stücker, wir sind kein Imperium. Der Kelch ist vor vierzig Jahren knapp an uns vorbeigegangen.«

»Richtig. Warum ist er an uns vorbeigegangen? Weil das letzte westliche Imperium, England, noch Beharrungs- und Machtwillen hatte. Andernfalls wäre Amerika zu spät gekommen, und wie nach einem britischen Aussteigen aus dem Konflikt die UdSSR allein ausgesehen hätte, weiß ich nicht. Und was war das Endergebnis? Das Empire ging zu Bruch, weil die Engländer zu lange in Wohlstand geschlafen hatten und auf dieses letzte große Ringen nicht vorbereitet waren; am Schluß haben sie gewonnen, aber sie haben es nicht überlebt. Amerika hat sich, trotz einiger Anläufe, nicht dazu aufraffen können, ein Imperium zu werden, Frankreich ist auch nicht mehr, was es mal war, und wir sowieso. Alle zusammen könnten wir noch etwas tun, aber wir versuchen es ja nicht einmal.«

Matzbach hustete. »Meinen Sie nicht, daß manche Leute, darunter ich, Ihre Ausführungen durchaus unter ›reaktionär‹ einstufen und abhaken könnten?«

»Sicher, das könnten Sie, aber ich glaube nicht, daß Sie recht hätten. Natürlich ist das alles unpopulär, aber Friedfertigkeit und der Verzicht auf jegliche Macht sind nur dann sinnvoll, wenn alle Beteiligten dafür sind und sich daran halten. Die Goten und Vandalen waren nicht so friedlich wie die Weströmer, die Türken hatten andere Vorstellungen als die Byzantiner, Hitler sah die Dinge nicht so wie die Briten und die Franzosen, und heute ...«

Frau Gabrieli blickte ihn unter zusammengezogenen Brauen an. »Was ist heute?«

Stücker hob die Schultern langsam und ließ sie dann jäh wieder sinken. »Heute teilen, fürchte ich, unsere östlichen Nachbarn unsere Neigung zu Frieden und Wohlstand nicht. Und die südlichen, auf denen wir noch immer herumtrampeln, sehen die Dinge wohl auch anders.«

Matzbach grinste. »Wie bringen Sie denn Ihr friedliebendes Britannien und die anderen friedliebenden Kolonialmächte mit den ausgebeuteten und zertrampelten Völkern der südlichen Hemisphäre zusammen? Und die ausgelöschten Kelten und Karthager mit den friedliebenden Römern?«

Stücker schmunzelte. »Ich widerspreche Ihnen nicht, wenn Sie sagen, die Engländer hätten gar nicht erst nach Indien gehen sollen. Aber nachdem sie einmal da waren, hätten sie die Sache nicht in derartiger Unordnung hinterlassen sollen. Ich glaube nicht, daß es den Leuten in Lahore und Madras heute besser geht als zu Zeiten der Engländer; ich glaube sogar, daß einige der Millionen Ermordeten in Pnom Penh oder der Flüchtlinge aus Ho-Tschi-Minh-Stadt gerne noch unter einem französischen Gouverneur leben würden.«

»Lebten«, warf Frau Gabrieli ein, »oder lüben. Leben, lub, geluben.«

»Womit wir«, sagte Baltasar, beinahe erleichtert, »wieder bei der Sprache wären.«

Stücker nickte. »Ich wollte Sie auch nicht unterbrechen, als ich Sie unterbrach. Sie waren, glaube ich, gerade bei der Schule, nicht wahr? Dazu ist noch zu sagen, daß es eine schöne Sache ist, wenn man allen Interessenten die Möglichkeit gibt, das Abitur zu machen. Ich will nicht davon sprechen, daß niemand ein Volk von Abiturienten beschäftigen kann. Nur ein anderer Gesichtspunkt. Wenn man die Startchancen so weit verbessert hätte, daß jeder die Chance hat, das Abitur zu machen, wäre nichts dagegen zu sagen. Aber was hat man gemacht? Man hat die Zielanforderungen so weit gesenkt, daß auch Leute ohne langen Anlauf und ohne Leistungen ankommen können. Das ist«, sagte er grimmig, »als wollte man in der Leichtathletik allen die Möglichkeit geben, 100 Meter in 10 Sekunden zu laufen. Dann beschließt man, nicht die hundert Meter, sondern die zehn Sekunden sind wichtig, also läuft man nur noch 70 Meter, damit mehr Teilnehmer in 10 Sekunden ankommen. Schließlich wird die Strecke auf 50 Meter verkürzt, und am Ende läuft man gar nicht mehr. Was aber, wenn andere, zum Beispiel unsere Freunde im Osten, lächelnd zusehen, wie wir es uns im Stand gemütlich machen, und uns dann, wenn uns die Füße eingeschlafen sind, überrennen?«

Er blickte Frau Gabrieli an. »Ich weiß, daß diese Gesellschaft ein Spiel ist, aber man kann es auch ernstnehmen. Ich betrachte dieses geschätzte Forum, das sich mit dem Verfall der Sprache befaßt oder sich an diesem ergötzt...«

Matzbach unterbrach. »Was halten Sie von der Einführung

bzw. Wiedereinführung des Genitivus absolutus? So, daß diese Gesellschaft sich dessen ergötze.«

Stücker blickte ihn einen Moment lang irritiert an, dann lachte er. »Gut, also dessen ergötzt. Jedenfalls betrachte ich diesen Verein als eine, wenn auch winzige Möglichkeit, eine kleine Form von Ordnung aufrechtzuerhalten. Neben den anderen Möglichkeiten, um die ich mich bemühe.«

Matzbach streifte die Asche seiner Zigarre in einem dafür vorgesehenen irdenen Töpfchen auf dem nahen Beistelltisch ab. »Was machen Sie denn sonst noch?«

»Oh«, sagte Stücker, »vieles. Wollen Sie das wirklich hören?«

Frau Gabrieli intervenierte. »Ich glaube, Herr Matzbach ist in erster Linie gekommen, um zu erfahren, was wir hier so treiben. Vielleicht sollten wir ihm vordringlich einmal die Arbeitsweise unserer Gesellschaft demonstrieren, und nicht seine Zeit mit Beschäftigungsnachweisen der einzelnen Mitglieder blähen.«

Stücker kicherte. »Das haben Sie nett gesagt, Frau Vorsitzende. Ich bin ja schon still. Vielleicht ergibt sich später oder demnächst noch einmal die Möglichkeit ...«

Im Verlauf der nächsten Stunden erlebte Matzbach eine höchst angenehme Demonstration dessen, was die Mitglieder der Gesellschaft zur Stärkung der Verben e. V. bei ihren Zusammenkünften zu treiben pflogen.

Der kostbar ausgestattete Salon der alten Villa eignete sich vortrefflich für diese Form der Spielerei. Baltasar hatte nach und nach das Gefühl, bei Madame de Sévigné zu sitzen oder in einem Salon, in welchem die Herren Montaigne und La Boëtie, jeweils in zehnfacher Ausfertigung wiedergeboren, dabei rücksichtslos ihre Geisteskräfte dezimierend, ernsthaft vor sich hin blödelten.

Hauptanliegen der Gesellschaft schien es zu sein, alle schwachen Verben, die ihre Vergangenheitsformen durch ein angehängtes -t- bilden, derart zu stärken, daß saftige Konjunktive möglich wurden, wo die Sprache selbst sie nicht vorgesehen hatte; daß man das Licht ausknöpse, zerschülle; daß einige – wie eine sich im dekorativen Hosenanzug auf der Chaiselongue fläzende junge Dame bemerkte – wohl lieber durch die umliegenden Kneipen zögen und zöchen (zu: zechen, zoch, gezochen), als daß sie hier säßen, stünden oder, nach dem einen oder anderen Cocktail, schlöffen oder im Stehen schliefen. Mit besonderem Grimm vermork man, daß übles Gesindel, lichtloses Gelichter, jüngst sich dazu aufschwünge oder sich gar erdrisse, einerseits alle möglichen starken Konjunktive durch die ausschließlich der zukünftigen Unwahrscheinlichkeit vorbehaltene Bildung mit »würde« zu entsetzen, andererseits ausgerechnet das schwache »brauchte«, das gar keinen Umlaut bilden dürfe, zu »bräuchte« erhöbe. Man stimmte über mehrere Umbildungsvorschläge ab; die Gesellschafter schworen feierlich, hinfort nur noch »streben, strab, gestroben«, mit der Wahlmöglichkeit »sträbe/ströbe«, ferner »hoffen, huff (hüffe), gehuffen« sowie »schmusen, schmos, geschmosen« mit der bewegenden Möglichkeit »schmöse« zu verwenden. Baltasar, als Gast des Abends, äußerte zwischendurch: »Ich verwünde es nimmer, enthöpfe meinem Gemäul jemals ein schwächlich ›würde‹, es sei denn, ich söffe derart, daß es mir Sprechen und Sein verschlüge«, wofür er geziemenden Beifall erhielt. Zur Lösung des Problems, wie solcherlei Bildungen erreichbar seien, wenn das zu stärkende Verb hinderliche Zwischenkonsonanten aufwiese, etwa in Fällen wie »zeichnen« oder »speichern«, schlug ein pensionierter Oberförster in Tweed und grönem Hötchen vor, man solle dann den hemmenden Mitlaut an eine andere Stelle verschieben, so daß es etwa laute »zeichnen, zinch, gezinchen oder gezichnen« beziehungsweise »speichern, spirch, gespirchen oder gespichern«; durch dieses listige Verfahren sei zwar kein Umlaut möglich gemacht, doch werde immerhin die Bildung eines eindeutigen Konjunktivs durch Anfügung eines -e erleichtert.

In ähnlicher Weise vergnög man einander durch die Erörterung zusammengesetzter Adjektive, die bekanntlich nur in ihrem ersten Teil gesteigert (gestirgen) werden, zumal »nächstliegend« ja auch näherliegend sei denn »naheliegendst«. Eine kleine Debatte über die Vorzüge und Nachteile eines kürzlich erschienenen Buches über die Schwierigkeiten des farbenblinden Gummistiefelmörders angesichts violett gesprenkelter Kühe, welche ihm die Konjunktive verböten, beschloß den Abend. Vor dem Ende desselben toschen Matzbach und Stücker grinsend ihre Adressen aus.

Bei der Heimfahrt beschäftigten Baltasar mehrere Fragen. Einige waren grammatikalischer Natur; andere betrafen Stücker und seine Ansichten. Waren das Scherze eines intelligenten Menschen im Rahmen eines Gesellschaftsspiels, oder möglicherweise doch Ernst? Und wie kam der wohl eher an juristischem denn an gutem Deutsch interessierte Anwalt Naumann in diese Runde? Schließlich jedoch huk Matzbach den Tag als vergangen und vergessen ab und hopf in seine Koje.

XI

Nach einem ereignislosen Freitag begab Baltasar sich abends – nicht, ohne zuvor telefonische Erlaubnis eingeholt zu haben – zu Ariane. Er war dort kaum eingetroffen, als das Telefon klingelte.

Ariane nahm ab, meldete sich, grinste und hielt Matzbach den Hörer hin. »Du wirst schon wieder gesucht. Moritz.«

Baltasar nahm den Hörer seufzend entgegen und redete in seiner unfreundlichen Art eine Weile mit dem Journalisten. Dann blickte er Ariane an.

»Er will vorbeikommen, mit diverser Begleitung, in Sachen Mord sowie in Sachen Kartoffeln.«

Ariane nickte. »Sag ihm, es gibt Pfannkuchen.«

Sie holte eine Flasche trockenen Sherry und zwei Gläser.

»Ein wenig ist noch drin; meine frühreife Tochter hat in letzter Zeit häufig durstige Bekannte mitgebracht.«

Baltasar schüttelte den Kopf. »Nein, gehört sich das? Wie will sie so ihr Abitur schaffen?«

Ariane prostete ihm zu. »Wie stehen die Ermittlungen?«

Baltasar setzte das Glas ab. »Ach, so-so. Es ist mir mit der Hilfe eines räudigen Raben, des besagten Poe, gelungen, den Tankwart ausfindig zu machen, bei dem der verhaftete Kandidat zur Tatzeit weilte. Er hat jetzt also ein Alibi und läuft vermutlich schon wieder in der Gegend herum. Hoffentlich merkt er sich jetzt, wo er tankt. Freund Ziegler wird sich über meine Intervention gefreut haben; angeblich versucht er mich seit Tagen zu finden, um mich zu beschimpfen oder mir die Rote Karte zu zeigen oder so.«

Er nahm das Glas wieder auf und hielt es vor seine Augen. »Apart«, sagte er, während er durch Glas und Flüssigkeit Ariane betrachtete, »ein arianisches Prisma. – Außerdem habe ich fünf Leute ermittelt, mit denen der verblichene Anwalt ohne Wissen seiner Sekretärin noch seiner Kollegen zuletzt zu tun hatte.«

Er berichtete über die merkwürdigen Irrfahrten von Lorenz Fricke durch die Rhön, die Sprachwallungen der Gesellschaft zur Stärkung der Verben e. V., die munteren Sprüche von Eduard Stücker, die Kartoffeln von Christine Baginsky, die Hotelrechnung von Roland Vorwaldt und die undeutlichen Streitfälle von Hermann Albring.

»Na ja«, meinte Ariane schließlich, »das ist alles reichlich wirr. Mehr weißt du noch nicht?«

Baltasar verneinte stumm; nach einem kleinen Schluck kommentierte er: »Der Mensch ist fehlerhaft und widerwärtig. Nicht einmal ich bin vollkommen. Was erwartest du also?«

Sie lächelte. »Ein friedliches Wochenende ohne Morde.«

Baltasar beugte sich vor und streichelte ihre rechte Hand. »Gut«, flötete er, »anmutige Propyläe meines Tempelherzens, ich werde an diesem Wochenende davon absehen, jemanden zu töten. Es sei denn, um dir einen Kopf zu Füßen zu legen, und auch das nur, wenn dein Gemüt danach dürsten sollte.«

Kurze Zeit später klingelte Moritz Sturm. Er betrat die Wohnung in Begleitung zweier Menschen, die dort bisher nicht gesichtet worden waren.

»Das«, sagte er mit Grandezza, »ist die Hüterin des Hauses, Ariane Binder. Jener Kloß hinten ist Mistberg, eh, Matzbach. Darf ich präsentieren? Ich beehre mich: Andreas Goldberg, weiland Mörder, und Sarah – jetzt hab ich doch deinen Nachnamen vergessen. Wie war er gleich?«

Die hübsche, dunkelhaarige Frau lächelte. Man sah ihr an, daß sie vor kurzem länger der Sonne teilhaftig geworden war; ihre weißen Zähne blitzten, und die vom Lächeln bewirkten Ausläufer ihrer leicht erhöhten Backenknochen trafen sich knapp neben dem Grübchen im Kinn.

»Mendel«, sagte sie; »zumindest noch ein paar Wochen.«

Ariane stellte Gläser hin und deutete einladend auf einige Sitzgelegenheiten.

»Wieso?« fragte Baltasar. »Was hat das mit den Wochen zu tun? Wechseln Sie mit den Mondphasen Ihre Bezeichnungen?«

Moritz setzte sich, verknotete seine langen, dünnen Beine und sagte: »Nein. Aber wieder so ein Fall. Auch hier hat die Angst vor Scheidung nicht die Ehe verhindern können, und nun sind die Konsequenzen zu ziehen.«

»Ei ja«, murmelte Baltasar, »nicht jeder wird solcherlei Probleme mit Hilfe eines unbekannten Schützen und ohne juristischen Aufwand los.«

Andreas Goldberg zuckte sichtlich zusammen, fing sich aber rasch wieder. »Ich hörte«, sagte er höflich, »daß ich Ihnen meine Freiheit verdanke.«

Baltasar winkte ab. »Lesen Sie Sartre, dann wissen Sie erstens, woher sie kommt, und zweitens, daß sie nicht viel wert ist.«

Goldberg lachte. »Jedenfalls möchte ich mich bei Ihnen herzlich bedanken. Wie haben Sie den Tankwart gefunden?«

Baltasar breitete die Arme aus. »Fragen Sie Ihren eminenten Raben, er hat mich geführt. Übrigens ein widerliches Vieh.«

»Ich hörte bereits, daß Sie ihn in Ihr Herz geschlossen haben. Mein Großvater berichtete von der Dressur.«

Baltasar nickte. »Dann wissen Sie Bescheid.«

Er wandte sich an Sarah Mendel. »Heiraten Sie bloß nicht gleich den Jungen, wenn Sie geschieden sind. Seine Frauen enden übel.«

Sie winkte ab. »Nichts dergleichen. Ich will ihn nur ein bißchen – trösten. Er trägt schwer an dem herben Verlust.«

Ariane stand auf. »Pfui«, sagte sie, »ihr seid mir alle viel zu makaber. Ich gehe jetzt in die Küche und erhole mich bei Pfannkuchen. Ich hoffe, alle haben Hunger.«

Moritz strahlte sie an. »Bist du eigentlich schon vergeben? Man findet selten Menschen, denen zur rechten Zeit das Rechte einfällt.«

Als Ariane gegangen war, zog Moritz aus seiner prallen Aktentasche vielerlei heraus.

»Hier«, sagte er, indem er Matzbach einige Fotos hinschob. »Ich glaube, Andreas hat sie auch noch nicht gesehen. Ich habe aber Zweifel, ob er sie unbedingt wird sehen wollen.«

Goldberg verzog das Gesicht und winkte ab. »Nicht dringend«, sagte er leise. »Mir steckt der Anblick bei der Identifizierung noch in den Knochen.«

Baltasar nahm die Fotos auf und betrachtete sie genau. »Unschön und bestimmt nicht zur Veröffentlichung gedacht, nicht wahr?«

Moritz nickte. »Ich habe sie leihweise von Korff bekommen, der sie eigentlich längst der Polizei hätte zurückgeben müssen.«

Die Bilder zeigten die Leichen von Irene Goldberg und Robert Naumann. Beide wiesen je zwei Einschüsse auf, in der Mitte der Stirn und im Herzen.

Matzbach legte die Bilder hin. »Das ist merkwürdig. Die Einschüsse sitzen genau gleich, geometrisch. Es muß sich um einen guten Schützen mit einer ruhigen Hand handeln. Oder er hat verdammt viel Zeit gehabt und aus nächster Nähe geschossen.«

Moritz schob ihm einige Blätter hin, offenbar Fotokopien eines teils mit Maschine geschriebenen, teils vorgedruckten Textes. »Hier, ebenfalls von Korff geschmuggelt: der Obduktionsbefund. Nix aus nächster Nähe.«

Matzbach überflog die Seiten, denen eine kurze Abhandlung über die aus den Körpern entfernten Geschosse beigefügt war.

»Also übliches Kaliber, abgefeuert aus einer üblichen Handfeuerwaffe; wahrscheinlich mit Schalldämpfer, sonst hätte ja jemand im Haus oder in der Nachbarschaft etwas hören müssen. Einschüsse verlaufen schräg, die Projektile wurden aus etwa drei Metern Entfernung abgefeuert. Das heißt«, sagte er aufblickend, »vermutlich, daß die beiden im Bett gelegen und geschlafen haben oder, vielleicht, durch die Annäherung des Schützen erwacht sind. Nach Meinung der Spurensicherung jedenfalls sind sie im Bett erschossen worden.«

Andreas Goldberg hatte dem Gerede mit deutlicher Zurückhaltung und Abneigung gelauscht. Seine linke Hand war geballt, die rechte tastete nach der linken Hand der neben ihm sitzenden Sarah. »Moment mal«, sagte er mühsam, »steht da etwas darüber, ob die Einschüsse bei beiden unterschiedlich verlaufen?«

Baltasar blätterte.

»Ja«, sagte er dann überrascht, »das steht hier, allerdings mit einem Fragezeichen versehen und der Bemerkung, eine plausible Erklärung gebe es zunächst einmal nicht.«

Andreas nickte heftig. »Doch«, sagte er bitter, »die gibt es. Irene war eine wilde Schläferin. Sie ist meistens morgens mit den Füßen unter dem Kopfkissen und dem Kopf am Fußende aufgewacht.«

Baltasar runzelte die Stirn. »Aha. Das spricht dafür, daß die beiden tatsächlich noch fest geschlafen haben, als der Mörder sein finsteres Tagwerk begann.«

Er schob Papiere und Fotos wieder zurück zu Moritz. Dann griff er zu einer Zigarre, legte sie aber gleich wieder fort.

»Nein«, knurrte er, »gleich gibts Pfannkuchen. – Was wollen uns die Dichter des Berichts damit sagen? Ein Mensch, Mann oder Frau, betritt eine fremde Wohnung in der Frühe, und zwar so leise, daß die in der Wohnung befindlichen Leute nicht aufwachen. Was für eine Sorte Schloß hatte Naumanns Wohnungstür?«

Andreas überlegte. »Wenn ich mich nicht irre, ein normales Sicherheitsschloß, BKS oder wie die Dinger heißen. – Ich mußte ja mit Herrn Ziegler den Tatort besichtigen ...«

Baltasar verschränkte die Arme über seiner Wamme. »Und die Tür war nicht aufgebrochen?«

Andreas schüttelte stumm den Kopf.

»Das stünde ja auch in diesen klugen Papieren zu lesen, Musbach«, sagte Moritz vorwurfsvoll.

Baltasar feuerte einen giftigen Blick auf ihn ab. *»Silence, monsieur l'emmerdeur,* ich kann lesen, *nebbich.* – Er muß also einen Schlüssel gehabt haben, der Finsterling. Außerdem muß er einigermaßen kaltblütig sein, eine ruhige Hand haben und wahrscheinlich häufiger eine Waffe in derselben halten, denn jemand, der noch nie geschossen hat, trifft wohl kaum so akkurat. Wer«, sagte er, fröhlich, »außer Ziegler und mir kommt also für die böse Tat in Frage? Abgesehen davon, daß ich keinen Schlüssel habe?«

Andreas fragte irritiert: »Wieso Ziegler und Sie?«

Baltasar grinste. »Ich, weil ich erträglich gut schieße, und Ziegler, weil er diese ganze Sache durchgezogen hat, nur um mich zu foppen.«

Moritz stöhnte. »Marsbach, Märzbock, Mistbrocken; wenn du sonst nichts zu der Affäre beizutragen hast, solltest du zu deinem Kummerkasten zurückkehren. In ernsthaften Zirkeln bist du völlig fehl am Platz.«

Sarah, die noch immer Andreas' rechte Hand hielt, begann zu kichern. »Ein netter Umgangston unter lieben alten Freunden. Kennt ihr einander schon länger?«

Moritz nickte weinerlichen Gesichts. »Ich hab es getragen sieben Jahr.«

Baltasar beugte sich vor, begutachtete Moritzens Hemd und sagte: »Dann wasch es doch endlich.«

Diese Form der Konversation setzte sich bis zu völliger Verblödung während des Pfannkuchenessens fort. Ariane mischte mit; Andreas hielt sich zurück. Als man beim Kaffee angekommen war, meldete er sich zu Wort.

»Herr Matzbach, ich habe den Eindruck, daß Sie sich weiter mit diesem Blutbad beschäftigen wollen.«

Baltasar nickte.

»Kann ich Ihnen irgendwie dabei helfen? Ich meine ...« Er zögerte, blickte der Reihe nach Sarah, Ariane und Moritz an und schloß dann die Augen. Halblaut fuhr er fort: »Immerhin war sie meine Frau, wenn da auch am Schluß nichts mehr war ...«

Baltasar blickte Moritz an. »Du da, weißt du, was Ziegler zur Zeit treibt?«

»Morgen wird er sich um eine kleine Demonstration kümmern, nehme ich an. Im übrigen sucht er natürlich den Mörder oder die Mörderin, aber was er genau macht, weiß ich nicht.«

»Was für eine Demonstration?«

»Ach, morgen ist eine winzige Demo angesetzt, auf dem Rasen der Poppelsdorfer Allee. Wahrscheinlich werden zwanzig Demonstranten und zweihundert Polizisten daran teilnehmen, und so was läßt sich doch der Monsieur von der Kripo nicht entgehen.«

Ariane warf ein: »Morgen ist Samstag, da hat er wohl dienstfrei, oder?«

Moritz setzte ein zweifelndes Gesicht auf.

Baltasar erkundigte sich: »Worum geht es denn bei der

Demonstration? Vielleicht mache ich mit, damit Ziegler sich freut.«

Moritz keckerte. »Er würde sich bestimmt freuen und dich wegen subversiven Betrachtens von Bäumen festnehmen, oder so. – Ach, es geht um diese bescheuerten Entlaubungspläne.«

»Bitte was?«

»Hast du noch nichts davon mitgekriegt? Das geht doch nun schon seit Monaten um, quer durch die ganze regionale und überregionale Presse, mit Erklärungen, Protesten, Gegenerklärungen und allem, was dazugehört. Die Idioten von der Stadt wollen doch, nachdem sie erfolgreich alles, was in Bonn ansehnlich war, wegsaniert haben, den letzten Rest auch entfernen, die Poppelsdorfer Allee.«

Matzbach nickte. »Ach so, natürlich, davon hab ich gehört. Aber wen wundert das eigentlich? Wenn man sich Beamte hält, deren Daseinszweck der Umbau der Stadt ist, darf man sich nicht wundern, wenn sie zur Sache gehen. Sonst wüßte man doch, daß sie überflüssig sind. Außerdem werden sie bestimmt von einigen Leuten reichlich des hübschen Baren erhalten. Sind die Pläne denn jetzt endgültig durch?«

Sarah hob die Hand. »Entschuldigung, ich war ein paar Wochen weg und vorher mit privater Chaotik völlig ausgelastet. Worum geht es denn da?«

Moritz zuckte mit den Schultern. »Kurz gesagt ist es so. Vor ein paar Jahren ist für etliche hundert Millionen diese sinnlose U-Bahn gebaut worden, weil Bonn so was natürlich braucht, auch wenn nur zwei Kilometer davon unter der Erde sind. Gleichzeitig ist eine Straßenbahnstrecke stillgelegt worden, die hinter dem Bahnhof in Richtung Endenich verlief. Die Schienen hat man rausgerissen, da ist nichts geblieben. Jetzt sind einige von den Jungs, die dafür bezahlt werden, fremder Leute Geld zu verbraten, auf den Gedanken gekommen, daß diese Weltgegend, also allgemein der Bonner Westen, doch wieder an das U-Bahn- beziehungsweise Straßenbahnnetz angeschlossen werden soll. Natürlich geht das nicht einfach, indem man da, wo früher Schienen waren, wieder welche legt. Die könnten den Autoverkehr behindern, den die Herren durch öffentliche Verkehrsmittel ersetzen wollen. Man sieht, es ist alles sehr klar und logisch. Nein, diese westliche Trasse soll unterirdisch verlaufen, jedenfalls die ersten fünfhundert Meter, und was bietet sich da besser an als die Poppelsdorfer Allee? Da stehen schließlich nur ein paar hundert schöne alte Bäume, und ein paar hundert schöne alte Villen. Mit anderen Worten: Diese Allee fällt aus dem optischen Gesamtbild der Stadt heraus. Es ist da noch nicht uniformiert und betoniert worden. Man will jetzt unterirdisch bohren; dabei werden wohl alle Bäume gefällt werden müssen, und die zuständigen Leute erklären mit Bedauern, daß sie keine Garantie für die Grundmauern der Villen übernehmen können.«

Er seufzte und nahm einen riesigen Schluck Kaffee zu sich. »Außerdem liegen natürlich inzwischen Gutachten vor, die besagen, daß die meisten der Bäume krank sind.«

Matzbach strahlte. »Na, siehst du!« sagte er fröhlich. »Das beweist doch wieder, daß die Wirtschaft funktioniert. Und die braven Bäume, die pünktlich dann krank werden, wenn eine Bank oder eine Versicherung gerne da bauen will, wo die alten Villen stehen! Ist das nicht schön?«

Moritz verzog das Gesicht. »So ist es. Ich wollte einen bösen Artikel dazu schreiben; das hat mir der Chef untersagt. Das heißt, nicht untersagt. Er hat mir dringend abgeraten. Sein Schwager sitzt im Rathaus, und der habe ihm wichtige Informationen darüber gegeben, aus denen zu entnehmen sei, daß alles gar nicht so ist, wie es aussieht. – Übrigens« – er blickte Matzbach an, als wolle er ihn hypnotisieren – »weißt du, von wem das vorläufig letzte Gutachten zu dem Thema stammt?«

»Nein. Ich beschäftige mich in meiner Freizeit gelegentlich mit harmlosen Mördern, aber an die großen Verbrecher komm ich nicht ran. Wer war es denn?«

Moritz grinste. »Unser Freund Stücker.«

Infolge allgemeinen Erstaunens bei Sarah und Andreas sahen Moritz und Baltasar sich genötigt, Informationen über Eduard Stücker abzusondern. Moritz griff nach seiner Aktenmappe.

»Hier«, sagte er, wobei er auf ein dickeres Bündel klopfte, »ist einiges über Stücker und seine Aktivitäten der letzten zwanzig Jahre, soweit diese öffentliches Interesse verdienten. – Und hier sind die anderen Sachen, die ich dir noch heraussuchen wollte.«

Baltasar nahm das Bündel entgegen und neigte dankend den Kopf. »Huldreicher Liebling der Morgenröte«, sagte er salbungsvoll, »eminenter Auswurf des Olymp und Verkörperung außerdienstlicher Zuverlässigkeit, ich danke Euch.«

Er warf das Bündel lieblos auf einen leeren Sessel. »Ich werde mich gelegentlich damit befassen. Heute abend hab ich frei.«

Er runzelte die Stirn und dachte nach.

»Gevatter«, sagte er dann, an Moritz gewandt, »hast du dich inzwischen mit dieser Kartoffeldame unterhalten?«

Moritz schüttelte den Kopf. »Ich habe vielleicht noch andere Dinge zu tun, ungünstiger Ekelbär, und außerdem schlafe ich hin und wieder. Du wirst dich da noch ein paar Tage gedulden müssen. Ich werde sie am Montag anrufen und um einen Termin bitten. Zufrieden?«

Baltasar und Ariane verlebten ein Wochenende in zurückhaltender Bescheidung und ohne auswärtige Eindringlichkeiten. Matzbach durchblätterte die Papiere, die Moritz hinterlassen hatte, und schnalzte gelegentlich mit der Zunge.

Montag begab er sich wieder in seine Wohnung, in der ihn gegen Mittag ein unwirscher Ziegler anrief, der sich weitere Einmischungen in die amtlichen Ermittlungen verbat. Matzbach versprach ihm höflich, ihn bei Gelegenheit von Fortschritten wissen zu lassen, und hängte ein.

Nachmittags erfuhr er von gemeinsamen Bekannten, Hoff

sei am Wochenende mit einer reizenden Rothaarigen gesehen worden. Abends rief Henry an und berichtete von Unterredungen mit einer Sekretärin des berühmten Eduard Stücker, die aber außer einem Überblick über seine wesentlichen Taten der letzten Zeit nichts erbracht hätten. Ein detaillierter Bericht werde folgen.

Also werkelte Matzbach bis in die Nacht hinein an den nächsten Folgen von *Frau Griseldis*, hüpfte anschließend wie ein Zicklein unter die Dusche, umhüllte sein fettes Egogefäß mit Frottee, trank einen Schlaftrunk und zog unter den fröhlichen Fanfaren seines Schnarchens bis zur Morgendämmerung wider seine Träume zu Felde.

In barbarischer Frühe, gegen sieben Uhr, riß ihn langanhaltendes Klingeln aus dem Schlummer. Eine freundliche Dame vom Postamt las ihm am Telefon den Wortlaut eines Telegramms vor, das später mit der normalen Post zugestellt wurde. Der Text lautete: »Hilfe stop assassinen stop sofort kommen les baux stop anrufen hotel xy stop william.«

Mit einer für seine normalen Aufstehgewohnheiten, speziell nach dreieinhalb Stunden Schlafs, unüblichen Lust eilte Baltasar ins Bad. Danach ließ er sich von der Auslandsauskunft die Nummer des betreffenden Hotels in Les Baux heraussuchen und rief dort an. Er war sich völlig darüber im klaren, daß die Morgenwonne mit dem Stichwort »Assassinen« zu tun hatte und damit, daß ein ferner Lockruf Abenteuer versprach, während er in der Heimat, der teuren, mit seinem Doppelmord nicht weiterkam.

Der Mensch, der im Hotel den Hörer abnahm, versicherte ihm, Monsieur William Bronner weile in seinem Gemach und er werde ihn ans Telefon holen. Es dauerte nicht sehr lang. William hörte sich entfernt, entnervt und erschöpft an.

»Matzbach«, sagte er hastig, »kannst du kommen?«

»Was ist denn los?«

Bronner hustete. »Zu viele Zigaretten und kein Schlaf«, sagte er. »Mann, ich hab das ganze Wochenende versucht, dich zu erreichen. Ich hab mich mal wieder in was eingemischt, was mich nichts angeht, jetzt sind sie hinter mir her. Ich weiß nicht, wie schnell sie mich finden.«

»Was hast du gemacht, und wer ist *sie*?«

»Kann ich dir nicht am Telefon sagen. Kannst du kommen?«

»Ja.«

»Sofort?!«

»Wenn ich heute nachmittag aufbreche, kann ich morgen früh dasein. Reicht das?«

Bronner seufzte.

»Kann sein. Vielleicht ist es in zwei Stunden schon zu spät. Versprich mir, daß du mir ein würdiges Begräbnis besorgst.«

»Mann, machs nicht so dramatisch ...«

»Hör zu, vielleicht muß ich schnell abhauen. Denk an den Mond von Sankt Remigius und an den dritten Schlupfhafen der Johannisbeere. Da kommt jemand, ich muß aufhören. Mach schnell ...«

Es klickte. Matzbach fluchte und wählte das Hotel erneut an. Besetzt. Nach fünf Minuten versuchte er es abermals. Diesmal kam er durch. Man teilte ihm mit, Monsieur Bronner habe soeben das Gebäude verlassen.

Murrend dachte er eine Weile vor sich hin; dann rief er Ariane an, die noch nicht zur Arbeit aufgebrochen war. »Hör mal«, sagte er nach einem freundlichen Morgengruß, »ein Freund, noch so ein windiger Reporter, hat mich gerade aus Südfrankreich angerufen. Die Assassinen sind hinter ihm her.«

Ariane kicherte. »Was ist los? Bist du krank, so früh aufzustehen? Und was hat das arme Kerlchen wieder geträumt!«

»Ich bin knallwach und todernst. Wann kannst du deinen Urlaub nehmen? Du hattest was von Bergen gesagt, die du noch versetzen müßtest.«

»Ganz ernst?«

»Total.«

»Die dicksten Berge sind versetzt. Mit einem dringenden Grund könnte ich eigentlich sofort...«

»Okay, also deine Urenkelin ist bei der Entbindung explodiert oder so was.«

»Pfui, wie witzig.«

»Ich hol dich gegen zwölf Uhr ab. Geht das?«

»Ja, in Ordnung. Bis dann.«

»Adios.«

Anschließend warf Baltasar Moritz und danach Hoff aus dem jeweiligen Bett, beauftragte sie, die Stellung durch förderliche Umtriebe weiter auszubauen, schrieb für Hoff einen neuen »Gehaltsscheck« aus, den er in einen Briefumschlag steckte, und beendete in rasender Eile *Frau Griseldis*. So begann ein wildes Abenteuer in der Provence, aber das ist eine andere Geschichte.*

---

* vgl. *Das Doppelgrab in der Provence*, Haffmans Verlag, Zürich 1988.

II. TEIL

1

Nach der Rückkehr aus der Provence siegestrunken, mußte Baltasar zunächst einmal zurückfinden in die Niederungen des Daseins. Zwar hatte er reichlich vorgearbeitet, aber nun war es Zeit, die nächste Folge von *Fragen Sie Frau Griseldis* zusammenzustellen, am besten gleich zwei. So wurde es Ende November, bis er sich wieder mit seinem Doppelmörder beschäftigen konnte.

An einem Samstag, dessen Morgenröte er im Hause Binder erblickte, bemerkte er in Arianes Küche ein neues Objekt. »Was ist das?«

Ariane nahm den Topf mit einem seltsamen Aufbau hoch. »Ein Wasserfilter. Evelyn hat ihn aufgetrieben. Eine sehr gute Sache.«

»Wozu braucht man einen Wasserfilter?«

»Man filtert, o dummer Mann, Wasser darinnen.«

Sie goß gefiltertes Wasser in die Kaffeemaschine. Baltasar, ohnehin noch nicht ganz wach, konnte dem Vorgang nur mühsam folgen.

»Wozu filtert man Wasser?«

»Man filtert es, o Baltasar«, sagte Ariane, wobei sie ein wenig Butter von ihrem Morgenrock wischte, »damit es besser schmecke.«

»Ist dieses vonnöten?«

Sie stemmte die Hände in die Hüften. »Fragen über Fragen an einem widerlichen Wintermorgen.«

Beim Frühstück führte sie weiter aus. »In diesem Ort Bad Godesberg, der heute nur noch ein Anhängsel der Metropole ist, wird das Trinkwasser dem Rhein entnommen. Um es genießbar zu machen, versetzt man es mit Chlor. Es riecht und schmeckt wie ein Hallenschwimmbad. Dieser Filter soll Schmutz und Chlor entfernen, und ich muß zugeben, das Wasser schmeckt besser. Du mit deinen ewigen Zigarren bemerkst natürlich keinen Unterschied zwischen dem Kaffee vorher und dem Kaffee danach.«

Baltasar grinste. »O doch. Ich messe ihn an dem, was zwischendurch vorgefallen ist.«

Ariane schnalzte. »Ich spreche von Filtern und dem Vorher-Nachher-Effekt.«

Baltasar nickte. »Es ist interessant«, sagte er nachdenklich, »daß auch an dieser Schandtat der Kandidat Stücker beteiligt ist.«

Ariane blinzelte. »Wie das?«

»Ich habe in den letzten Tagen neben *Frau Griseldis* auch den Mord bearbeitet und dazu noch einmal alles durchgewühlt, was die kundigen Kerlchen mir zusammengestellt haben. Unter anderem die Liste der Leistungen des Eduard Stücker.«

Er lehnte sich zurück, schob den Frühstücksteller von sich und zündete eine Morgenzigarre an.

»In dieser Liste findet sich ein Gutachten auch zum Thema des Godesberger Leitungswassers. Ich muß weiter ausholen.«

Er blies einen Rauchring an die Decke und kniff die Augen zusammen.

»Also: In den sechziger Jahren wurde die Godesberger Satellitenstadt Heiderhof konzipiert, du kennst die ja, auf der Höhe im Süden. Dazu wurden mehrere Gutachten angefertigt, von Geographen, Geologen, Hydrologen und ich weiß nicht was für Logenbrüdern sonst noch. Im Prinzip gab es zwei gegensätzliche Meinungen. Die einen sagten, das ist alles Quatsch, weil der Boden sehr wasserhaltig ist, zum größten Teil aus Kies besteht, zwei Grundwasserspiegel oder wie das heißen mag hat und so weiter. Das heißt, wenn man baut, wird man erstens Schwierigkeiten mit den Häusern bekommen, weil die auf dem nassen Kiesuntergrund nicht sehr hoch und schwer sein können, sonst sacken sie ab. Also darf man auch keine tiefen Keller anlegen. Zweitens wird man beim Bau der Zufahrtstraße mindestens einen, wenn nicht beide Grundwasserschichten anschneiden – die Straße ist ja am Hang hochgezogen worden, und dafür mußte einiges Erdreich bewegt werden.«

Ariane runzelte die Brauen. »Gegen frisches Grundwasser ist doch nichts zu sagen. Das kann man doch prachtvoll trinken, oder?«

»Ja, natürlich, aber das kommt gleich. Die anderen Gutachter sagten, es werde keine Probleme geben. Zu diesen gehörte Stücker. Nun gut. Dann wurde also das Projekt gestartet. Es stellte sich heraus, daß die Warner recht behielten. Auf dem Heiderhof stehen viele Häuser, die nur einen Meter oder noch weniger Fundament und Keller besitzen, und beim Bau der Straße schoß kristallklares Grundwasser in die Stadt. Was hat man damit gemacht?«

Ariane verzog das Gesicht. »Und ich habe einen Wasserfilter«, sagte sie düster.

Baltasar klopfte auf den Tisch. »Genau. Prächtiges, sauberes, leckeres Grundwasser; was sollte man damit machen? Auch hierzu wurden in aller Eile Gutachten eingeholt, weil man ja nichts offensichtlich Sinnvolles tun kann, solange es nicht von Gutachtern befürwortet wird. Wieder war Stücker beteiligt. Er schlug vor, die Kanalisation auszubauen und das Grundwasser in den Rhein zu leiten. So wurde es gemacht. Man hätte es natürlich in die Trinkwasserversorgung leiten können, aber das wäre ja zu offensichtlich gewesen. Deshalb hast du dir einen Wasserfilter kaufen müssen. Die Industrie, übrigens, nicht nur hier, sondern überall, zapft nach wie vor Grundwasser ab und benutzt es zum Kühlen und Reinigen. Unser Trinkwasser kommt nicht daher. Als Einwohner Bonns wußte ich natürlich bisher nichts davon, denn das Bonner Wasser ist ganz trinkbar; es kommt aus einer Talsperre.«

Ariane nickte. Erbost sagte sie: »Eigentlich ist es eine Sauerei. Aber was ich nicht verstehe: Wieso bringst du Stücker immer wieder ins Gespräch? Ich meine, es spricht nicht für ihn, daß er diese Gutachten gemacht hat, aber was hat das mit deinem Mord zu tun?«

Baltasar hob hilflos die Schultern. »Verehrteste«, sagte er, »nichts. Es gibt nur eine ganze Serie solcher Gutachten und Projektentwürfe aus seinem Bleistift.«

Sie faltete die Hände hinter dem Kopf. »Was hat er denn noch befürwortet?«

»Oh, vieles, und zwar reichlich. Zum Beispiel den U-Bahn-Bau und die Verwüstung der Bonner City, du weißt schon, den Abriß der alten Häuser vor dem Bahnhof und den Bau dieser monströsen Gips- und Betontürme. Dann eine völlig absurde Sache: den City-Umbau in Godesberg. Kalkuliert in den sechziger Jahren, als Godesberg noch das Einkaufszentrum für das gesamte Hinterland war. Damals hat er, neben anderen, vorgeschlagen, zu Füßen der Godesburg ein Geschäftsviertel mit Supermärkten und allem Kiki aufzuziehen. Das ist ja inzwischen gebaut worden, nur fahren die Leute aus dem Ländchen schon längst nach Bonn. Alles, was dabei herausgekommen ist, sind also Betonmonster mit irrsinnigen Mieten und pausenlos Pleiten. Ein besonders schönes Gutachten hat er auch zum Bau der rechtsrheinischen Autobahn abgeliefert.«

Baltasar legte die Zigarre weg und kratzte sich; der Kimono warf wilde Wellen.

»In Ramersdorf steht die älteste Ritterkommende auf deutschem Boden. Die anderen sind entweder im verlorenen Osten oder in Palästina oder so. Da das Land ohnehin dem Bund gehörte, ist dort zu einmütigem Entsetzen vor ein paar Jahren ein Autobahnzubringer mit siebenundzwanzig Schleifen, neunzehn Spuren und dreihundert Richtungen gebaut worden. Er umzingelt die alte Kommende. Wenn LKWs vorbeifahren, zittern die Mauern, und keiner weiß, wie lange das Ding noch stehen wird. Und – zu dem Bau gehörte ein Park, an dessen Ende ein wunderschönes altes Pförtnerhäuschen stand. Zwischen den Resten des Häuschens und der Kommende verlaufen jetzt drei Fahrspuren. Stücker war auch *da*für.«

Er schüttelte den Kopf.

»Bei der Veranstaltung in Köln, bei den Konjunktivisten, hat er mir etwas über Macht, Beharrungswillen und Schopenhauer erzählt. Vielleicht ist das der Grund dafür, daß er in den letzten Jahren alle möglichen Projekte befürwortet hat, die widersinnig sind: Durchsetzen des Apparats der Administration gegen die Bevölkerung, um jeden Preis. Was weiß ich. Stärke nach innen als Basis für angestrebte Stärke nach außen.«

Er lächelte müde.

»Leider ist das weder ungesetzlich noch mörderisch. Okay, vielleicht hat er den einen oder anderen Beamten geschmiert, um auch für das nächste teure Gutachten berücksichtigt zu werden. Aber daraus kann ich mir immer noch kein Motiv für einen Mord konstruieren.«

Ariane wackelte mit den Füßen. »Nimm mal an, der Anwalt wäre zufällig dahintergekommen, daß Stücker bestochen hat...«

Matzbach winkte ab. »Kein Grund. *Mon dieu*, was soll ihm passieren? Man wird ihn und ein paar andere vor Gericht zerren, wenn nicht überhaupt alles vertuscht wird. Dann bekommt er eine Geldstrafe aufgebrummt, die er mit einem freundlichen Lächeln bezahlt. Er hat sein Schäfchen im trokkenen.«

Er griff nach einer unförmigen Reisetasche, die sein Wochenendgepäck barg; neben der Zahnbürste und einem Satz frischer Unterwäsche bestand dies vor allem aus Papier. »Hier, Moritzens Dossier. Eduard Stücker, geboren 1927 in Lassahn, Mecklenburg, pipapopu... seit 1961 Büro bei Bonn ... wo ist es denn – ach, hier. Besitzt Landhäuser in der Eifel, im Sauerland, eine Strandvilla in St. Peter-Ording, ein Chalet in der Normandie. – Wahrscheinlich hat er auch ein nettes kleines Konto in der Schweiz. Und dem soll die Aussicht auf ein Verfahren wegen Bestechung so viel Angst machen, daß er dafür zwei Leute abmurkst?«

Ärgerlich warf er den Papierhaufen wieder in die Tasche. »Unser kleiner Ausflug in die Provence war amüsant. Leider geht es in dieser Angelegenheit überhaupt nicht voran. Moritz und Henry fördern Details ans Tageslicht, mit denen kein Mensch etwas anfangen kann. Stücker wäre ein prachtvoller Mörder, aber ich sehe keinen Grund, warum er es hätte tun sollen. Oder können. Ich werde«, sagte er erbittert, »in der kommenden Woche zum Frontalangriff übergehen.«

Ariane lächelte, beinahe mütterlich. »Armer Kleiner, was will das liebe Kerlchen denn unternehmen? Frontalangriff, pah.«

Baltasar nickte. »Genau, pah. Ich weiß es nicht. Ich werde mich ein bißchen mit der Kartoffeltante unterhalten. Das Interview, das Moritz mit ihr gemacht hat, brachte gar nichts. Dann werde ich Fricke zuerst verbellen und danach stellen und ihn fragen, was er in der Rhön gemacht hat. Und ich werde ein Gespräch mit diesem Journalisten Albring führen. Und mich noch mal in Köln erkundigen, ob neben den opulenten Konjunktiven andere Dinge angefallen sind. Ich Trottel, ich weiß ja bis heute nicht einmal, ob Naumann jemals in Köln bei diesen Leuten gewesen ist.« Düster setzte er hinzu: »Und ich sehe nichts. Wahrscheinlich war es am Ende doch Andreas Goldberg. Oder dieser widerliche Rabe.«

Am Montag lief Matzbach auf dem Weg durch die Stadt dem geschätzten Kommissar Ziegler in die Arme.

»Ah, Matzbach«, sagte Ziegler honigsüß. »Dieses Zusammentreffen erfreut mich.«

Matzbach verneigte sich. »Zahllose Glückssterne«, versicherte er, »überstrahlen diesen Tag, da mir endlich Ihr Antlitz in seiner ganzen Leuchtkraft zuteil wird.«

Ziegler hielt ihn am Ärmel fest. »Na, Sie Hobbydetektiv, möchten Sie mich nicht zu einer Tasse Kaffee und einer Unterhaltung in mein Büro begleiten?«

Baltasar strahlte. »Solch eine formidable Einladung, noch dazu im November und aus Ihrem hochmögenden Munde – wer wollte sich da sträuben?«

Schweigend gingen sie zu Zieglers Büro. Nachdem beide Platz genommen hatten, beugte sich Ziegler über den Schreibtisch vor und starrte Matzbach auf die Nase.

»So«, sagte er, wesentlich weniger freundlich, »nun wollen wir mal zur Sache kommen.«

Baltasar hob die Hand. »Moment, Verehrtester, wie war das mit dem Kaffee?«

Ziegler fletschte die Zähne, wandte den Kopf zur Tür, hinter der seine Assistenten und Sekretärinnen saßen, und brüllte »Kaffee!«

Dann wandte er sich wieder zu Matzbach. »Ich hatte bisher nicht die Freude, wie im letzten Jahr von Ihnen mit haltlosen Verdächtigungen, telefonischen Verhaltensvorschlägen und ähnlichem Schwachsinn behelligt zu werden. Ich ersehe daraus, daß Sie nichts wissen, und das macht mich froh.«

Baltasar grinste. »Ziegler, Ziegler, zwischen uns wird nach und nach eine enge Freundschaft wachsen, ich sehe das klar vor mir, und mir graut. – Hatte ich letztes Jahr vielleicht unrecht?«

Ziegler brauchte nicht zu antworten, denn in diesem Moment brachte eine junge Dame zwei Tassen Kaffee herein. Sie lächelte Matzbach zu und ging wieder hinaus. Ziegler spielte mit einem Bleistift.

»Es ist richtig«, gab er zu, »daß Sie im vorigen Jahr auf kriminellen Wegen zu einem Punkt gelangt sind, an dem ich früher oder später auch angekommen wäre. Soweit will ich Ihnen nicht widersprechen. Aber diesmal?«

»Nun ja«, sagte Baltasar. »Wer hat den Tankwart gefunden?«

Ziegler nickte. »Was Sie nicht wissen können: Eine Stunde bevor Korff mit Ihrem Alibi-Zettel auftauchte, hat ein Beamter den gleichen Tankwart ausfindig gemacht und von ihm erfahren, daß Sie schon dagewesen waren.« Ziegler lehnte sich zurück; mit dem Ausdruck satter Zufriedenheit nahm er einen Schluck Kaffee.

»Sie sehen also, nicht alles, was Sie tun, ist von einzigartiger Qualität. – Danach habe ich die Anwälte aufgesucht und festgestellt, daß Sie auch dort schon gewesen waren. Und daß Sie sich Namen und Telefonnummern notiert hatten.« Ziegler zog eine Schreibtischschublade auf, entnahm ihr mehrere Blatt Papier und überflog sie. Schließlich legte er alle Blätter bis auf eines zurück, schob die Lade zu und musterte Matzbach.

»Roland Vorwaldt«, las er vor, »laut Auskunft der bolivianischen Behörden seit dem 28. September wieder in La Paz, hat seitdem das Land nicht verlassen.«

Matzbach lächelte. »Ich danke Ihnen, lieber Freund, für diese Mitteilung. Ich muß zugeben, ich hatte Probleme, diese Auskunft zu erhalten, und meine Gewährsleute sind nicht unbedingt zuverlässig. Sie, lieber Ziegler, bestätigen mir, was ich für nicht ganz gesichert halten mußte.«

Ziegler nahm die unverschämte Lüge gelassen hin. »Hermann Albring«, las er weiter, »reiste in der Woche des Mordes als Berichterstatter mit einer Parlamentarierdelegation nach Marokko. Kollegen und Delegationsmitglieder versichern, daß sie ihn am bewußten Donnerstag morgens in, wie heißt das, Oudjda gesehen haben.«

Baltasar nickte. »Ich weiß. Einer seiner mitreisenden Kollegen hat es mir vor einiger Zeit erzählt.«

Ziegler grunzte und trank noch ein wenig Kaffee. »Lorenz Fricke war an jenem Donnerstag um halb acht morgens im Ministerium. Um fünf nach halb acht hat er von seinem Schreibtisch aus mit einem Beamten in einem anderen Flügel telefoniert.«

Matzbach runzelte die Stirn. »Ich nehme an, Sie haben das nachgeprüft?«

Ziegler zog die Mundwinkel nach unten. »Was denken Sie von uns? Der andere Beamte hat ihn angerufen. Fricke hat weder von außerhalb telefoniert, noch hat ein anderer ihm seine Stimme geliehen.«

Matzbach nickte. »Immerhin«, sagte er nachdenklich, »wenn Fricke um sieben Uhr seine Wohnung verlassen hat, mit einem Taxi in die Nordstadt gefahren ist, dort Naumann und Frau Goldberg erschossen hat und mit einem weiteren Taxi ins Ministerium gefahren ist, kann er trotz allem dort gegen halb acht eingetroffen sein.«

Ziegler nickte. »Ja«, gab er zu, mit einem sarkastischen Unterton in der Stimme, »das kann er durchaus. So war es aber nicht. Er hat sich, wie jeden Morgen, mit dem Bus zum Ministerium begeben, und ein Kollege, der die gleiche Strecke fährt, hat bestätigt, daß Fricke eingestiegen ist. Er erinnert sich, daß er sich mit Fricke über ein am Mittwoch ausgestrahltes Fernsehstück unterhalten hat.«

Baltasar verbarg seine Enttäuschung. »Was hat er denn in der folgenden Woche in der Rhön gemacht?«

Ziegler grinste höhnisch. »Ich weiß, daß Sie ihn, hah, beschattet haben, zusammen mit Ihrem merkwürdigen Freund Hoff. Was haben Sie sich denn gedacht, warum er in die Rhön fährt?«

»Was weiß ich? Vielleicht, um einen Kontaktmann aus dem Osten in Grenznähe zu treffen, oder sonst was.«

Ziegler legte das Papier weg. »Nichts dergleichen. Das könnte er außerdem hier in Bonn bequemer haben. Nein.« Er blickte ernst. »Das ist eine persönliche Tragödie. Sie werden bei Ihren ungeheuren Ermittlungen festgestellt haben, daß Fricke nie verheiratet war. Er hat 1942 mit einem Mädchen, mit dem er befreundet war und das er wohl heiraten wollte, eine Wanderung durch die Rhön unternommen. Dabei ist sie ins Moor geraten und umgekommen. Seitdem fährt er jedes Jahr, sofern es möglich ist, am Jahrestag dieser Tragödie in die Rhön und, na ja, wenn Sie so wollen, pilgert die Strecke ab, die sie damals gelaufen sind.«

Baltasar kratzte sich den Kopf. »Das erklärt seine Erschütterung und den Rosenkranz, den er auf der Rückfahrt gebetet hat.«

Ziegler nahm das Papier wieder auf. »Bleiben also«, sagte er müde, »Frau Baginsky und Herr Stücker. Frau Baginsky ist die einzige, die kein restlos überzeugendes Alibi hat. Sie hatte am Donnerstag in der Frühe einen Termin bei Inter Nationes in Bad Godesberg, und dort war sie pünktlich um acht Uhr, wie ihr Gesprächspartner versichert. Wie Ihnen bekannt sein dürfte, wohnt sie im Godesberger Süden. Ihre Nachbarin versichert, sie habe gegen halb acht den Wagen aus der Garage geholt und sei fortgefahren; dies habe sie gehört. Nun könnte natürlich jemand für sie den Wagen geholt haben; gesehen hat man sie an dem Morgen nicht. Aber das erscheint mir reichlich weit hergeholt. Vor allem gehe ich davon aus, daß sie, wenn sie tatsächlich etwas Böses getan hätte, dieses sorgfältig vertuscht haben würde. Sie ist eine intelligente Frau; wenn sie eine Mörderin wäre, hätte sie bestimmt ein überzeugendes Alibi. Außerdem brauchte sie Naumann beruflich. Er hatte sich für sie in Fragen, juristische Fragen, die mit Saatgut und Kartoffelpatenten und so zusammenhängen, eingearbeitet. Dafür gibt es zur Zeit praktisch keinen Spezialisten mehr, und Frau Baginsky ist untröstlich, daß sie nun wieder von vorn anfangen muß.«

Baltasar wiegte den Kopf hin und her. »Na ja, das klingt alles dünn, bis auf das akustische Alibi der Nachbarin. – Was ist mit Stücker?«

Ziegler grinste. »Der hat ein Alibi. Er hat die Nacht bei seiner Sekretärin in Ippendorf verbracht, hat sie gegen sieben Uhr verlassen, um nach Hause zu fahren und sich umzuziehen, und als sie um Viertel vor acht ins Büro kam, saß er bereits im dunklen Anzug hinter dem Schreibtisch und erwartete einen wichtigen Besucher, der dann auch um acht Uhr kam.«

Ziegler legte das Papier weg.

»Natürlich hätte er auf der Fahrt von Ippendorf zu seinem Haus und seinem Büro auf der anderen Rheinseite schnell in die Nordstadt sausen, Naumann und Frau Goldberg erschießen und dann die Fahrt fortsetzen können. Aber Ippendorf-Oberdollendorf samt Erschießen und Umziehen innerhalb einer dreiviertel Stunde ist reichlich hastig. Sie wissen doch, wie es in der Nordstadt mit Parkplätzen aussieht.«

Baltasar nickte. »Allerdings weiß ich nicht, wie es dort morgens um halb acht mit Parkplätzen aussieht. Das ist eine Zeit, zu der ich nicht einmal einen Hund auf die Straße schicken würde, geschweige denn meinen köstlichen Leib und Charakter.«

Ziegler runzelte die Stirn. »Na ja, was Ihre Köstlichkeit angeht, da sind, glaube ich, mehrere verschiedene Meinungen im Umlauf.«

Baltasar zündete sich eine Zigarre an und blies Ziegler den ersten kräftigen Schwall Rauch ins Gesicht. »Also«, sagte er dabei munter, »es war keiner von allen, wie?«

Ziegler nickte – verdrossen. »Offenbar. Ach so, bevor Sie mich beschimpfen. Natürlich habe ich auch die Kölner Nummer ermittelt und mit der Vorsitzenden dieser Gesellschaft zur Stärkung der Verben gesprochen. Frau Gabrieli kannte Naumann schon lange. Bevor sie sich auf die Sprache geworfen hat, hat sie ein paar Semester Jura studiert. Daher. Sie haben sich gelegentlich gesehen, einfach so. Irgendwann hat sie ihm von der Gesellschaft erzählt, und Naumann ist aus Neugier ein paarmal dagewesen. Übrigens, die Verabredung, zu der er am Abend vor seinem Tod noch gefahren ist, war mit Frau Gabrieli. Sie hatte ein paar juristische Probleme mit der Weiterentwicklung der Gesellschaft, die sie wohl langfristig in eine GmbH mit einer Zeitschrift und eigener Redaktion umwandeln will. Naumann war bei ihr und hat mit ihr die nächsten nötigen Schritte und Schwierigkeiten durchgesprochen. Das wärs.«

Ziegler faltete die Hände, legte das Fingerknäuel auf die Schreibtischplatte und blickte Matzbach an. »Mehr habe ich nicht. Mehr werden auch Sie nicht rauskriegen, denke ich mir.«

Matzbach lächelte. »Ziegler«, sagte er freundlich, »Sie sind reizend. Welcher Ihrer Launen verdanke ich diese ausführliche Information? Haben Sie mir nicht neulich noch gesagt, Sie wollten nie wieder etwas von mir sehen oder hören?«

Ziegler nickte. »Ja, ja«, sagte er ungeduldig, »das wäre mir auch am liebsten. Aber da sich heute diese zufällige Gelegenheit ergeben hat, wollte ich Sie soweit informieren, um sicherzugehen, daß Sie mir nicht morgen das Telefon heißquatschen und mir sensationelle Mitteilungen machen, die ich längst kenne.« Er blickte ihn scharf an. »Ich wünsche also«, sagte er deutlich, »daß Sie sich nicht schon wieder in Sachen einmischen, die Sie nichts angehen. Lassen Sie mich in Frieden. Es sei denn, Sie hätten wirklich etwas. Aber wo die Klugheit der Polizei versagt, dürfte auch Ihre Impertinenz keine Chance haben.«

Er stand auf und ging zur Tür, die er ausladend öffnete. »Und das«, sagte er sarkastisch, »macht mich glücklich.«

Baltasar stand auf. »Sie legen also den Fall zu dem Berg von Akten, auf dem ›ungelöst‹ steht?«

Ziegler rümpfte die Nase. »Zunächst jedenfalls. Neues würde natürlich wieder alles umwerfen. Aber ich sehe nichts, im Augenblick. Raus mit Ihnen, und lassen Sie mich um Himmels willen jetzt und in aller Zukunft zufrieden. Ich habe nämlich«, sagte er, als Matzbach sich bereits auf dem Gang befand, »eine verdammte Abneigung gegen verdammte Amateure.«

Fröhlich pfeifend begab sich Matzbach in seine Wohnung. Er räumte Zigarren und Marmelade beiseite, um an sein Telefon zu gelangen. Dann rief er Hoff an.

»Ich habe gerade«, sagte er gutgelaunt, »etwas erhalten, womit ich niemals gerechnet hätte.«

Hoff schien weder erstaunt noch besonders neugierig zu sein. »Was denn? Ein Päckchen vielleicht, oder gar eine Ansichtskarte?«

»Nichts dergleichen, mein wirrer Freund. Ich hatte ein Gespräch mit dem lieben Ziegler. Er hat mir viele Dinge erzählt. Daraus habe ich Informationen gewonnen, und vor allem einen Eindruck. Er ist am Ende mit seinem Latein in diesem Fall; die Sache Naumann/Goldberg wird zu den Akten gelegt. Die Art und Weise, wie er mir alles erzählte, war ein verschlüsselter Hilferuf. So denke ich bei mir.«

»Aha. Nun, dann laß ihn rufen.«

Matzbach wischte einen Stapel Bücher vom Schreibtischsessel und setzte sich. »Gibts bei dir was Neues?«

Hoff stieß einen undefinierbaren Laut aus. »Was solls Neues geben? Ich schreib immer noch Bewerbungen und erfreue mich des Daseins.«

Matzbach pfiff durch die Zähne. »Warum wirst du nicht Anlageberater? Wenn du schon nichts rauskriegst, kannst du damit vielleicht wenigstens was reinkriegen.«

Hoff lachte gequält. »Irrsinnig komisch.«

Matzbach summte und trommelte mit den Fingern auf dem Marmeladeglas herum. »Hör mal«, sagte er schließlich, »Fricke, Vorwaldt und Albring sind sauber ...«

Hoff unterbrach ihn. »Fricke auch?«

Matzbach grunzte und berichtete von der Unterredung mit Ziegler und den Informationen über Frickes Vorleben und seine Rhönfahrten. Hoff lauschte und sonderte zwischendurch merkwürdige Laute ab. Schließlich sagte er:

»Wahrscheinlich war das Mädel schwanger, Fricke hat sie ins Moor gestoßen und übt jetzt tätige Reue, indem er pilgert und Rosenkranz betet, obwohl er evangelisch ist.«

»Evangelisch?«

Hoff lachte. »Ach, Quatsch, nur dummes Zeug. Ist ja sowieso egal. Also Fricke ist sauber. Und die anderen?«

Matzbach berichtete von den Ausführungen des Kommissars zu Baginsky und Stücker. »Ich glaube nicht, daß ich mein Renommee als Meisterdetektiv bei dieser Affäre ausbauen kann ...«

Hoff kicherte. »Renommee? Interessant. Und ausbauen? So, so.«

»Ah, bah. Jedenfalls scheinen die beiden ja auch aus dem Schneider zu sein. Ich werde sie noch einmal besuchen, um meinen Frust zu vergrößern, bevor ich den Kram hinschmeiße. Verhör du doch noch mal die Sekretärin.«

Hoff stöhnte. »Die hab ich doch längst abgeseilt!«

»Dann seil sie wieder an.«

»Okay, Boss. Wenns denn sein muß ...«

»Und melden, sobald du was erfährst. Falls du was erfährst.«

Hoff seufzte. »Ich werd schon nichts erfahren, tröste dich. Außerdem weiß ich gar nicht, wie ich ihr meine wechselnde Zuneigung verkaufen soll.«

»Laß dir was einfallen. Bis die Tage.«

Hoff hängte wortlos ein.

In einem weiteren Telefonat erfuhr Baltasar, daß auch Moritz nichts mehr zu berichten wußte und sich außerdem jede weitere Belästigung verbat. Danach rief Matzbach Frau Baginsky an, teilte ihr kurz mit, wer er sei und warum er sie zu sprechen wünsche, und vereinbarte ein Treffen am Abend.

Dieses Treffen war nicht unangenehm, aber ergebnislos. Frau Baginsky war eine charmante Gesprächspartnerin und berichtete viele interessante Dinge über die zehntausend Sorten Kartoffeln, die Verhältnisse auf dem bolivianischen Altiplano, die Arbeit des Kartoffelinstituts in Lima, die Versuche, neue Kartoffeln mit bestimmten Eigenschaften zu züchten und in den Hungergebieten der Welt heimisch zu machen, und ihre Versuche, auf dem europäischen Markt eine von ihr entwickelte Abart gewinnbringend loszuwerden. Das Essen in dem Lokal, in dem sie sich trafen, war ausgezeichnet, aber Baltasar fuhr einigermaßen unerfreut zu seinem Domizil zurück, denn er hatte nichts erfahren, was ihm in seiner Suche nach dem Mörder helfen konnte. Man hatte auch über Mord geredet. Frau Baginsky wußte reizende Geschichten von Indiogiften zu erzählen. Danach war man auf südamerikanische Literatur gekommen und die vielerlei Arten des Todes in den Werken der neueren Autoren.

»Besonders«, hatte sie gesagt, »hat es mir Borges angetan. Kennen Sie den? Dieser Argentinier, der besser ist als alles, was zur Zeit in Europa schreibt, und der trotzdem nie den Nobelpreis kriegen wird.«

»Flüchtig. Warum wird er den Preis nie bekommen?«

»Ach, er widerspricht sich selbst mit Lust. Die europäischen Leser und Kritiker finden das amüsant, solange es sich um Spitzfindigkeiten auf dem Gebiet des Geistes, der Philosophie oder so handelt. Er spielt aber genauso mit politischen Äußerungen, in denen er sich mit der gleichen Lust selbst widerlegt. Alles Teil seines großen Spiels, jede Weltanschauung zu widerlegen, weil für ihn Religion und Philosophie Zweige der phantastischen Literatur sind. Und jedes System, das die Gesetze des Universums zu erklären versucht, ordnet jeweils einem Aspekt alle anderen unter. Was weiß ich – das Kreuz, der dialektische Materialismus oder, was mich betrifft, die Kartoffel als Nabel des Kosmos. Jedenfalls nimmt man ihm hier seine politischen Scherze übel, die man nicht als Scherze erkennen will. Ein Mitglied der Nobelkommission hat gesagt, er wird den Preis aus politischen Gründen nie bekommen. Egal – jedenfalls spielt er auch sehr schön mit dem Tod. Er hat da so ein System von Symbolen in seinen Texten. Wenn jemand etwas erkennen könnte, im Sinne philosophischer Erkenntnis, taucht meistens ein Turm oder eine Leiter auf, und jemand, der stark ist, ist in diesen Geschichten fast immer von kräftigen Farben oder stabilen Formen umgeben, einem Quadrat, zum Beispiel. Wenn jemand stirbt, wirft die Abendsonne bleichrotes Licht durch Scheiben, die wie Rhomben geformt sind, und so. Das ist alles sehr schön und sehr perfekt.«

Irgendwie ließen Matzbach die Rhomben nicht los. Am folgenden Morgen, Dienstag, besorgte er sich ein paar Bücher und begann Geschichten zu lesen, in denen Labyrinthe, Spiegel, Türme aus Blut, Tiger und Kompasse vorkamen. Am Nachmittag riß er sich davon los und rief Frau Gabrieli und

Herrn Stücker an. Mit ihm verabredete er sich für den Abend in Stückers Wohnung; danach warf er sich in seinen Wagen und suchte Frau Gabrieli in ihrer Wohnung auf.

Nach kurzem Vorgeplänkel beschloß er, ohne Umschweife zu fragen. Er erfuhr allerdings nicht viel. Frau Gabrieli sagte, Naumann sei an dem betreffenden Mittwoch fast vier Stunden bei ihr gewesen, um die genauen Zielsetzungen der zu gründenden GmbH durchzusprechen und die finanziellen Aspekte zu berechnen. An Sitzungen der Gesellschaft habe er zweimal teilgenommen; einmal vor etwa einem halben Jahr, aus Neugier, und ein zweites Mal eine Woche vor seinem Tod, Donnerstag. Es sei ein schöner Abend gewesen, noch sehr warm, und so habe man im Garten der Villa, in der sich die Gesellschaft zu treffen pflege und die ein wohlhabendes Mitglied der Vereinigung, das selbst in der ersten Etage wohne, zu diesem Zweck zur Verfügung stelle, den größten Teil des Abends verbracht. Fast alle Mitglieder seien dagewesen.

Äußerst unbefriedigt fuhr er zurück nach Bonn. Er hatte noch einige Stunden Zeit bis zu dem relativ späten Termin mit Stücker. Verdrossen hockte er an seinem Schreibtisch, umgeben vom verstreuten Treibgut seiner Tätigkeiten und Nahrungsgewohnheiten, wie eine feiste Spinne im selbstgehäkelten Netz. Er beantwortete zwei dusselige Problembriefe mit der *Frau Griseldis* anstehenden Weisheit, an der es ihm im übrigen gebrach. Zwischendurch führte er Selbstgespräche, in denen er sich beim Schicksal bitterlich darüber beklagte, daß die unwahrscheinlichen Zufälle, auf die er in allen Lebensbereichen vertraute, ihn diesmal im Stich ließen. Schließlich ergriff ihn Verzweiflung bei der Überlegung, dieses könne sich, über die Detektivspielerei hinaus, demnächst auf alle Bereiche seines Daseins ausdehnen.

Dann ermannte er sich, stieß eine Reihe kräftiger Flüche aus, stieg in seine weiträumige Jacke und verließ wütend sein Domizil.

In einem nahen Lokal nahm er ein reichhaltiges Mahl zu sich, bestehend aus einer fürchterlich gesunden Gemüsesuppe, einer umfangreichen Rinderroulade mit Kohlfüllung, dazu Kartoffeln – keine bolivianischen – und als Nachtisch überbakkenen Camembert; Kaffee und Calvados brachten ihn in eine etwas bessere Stimmung. Gestärkt verließ er das Lokal, ging zu seinem Wagen und lenkte ihn nach Oberdollendorf, in die rechtsrheinische Nacht.

II

In der obwaltenden Finsternis, schwächlich bekämpft durch müde Laternen, nahm sich Stückers Domizil dämonisch aus. Es lag zu Füßen eines der nördlichsten Weinberge Europas, hatte mindestens acht Generationen überdauert und bröckelte noch nicht. Matzbach parkte seinen Wagen vor dem Eingang, warf einen Blick auf seine Borduhr – 21:05 – und begab sich zur Haustür.

Stücker hatte ihn offenbar erwartet oder war zufällig in der Diele gewesen, denn er öffnete sofort.

»Ah, Herr Matzbach«, sagte er, »pünktlich, pünktlich.«

Einladend deutete er auf eine geöffnete Tür, hinter der mattes Licht einen feudalen Salon skizzierte. Matzbach salutierte dankend und ging hinein. Stücker folgte ihm, blieb aber im Rahmen stehen.

»Ich war gerade in der Küche mit einem Assamtee befaßt. Trinken Sie so was, oder möchten Sie etwas anderes?«

»Immer zu, lassen Sie sich nicht stören. Ich trinke mit.«

Stücker grinste, deutete mit einem verwaschenen Halbkreiswedeln seines rechten Arms auf eine Mehrzahl von Sesseln und Couches und verschwand in der Küche.

Matzbach wanderte langsam durch den weitläufigen Raum. Das Mobiliar war nicht gerade uralt, aber doch schon für bessere Brieftaschen. Auf einem fein geschnittenen alten Stehpult prangte ein marmorner Gaius Julius Caesar. Baltasar sah ihm nachdenklich in die Augen.

Die Teppiche waren echt und mußten allein ein Vermögen gekostet haben; bei den meisten Bildern war Matzbach nicht sicher, abgesehen von einem Miró. Wie jeden lesenden Menschen zog zunächst einmal das fremde Bücherregal Baltasar an. Er war noch bei der Inspektion, als Stücker mit einem Tablett erschien.

»Ah«, sagte er, »der Herr lesen.«

Er stellte das Tablett auf den Couchtisch, entzündete die Kerze eines Stövchens und deponierte auf diesem eine kostbare silberne Teekanne. Hauchdünne Porzellantassen, ein Töpfchen mit Sahne, ein weiteres Töpfchen mit hellem Kandis wurden strategisch verteilt. Matzbach riß sich von den Büchern los und ging zum Tisch.

Als sie einander gegenübersaßen, goß Stücker den Tee auf die mit Anmut in die Täßchen gehäuften Kandisstückchen.

»Ach ja«, sagte Baltasar versonnen, »Meißen ist ein schönes Städtchen.«

Stücker grinste abermals. »Na ja, so schön nun auch wieder nicht. Aber diese netten alten Näpfchen machen schon was her.«

Baltasar bediente sich reichlich mit Sahne und brach die Ebene des hohen Teestils erbarmungslos mit einer stinkenden Zigarre. Stücker stand auf und holte einen älteren, nicht ganz billigen Aschenbecher. Dann musterte er seinen fetten Gast.

»Ich hörte«, sagte er gedehnt, »daß Sie gelegentlich an einem mysteriösen Mordfall arbeiten.«

Baltasar legte die Zigarre in den Aschenbecher.

»Aha«, sagte er verblüfft.

Stücker zwinkerte mit dem rechten Auge. »Ich habe heute nachmittag in einer Vereinsangelegenheit mit Frau Gabrieli telefoniert, als Sie gerade gegangen waren.«

»Ich bekenne versäumt zu haben, die Dame zur Verschwiegenheit aufzufordern.«

Stücker nahm einen Schluck Tee. Wie beiläufig fragte er: »Kann es sein, daß Ihr Besuch, der mir willkommen ist, nicht privater oder linguistischer, sondern krimineller Natur ist?«

Baltasar seufzte. »Na schön, wenn Sie darauf bestehen: ja. Obwohl ich es natürlich vorgezogen hätte, noch ein bißchen Versteck zu spielen und im trüben zu angeln.«

Stücker nickte. »Ich glaube, Sie brauchen hier eher ein Schleppnetz. Haben Sie was rausgefunden? Es geht ja wohl um diesen Anwalt, der ein paarmal im Verein war, oder?«

Baltasar nahm seine Zigarre wieder auf und verbarg sich hinter Qualm. »Richtig. Da wir schon offen spielen: Was wissen Sie von ihm? Wie kommen Ihr Name und Ihre Telefonnummer auf seinen Schreibblock?«

Stücker betrachtete den wachsenden Aschekegel der Zigarre. »Das hat mich die Polizei auch schon gefragt. Ich werde Ihnen die gleiche Antwort geben. Ich habe Naumann damals flüchtig kennengelernt, als er zum ersten Mal zu einer Tagung der Gesellschaft kam, und ihn später einmal telefonisch konsultiert. Das ist alles.«

Baltasar rührte in seinem Tee, als könnte er durch heftige Löffelbewegungen dunkle Geheimnisse zum Aufsteigen aus der Brühe veranlassen. »Aha. Darf ich wissen, weshalb Sie ihn konsultiert haben?«

Stücker lächelte.

»Es ist da keinerlei Geheimnis. Ich brauchte einen Ratschlag für eine Transaktion, die ich dann dem Anwalt treuhänderisch übertragen haben würde. Seine Auskünfte haben mich aber veranlaßt, die Transaktion gar nicht erst vorzunehmen.«

»Was, verzeihen Sie, wollten Sie transagieren?«

Stücker gluckste. »Nettes Wort. Nun, wenn Sie nichts dagegen haben, möchte ich die Sache lieber nicht ausbreiten. Sie wäre, wie Naumann mir versicherte, nicht ganz legal gewesen.«

Er lehnte sich in seinen Sessel zurück.

»Erzählen Sie mir doch mal, was da eigentlich passiert ist.

Ich habe nur irgendwas über einen Doppelmord in der Zeitung gelesen. Dann soll jemand verhaftet worden sein, und der ist inzwischen wieder freigelassen. Der Ehemann der Ermordeten, wenn ich nicht irre.«

Baltasar nickte. »Ja. Soweit stimmt das in groben Zügen. Sagen Sie mir, was Sie darüber wissen, dann brauche ich Ihnen nichts doppelt zu erzählen.«

Stücker verschränkte die Arme. »Ach, erzählen Sie ruhig doppelt. Spannende Geschichten höre ich gern mehrmals, und Sie haben so ein angenehm tiefes Organ.«

»Nun, ich wills kurz machen. Naumann und seine Gespielin wurden in der Frühe erschossen. Es war kein Raubmord, denn Geld und Schmuckstücke befanden sich reichlich in der Wohnung, und nichts davon fehlte – soweit feststellbar. Der Täter muß einen Schlüssel gehabt haben, denn die Tür war nicht aufgebrochen, und die Fenster eignen sich nicht zum Eindringen. Außerdem muß er kaltblütig und ein guter Schütze sein; das kann man aus der Ausführung der Tat schließen. Die Polizei hatte zunächst einmal den verlassenen Ehemann in Verdacht. Er hatte einen Schlüssel und zwei vermeintliche Motive: Geld und Eifersucht. Über die Herkunft des Schlüssels wußte er nichts, und die beiden Motive seien, sagte er, unzutreffend.«

Stücker unterbrach. »Moment. Nicht so schnell. Erstens, wieso war der Täter kaltblütig und ein guter Schütze? Zweitens, wie war das mit der Herkunft des Schlüssels und der Nichtigkeit der Motive?«

Baltasar runzelte die Stirn. »Nun, zum Schlüssel gab er an, seine Frau sei gerade erst ausgezogen und die Wohnung sei noch voll von Groß- und Kleinkram, den sie erst noch abholen wollte. Dazu gehöre auch der Schlüssel, von dessen Existenz er nichts gewußt habe, bis die Polizei ihn unter anderem Zeugs fand. Was das Motiv oder die Motive angeht: Eifersucht sei keineswegs im Spiel. Die Ehe war ziemlich kaputt, und er war froh, seine Frau einigermaßen friedlich loszuwerden. Und

Geld brauchte er so dringend nun auch nicht, daß er deswegen zwei Leute umbringen würde. Außerdem, behauptete er, sei er zur fraglichen Zeit mit dem Wagen irgendwo zwischen Westerwald und Bonn unterwegs gewesen.«

Mit aufgesetzt naiver Eitelkeit fügte er hinzu: »Es ist mir gelungen, sein Alibi zu beweisen. Er hat zur Zeit der Tat weit von Bonn entfernt getankt; der Tankwart hat das bestätigt.«

Stücker nickte versonnen. »So, so. Ihnen ist es also gelungen. Nun gut. Aber was ist mit dem kaltblütigen Täter?«

Baltasar erkundigte sich freundlich: »Haben Sie ein Stück Papier?«

Stücker blickte ihn irritiert an, stand dann aber auf und holte einen Schreibblock.

Baltasar zog einen Füller aus seiner Brusttasche.

»Altmodisch, wie?« fragte Stücker. »Richtiger alter Kolbenfüller?«

Baltasar schnaubte. »Meinen Sie, ich lasse mich zu diesen widerlichen Patronen hinab? Das ist was für Schützen...«

Er zeichnete zwei rudimentäre Männchen nebeneinander auf das Papier. »Hier«, sagte er, »so lagen die beiden.«

Dann malte er Kreuzchen an fünf Stellen. Die linke Figur versah er mit drei Kreuzen: im – angedeuteten und deformierten – Kopf, in Nähe des Herzens und schräg versetzt in Nähe der Leber; die rechte Figur erhielt Kreuzchen in Kopf und Bauch. Dann verband er die Kreuze durch Striche dergestalt, daß linker Kopf und rechter Bauch Endpunkte einer, rechter Kopf und linke Leber Endpunkte der anderen Linie waren, wobei das Kreuzchen im linken Herzen auf dieser zweiten Linie lag.

»So«, sagte er, »das ergibt ein großes Kreuz. Wenn wir die Eckpunkte verbinden, erhalten wir ein Quadrat mit beiden Diagonalen.«

Stücker starrte auf die Skizze. »Sehr seltsam«, sagte er mit flacher Stimme. »Wer denkt sich sowas aus? Sind Sie ganz sicher, daß die Lage der Körper und die Kreuzchen, ich nehme an, das sind Einschüsse, so genau richtig sind?«

Baltasar nickte. »Ja, natürlich. Was mißfällt Ihnen daran?«

Stücker machte eine schnelle Handbewegung. »Ach, nichts. Abgesehen davon, daß ich es sehr seltsam finde. Und was schließen Sie daraus?«

Baltasar steckte seinen Füller wieder ein. »Wenn ich morgens in ein Schlafzimmer ginge, um jemanden umzubringen, würde ich wahrscheinlich keine geometrischen Figuren herstellen, sondern versuchen, die Sache so schnell und gründlich wie möglich zu erledigen. Der Schütze muß ein bißchen verspielt sein, eine sehr ruhige Hand haben und gut schießen beziehungsweise zielen können.«

Stücker betrachtete noch immer die Skizze. »Wieso?«

»Also, er hat vermutlich aus einer Entfernung von drei Metern geschossen, jedenfalls verlaufen die Einschüsse schräg. Er muß ein paar Schritte vom Fußende des Bettes entfernt gestanden und geschossen haben. Um aus dieser Position heraus so genau und geometrisch korrekt zu schießen, braucht man schon ein bißchen Routine, denke ich mir.«

Stücker blickte auf; er schob Matzbach das Blatt wieder zu, das er zu sich herübergezogen und genauestens gemustert hatte. »Nun ja, kann sein.« Er starrte auf einen Luftpunkt oberhalb von Matzbachs rechtem Ohr.

Baltasar schwieg eine Weile. Plötzlich sagte er halblaut: »Grüne Meisen sind senfhaltiger als ich.«

Stücker riß sich zusammen. »Wie bitte?«

Baltasar sagte, lauter: »Ich habe mir erlaubt, Sie zu fragen, ob Ihnen etwas Hilfreiches einfällt.«

Stücker schüttelte den Kopf. »Entschuldigen Sie, ich hatte nicht zugehört. Aber was sollte mir dazu einfallen?«

Baltasar faltete den Zettel zusammen und steckte ihn ein. »Ist ja auch egal. Reden wir über etwas Erfreulicheres. – Wann findet die nächste Konjunktiv-Versammlung statt?«

»Donnerstag, glaube ich. Ich weiß nicht, ob ich diesmal teilnehmen kann. Wollen Sie wieder hingehen?«

Baltasar schob die Unterlippe vor. »Weiß nicht, das kommt drauf an, ob ich Zeit habe.« Er deutete auf das Bücherregal. »Sie sprechen und lesen einige Sprachen, sehe ich.«

Stücker nickte. »Man muß ja etwas tun, um nicht einzurosten.«

Matzbach stand auf und ging zum Regal. Eigentlich war es eher ein Schrank, tief, mit gegeneinander zu verschiebenden Glasscheiben; eine war hinter die andere geschoben.

Baltasar musterte die momentan unverglasten Bücher. »Gorkij, Korolenko, Gogol im Original«, murmelte er.

Stücker blickte ihn aufmerksam an. »Können Sie etwa auch Russisch?«

Baltasar schüttelte den Kopf.

»Nein«, gab er zu, »bedauerlicherweise nicht. Meine Kenntnisse reichen lediglich aus, um die kyrillischen Zeichen zu entziffern. – Dante, Italo Svevo, Camões, ah, mein Freund Borges.«

Stücker lächelte. »Kennen Sie den auch?«

Sie unterhielten sich eine Weile über diverse Autoren; später, gegen Ende des Tees, blickte Stücker auf die Uhr. »Gleich elf«, sagte er. »Tut mir leid, Herr Matzbach, aber ich muß Sie jetzt rauswerfen. Ich habe nachher noch eine – hm, diskrete Verabredung. Die Dame ist verheiratet und möchte nicht gesehen werden. Ich hoffe, Sie haben dafür Verständnis?«

Nachdem sie sich voneinander höflichst verabschiedet hatten, stieg Matzbach in seinen Wagen. Stücker blieb in der Haustür stehen und winkte. Im Rückspiegel stellte Baltasar fest, daß Stücker ihm nachschaute. Leise summend drehte er eine Runde um den großen Block und stellte seinen Wagen in einer Gasse ab. Vorsichtig näherte er sich von einer Seite, die ihm einen Blick auf Stückers Tür erlaubte, zu Fuß dem Haus. Er hielt sich im Schatten, in der Nähe der Hauswände, und blieb hinter einem Baum mit breitem Stamm und tiefhängenden Ästen stehen. Die nächste Laterne war weit genug entfernt.

Geduldig und regungslos wartete er. Kurz nach Mitternacht glitt aus einer für ihn von rechts kommenden Straße ein stabiler Lieferwagen mit Standlicht vor Stückers Haus und blieb stehen. Der Fahrer ließ den Motor laufen, während schnell und leise vier Männer ausstiegen. Die Tür öffnete sich; Stücker mußte gewartet haben. Die Männer huschten ins Haus; der Fahrer stellte den Motor ab. Im Haus gingen einige Lichter an, durch Vorhänge gedämpft, in Räumen, in denen Matzbach nicht gewesen war. Nach kurzer Zeit kamen die Männer zurück. Jeder trug eine Kiste; die nicht allzu großen Behälter schienen schwer zu sein, denn die Männer gingen langsam und waren bemüht, das Gleichgewicht zu halten. Stücker trat nicht auf die Straße; er schloß sofort wieder die Tür. Die Männer luden die Kisten in den Wagen, der unmittelbar darauf mit ihnen verschwand.

Baltasar widerstand der Versuchung, sich eine Zigarre anzuzünden, da er nicht sicher sein konnte, ob Stücker nicht noch die Umgebung beobachtete. Er wartete bis drei Uhr. Bei Stücker brannten immer noch mehrere Lichter. Er schien hin und her zu gehen, denn sein Schatten zeichnete sich mal vor dem einen, mal vor dem anderen Fenster ab. Kurz nach drei Uhr endlich erloschen die Lichter.

Baltasar wartete noch eine Weile; da Stücker sich nicht mehr zeigte, hoffte er schließlich, der Mann habe das Bett aufgesucht, denn er hatte keine Lust mehr, länger auszuharren. Vorsichtig zog er sich außer Sichtweite zurück, zündete sich eine Zigarre an und ging zum Wagen.

Den Rest der Nacht verbrachte er im wesentlichen damit, daß er in einem Sessel saß, Männchen malte, meditierend ins Leere äugte, zwischendurch kurz einnickte und gelegentlich saftige Flüche murmelte.

Morgens begab er sich, müde und ratlos, unter die Dusche,

rasierte sein Antlitz und wanderte dann mit einem Becher Kaffee in der linken Hand und einer unangezündeten Zigarre hinter dem rechten Ohr auf und ab, auf und ab, bis ihn das Telefon aufschreckte.

»Matzbach.«

»Aha. Schon wach?« Es war Hoff. Baltasar setzte den Kaffeebecher ab. »Nein, noch. Hast du was Neues?«

Henry sagte, vorsichtig vorbereitend: »Halt dich fest, oder, besser, setz dich.«

Baltasar blieb stehen. »Ich stehe fest auf meinen Säulen, also spute dich und rede.«

»Gut. Also, ich bin in Gnaden wieder von der jungen Dame aufgenommen worden. Irgendwas an mir muß wohl stumm, aber wirkungsvoll Vergebung erheischen.«

Matzbach grunzte. »Ich wage keinerlei Vermutung anzustellen, was das wohl sein könnte. Nun red schon.«

»Also, paß auf. In letzter Zeit hat Stücker eine Menge Briefe selbst getippt, was unüblich ist. Sonst diktierte er alles seinen Damen. Diese hier hegt einen kleinen Groll gegen ihn, denn sie hatte bis vor kurzem eine Liaison mit ihm.«

»Aha. So ist das also.«

»Genau. Ziegler hat dir ja neulich von Stückers Alibinacht mit einer seiner Damen berichtet. Das war diese. Das hatte sie mir in der ersten Runde unserer Bekanntschaft noch nicht erzählt, seit, hm, acht Stunden weiß ich es. Sie ist natürlich von der Polizei befragt worden und hat die Geschichte, die Stücker erzählte, bestätigt.«

Er machte eine Pause, offenbar nicht, um Eindruck zu schinden, sondern, um Kaffee zu trinken.

Matzbach fragte dazwischen: »Und stimmt die Geschichte nicht? Hat sie aus libidinösen Gründen etwa gelogen, die Liebe?«

»Nichts da, das stimmt alles. Sie ist nur böse auf Stücker, weil er sie seit dieser Nacht nicht mehr näher angeschaut hat; ich glaube, ihre Zuneigung zu mir und ihre Verzeihung sind eine Art Rache an ihm, oder so. Jedenfalls passierte Folgendes. Stücker also tippt neuerdings Briefe selbst, natürlich nicht alle. Vor ein paar Tagen, Ende letzter Woche, hat er ihr außerdem ein paar Briefe diktiert. Nachdem sie sie getippt hat, reicht sie sie ihm wieder rein, zum Unterzeichnen. Nun kommt das Problem. Irgendwie konnte sie die Vorlegemappe nicht finden, hat ihm also die Briefe samt Durchschlägen als kleinen Stapel reingereicht. Er ist mit anderer Korrespondenz beschäftigt und sagt, sie soll alles hinlegen. Später bringt er ihr den Stapel mit seinen Unterschriften wieder raus, persönlich. Als sie alles durchsieht, die Durchschläge aussortiert und abheftet und so weiter, findet sie unter dem Stapel ein paar Briefe, die sie nicht geschrieben hat. Sie will sie ihm sofort wieder reinbringen, aber dann ist sie doch zu neugierig und überfliegt die Briefe.«

Matzbach wurde ungeduldig. »Nun machs nicht so spannend. Was stand drin?«

»Also, Stücker ist offenbar dabei, seine sämtlichen Häuser und Grundstücke zu verkaufen, zum Teil, wie die junge Dame meint, weit unter Preis, also offenbar eilig, und außerdem hinter dem Rücken seiner Angestellten, die sonst auch für solche Sachen zuständig sind. Dann fiel ihr auf, daß er seit einigen Wochen die Buchhaltung selbst macht und daß keiner in der letzten Zeit Kontoauszüge gesehen hat. Bis vor ein paar Wochen hat er auch sein Privatkonto von seiner Geschäftsbuchhaltung bearbeiten lassen.«

Hoff nahm einen Schluck Kaffee; die Arbeit seines Kehlkopfes übertrug sich unästhetisch durch die Telefonleitung.

»Also«, sagte er dann, frisch geschmiert, »sie gibt ihm die Briefe wieder rein und sagt, die hier gehören wohl nicht dazu. ›Aha‹, sagt er, ein wenig irritiert, ›vielen Dank. Ein Versehen.‹ Später hat er versucht, rauszukriegen, ob sie die Dinger gelesen hat. Er hat ihr sogar ein Abendessen mit Folgeerscheinungen aufdrängen wollen, aber sie hat kaltlächelnd abgelehnt. Jedenfalls, sagt sie, hat sie nichts davon durchblicken lassen, daß sie die Briefe gelesen hat. Im Prinzip geht es sie ja auch nichts an, was er mit seinem Privatbesitz macht. Gestern hatte er Besuch von einem Kollegen. Sie haben eine Weile hinter verschlossenen Türen verbracht; dann, beim Rausgehen, hat sich der Kollege ungefähr wie folgt verabschiedet: ›Na ja, tut mir leid, die Zusammenarbeit mit Ihnen war immer gut. Aber ich hoffe, ich werde mich mit dem Kram zurechtfinden. Sie haben ja tüchtige Mitarbeiter.‹ – Was machst du daraus?«

Baltasar setzte sich. »Aha. Ich nehme an, ich mache daraus das gleiche wie deine junge Dame. Stücker verkauft alles, Privatbesitz und Geschäft. Die Frage ist: Warum? Und: Was hat er vor?«

»Ich weiß es nicht. Nach allem, was sie sagt, liegt geschäftlich kein Grund vor, etwa die Kanone ins Schilf zu werfen. Und für geordneten Rückzug ins Rentnerdasein geht er die Sache ein bißchen hastig und heimlich an, oder?«

Matzbach grübelte. Schließlich sagte er: »Ich habe einige Verdächte und keinerlei Beweis. Kannst du Mademoiselle vielleicht zu einem Rendezvous in ihrer Mittagspause überreden? Zum Beispiel...« Er zögerte einen Moment, nannte dann ein am Rhein gelegenes Restaurant, das nicht allzuweit von Stückers Büro entfernt war.

»Ich versuchs, ich ruf dich gleich wieder an. Wann etwa wärs dir genehm?«

»So früh wie möglich, aber ich richte mich nach der Mittagspause der Lady.«

Nachdem er aufgelegt hatte, zündete er sich die lange hinter dem Ohr getragene Zigarre endlich an und wartete auf Henrys nächsten Anruf. Der kam wenige Minuten später.

»Alles klar. Gegen eins.«

»Gut. Ich komm vorher bei dir vorbei, so um die zwölf, ja?«

»Gut. Bis nachher.«

Nach diesem Telefonat begann Matzbach intensiv nachzudenken. Als er ein paar Möglichkeiten ausgetüftelt hatte, rief er Frau Gabrieli an, die nicht sehr erbaut war, von ihm schon wieder behelligt zu werden.

»Herr Matzbach«, sagte sie leidend, »was muß ich denn diesmal für Sie tun?«

»Vielleicht viel. Ich habe ein paar kurze Fragen. Die letzte Sitzung, an der Naumann teilnahm, die im Garten: War Stücker da auch anwesend?«

»Ja, natürlich.«

»Wieso natürlich? Ist er immer dabei?«

»Nein, das nicht. Jeder fehlt mal hin und wieder, das ist nicht anders zu erwarten.«

»Wieso sind Sie denn so sicher, daß Stücker damals anwesend war? Sie können doch unmöglich alle Gesichter aller Mitglieder in allen Sitzungen im Kopf behalten.«

»Nein, natürlich nicht. Aber bei Stücker bin ich deswegen sicher, weil er zwischendurch noch einmal fortmußte und später wiederkam, an diesem Abend.«

»Wissen Sie, warum er fortmußte?«

»Er hätte noch eine kurze geschäftliche Verabredung, sagte er. Im übrigen ist er mir keinerlei Rechenschaft schuldig und kann, wie alle anderen, kommen und gehen, wann es ihm beliebt.«

Matzbach überhörte den scharfen Unterton. »Gut. Wissen Sie noch, wann die Sitzung begann?«

Sie zögerte. »So kurz nach fünf. Nein, warten Sie, kurz vor fünf. Ich erinnere mich, daß einer sagte, so früh hätten wir uns noch nie getroffen.«

»Wann etwa ist Naumann gekommen?«

»Der war unter den ersten. Genau wie Stücker übrigens.«

»Wissen Sie noch, was Naumann an dem Tag anhatte?«

Frau Gabrieli räusperte sich. »Ich nehme an, einen Anzug. Im Gegensatz zu Ihnen trug er korrekte Kleidung.«

Baltasar grinste. »Sie haben gesagt, an diesem Abend sei es warm gewesen. Hatte Naumann seinen Anzug die ganze Zeit vollständig an, oder hat er sich vielleicht das Jackett ausgezogen?«

Sie antwortete zunächst nicht. Nach einer kleinen Weile sagte sie unsicher: »Ich weiß es nicht genau. Doch, natürlich, jetzt fällt es mir wieder ein. Irgend jemand machte den Vorschlag, in Anbetracht der Hitze die Kleiderordnung zu lockern. Darauf haben die meisten der anwesenden Herren ihre Jacken ausgezogen und die Krawatten geöffnet.«

»Wo haben die Gentlemen ihre Jacken aufbewahrt? Haben sie sie über die Stühle gehängt?«

»Im Garten gibt es praktisch keinen einzigen Stuhl, sondern alte Holzbänke und derlei, ohne Lehnen. Nein, die Herren haben ihre Jacken ins Haus gebracht.«

Matzbach nickte vor sich hin. »Gut. Jetzt kommt das wichtigste Problem. Ist Stücker gegangen, bevor oder nachdem die Jacken abgelegt wurden?«

»Nachdem. Er hatte seine nicht ausgezogen; als die anderen ihre auszogen und ins Haus brachten, meinte er, er müsse ohnehin gleich gehen.«

»Wo wurden die Jacken genau abgelegt?«

»Mein Gott, das weiß ich nicht so genau. Ich nehme an, die meisten haben ihre Jacken einfach in dem großen Raum abgelegt, den Sie kennen.«

»Mußte Stücker durch diesen Raum, um das Haus zu verlassen?«

»Ja, natürlich. Der Zugang zur Terrasse und zum Garten ist nur von diesem Salon aus möglich.«

»Wie lange war Stücker fort, und wann ungefähr ist er aufgebrochen?«

»Herr, Sie sind lästig. Woher soll ich das noch so genau wissen? Ich schätze, es kann gegen halb sechs gewesen sein, als er ging, und er ist vielleicht etwas mehr als eine Stunde fortgeblieben. Ja, ungefähr eine Stunde. Jetzt fällt mir ein, daß er, bevor er ging, Naumann gefragt hat, ob er ihn nachher noch einmal kurz sprechen könne; er werde in etwa einer

Stunde wiederkommen. Naumann hat darauf gesagt, er sei den ganzen Abend anwesend.«

Sie summte nachdenklich vor sich hin, dann ergänzte sie: »Dabei fällt mir ein, daß die beiden einander sehr merkwürdig angeschaut haben, wie zwei Hunde an der Reviergrenze.«

Matzbach unterdrückte das Bedürfnis zu bellen. »Feindselig?«

»Irgendwie lauernd, eher.«

»Aha. Eine letzte Frage, gnädige Frau, dann lasse ich Sie in Ruhe. Wissen Sie zufällig, wo Naumann seine Schlüssel aufbewahrte?«

»Nein, woher sollte ich das wissen?«

»Na ja, manche Leute tragen einen Schlüsselbund in der Jackentasche, und andere befestigen ihre Schlüssel an einem nachgemachten Schekel, den sie am Gürtel tragen.«

»Also, am Gürtel hatte Naumann nichts, das wäre mir wohl aufgefallen.« Dann energisch: »Meinen Sie etwa, Herr Stücker hätte an Naumanns Jacke gehen und Schlüssel daraus entwenden können?«

Baltasar sagte langsam: »Das könnte durchaus sein.«

Frau Gabrieli war empört. »Also, hören Sie mal zu. Herr Stücker ist, abgesehen von seinen gelegentlichen politischen Scherzen, ein ruhiger und freundlicher Mann. Ich finde Ihre Verdächtigungen absurd. Außerdem wäre das doch ziemlich riskant gewesen. Wenn er einen Schlüssel, oder gar alle, aus Naumanns Jacke genommen hätte, was, wenn Naumann in seiner Abwesenheit mal eben ins Haus gegangen wäre, vielleicht, um sich Zigaretten aus der Jacke zu holen?«

Matzbach seufzte. »Verehrteste, erstens kann man wohl davon ausgehen, daß jemand, der einen Mord plant, wenn Stücker dies getan haben sollte, auch ein solch kleines Risiko nicht scheut. Zweitens ist es durchaus möglich, daß ich unrichtig denke. Ich danke Ihnen jedenfalls.«

Bevor sie noch etwas sagen konnte, legte er auf.

Anschließend rief er im Innenministerium an, ließ sich mit

Herrn Fricke verbinden, nannte seinen Namen und bat darum, ihn in einer wichtigen Angelegenheit sofort aufsuchen zu dürfen.

»Wenn es sein muß«, sagte der Beamte zögernd, »kommen Sie vorbei. Ist es dienstlich?«

Matzbach behauptete dies unverfroren, bedankte sich, zog sich einigermaßen vollständig an und verließ die Wohnung.

Fricke drückte ihm nur sehr schlaff die Hand und bot ihm einen Sitz an. Dabei musterte er ihn irritiert.

»Ich habe das Gefühl«, sagte er, »daß ich Sie schon mal gesehen habe, weiß aber nicht, wo.«

Matzbach lächelte. »Ich habe angeblich zwei Doppelgänger, obwohl meine Freunde behaupten, ich allein sei schon viermal mehr, als der Kontinent mit Gesundheit ertragen könne.«

Fricke lächelte mühsam und setzte sich hinter seinen Schreibtisch. »Nun, Herr Matzbach, was ist so dringend, daß Sie mich unbedingt sofort sprechen müssen?«

Baltasar lehnte sich zurück. Langsam und ohne genaue Detailangaben setzte er ihm auseinander, daß er privat in der Mordaffäre Naumann ermittle, da ein Freund, der Ehemann der ermordeten Frau, in die Sache verwickelt sei.

Fricke äußerte Verständnis dafür, daß Freunde sich in Kümmernissen um ihre Freunde kümmern müssen. »Allerdings sollte man doch derlei Dinge den zuständigen Behörden überlassen.«

Baltasar nickte. »Sie haben natürlich vollkommen recht, Herr Fricke; ich werde die Sache auch bald auf sich beruhen lassen, da ich Herrn Ziegler, den damit befaßten Beamten, sehr schätze und für einen fähigen Mann halte.«

»Daran tun Sie gut. Herr Ziegler ist wirklich ein reizender Mensch. Er wollte von mir wissen, wie ich beziehungsweise wie mein Name in die hinterlassenen Papiere des bedauernswerten Herrn Naumann gekommen ist.«

Baltasar beugte sich vor. »Verzeihen Sie meine Neugier«,

sagte er beinahe demütig, »aber genau das wüßte ich auch gern.«

Fricke legte die Hände auf die Schreibtischplatte. »Oh, wenn das alles ist ... Nun, ein Bekannter hatte mir Naumann empfohlen. Ich wollte ein neues Testament aufsetzen und habe mich bei Naumann erkundigt, was das wohl kosten würde und was dabei zu beachten wäre. Naumanns Preis war mir aber zu hoch, deshalb habe ich bisher nichts weiter in der Sache unternommen.«

Baltasar nickte verständnisvoll. »Dürfte ich Sie noch fragen, wer dieser Bekannte ist?«

Fricke blickte ihn an. »Ich weiß wirklich nicht, ob das sein muß. Na ja.«

Er nannte einen Namen, den Matzbach noch nie gehört hatte, und setzte hinzu: »Er ist eigentlich kein Bekannter. Er wohnt nur in meiner Nähe, und wir sehen einander gelegentlich auf der Straße. Da er Makler ist, dachte ich, er kennt vielleicht den geeigneten Mann. Ich hätte natürlich auch unsere Hausjuristen konsultieren können, aber ich will das aus dem Ministerium heraushalten ...«

Matzbach dankte und verabschiedete sich bald. Da er noch ein wenig Zeit hatte, bis er mit Hoff verabredet war, suchte er fröhlich pfeifend die Kanzlei Curtius und von Schlamm auf. Beide Herren seien, bedeutete ihm die getünchte Sekretärin, sehr beschäftigt.

Er habe nur eine kleine Bitte, sagte Matzbach höflich. Ob man ihm vielleicht mitteilen könne, ob engere beziehungsweise häufigere Beziehungen zwischen dem Makler und Herrn Naumann bestanden hätten. Die Dame nickte sofort. Man arbeite, sagte sie, seit vielen Jahren mit dem Büro dieses Herrn in Grundstücksangelegenheiten und damit zusammenhängenden Rechts- und Vertragsfragen gut zusammen. Matzbach bedankte sich und ging.

Nachdem er Hoff abgeholt hatte und den Wagen eine Weile schweigend in Richtung des jenseitigen Rheinufers gesteuert hatte, sagte er plötzlich: »Es wird heiß, aber genau weiß ich noch immer nichts.«

Hoff lachte höhnisch. »Das wissen alle seit Jahren. Fein, daß du es in deiner ungeheuren Arroganz endlich selbst bemerkst.«

Baltasar machte eine Handbewegung der Milde und des Vergebens. »Neid, das ist, was aus deinem Halse quillt.«

Hoff hob die Schultern. »Meinetwegen. Was hast du denn noch rausgekriegt?«

Baltasar winkte ab. »Ich werde mich hüten, die zarten Sprößlein meines Denkens den Unbilden deiner Dummheit auszusetzen, ehe nicht die Sonne meines Geistes sie zu vollendetem Wachstum getrieben hat.«

Hoff murmelte etwas, das »widerliches Stinkeschwein« oder so ähnlich lauten konnte.

In feindseligem Schweigen erreichten sie das vereinbarte Restaurant. Es war kurz vor ein Uhr. Sie hatten kaum den Wagen verlassen, als die rothaarige Sekretärin in ihrem italienischen Kleinwagen ebenfalls den Parkplatz vor dem Restaurant am Rhein erreichte. Man begrüßte einander, wobei Hoff die vollendet höfliche Vorstellung übernahm. Seine Wortwahl drückte eine unverständliche Abneigung gegen seinen dickeren Freund aus.

Sie gingen Richtung Restaurant. Als sie es betraten, blickte an einem der Tische jemand auf, erhob sich, legte einen Zwanzigmarkschein auf den Tisch und kam ihnen entgegen.

»Der Herr sei auf Ihrem Weg, lieber Freund«, sagte Baltasar munter.

Stücker blickte die Sekretärin an, dann Hoff, schließlich Matzbach. »Aha«, sagte er, nicht einmal unfreundlich und mit einer kleinen Menge Arroganz, »wie ich sehe, habe ich nicht die Mühe walten lassen, die bei Briefen, Sekretärinnen und ähnlich gefährlichen Dingen angebracht ist.«

Matzbach nickte. »So ist es. Außerdem bei einer Reihe anderer Dinge, zum Beispiel bei nächtlichen Verabredungen mit Kistenträgern.«

Stücker grinste spöttisch. »Na, reimen Sie sich alles schön zusammen. Wenn Sie damit fertig sind, können Sie mich überraschen. Bei Philippi, Teuerster, sehen wir uns wieder.«

Er legte zwei Finger an die Schläfe, salutierte und ging.

III

»Die Sache«, murmelte Baltasar, »erfährt eine gewisse Beschleunigung.«

Er winkte den beiden, die unschlüssig dastanden, sich zu setzen, was er bereits getan hatte.

»Ja, aber...« sagte Hoff. Er wirkte verwirrt.

»Was aberst du?«

Henry setzte sich. »Ich denke, vielleicht sollten wir uns jetzt nicht mehr lange hinsetzen. Offenbar ist da doch was unterwegs.«

Baltasar studierte ausgiebig und mit Interesse die Speisekarte. »Ich gebe zu, es war ein Fehler, daß wir uns ausgerechnet hier verabredet haben. Bei der kurzen Entfernung zum Büro hätte ich natürlich einkalkulieren müssen, daß Stücker selbst auch hierhin kommen könnte. Egal, es ist passiert. – Wenn wir förmlich sein müssen«, wandte er sich an die junge Dame, »heiße ich Herr Matzbach. Da das aber häßlich klingt, wäre ich auch mit Baltasar zufrieden, formlos.«

»Wie dein Charakter«, warf Hoff ein.

»Also gut, Baltasar; ich bin dann Eva«, sagte Eva. Sie wirkte verständlicherweise verstört. »Was ist denn eigentlich los?«

Baltasar gab eine längere Bestellung in Auftrag, der Henry und Eva entnehmen konnten, daß er es nicht eilig hatte. Seufzend bestellten auch sie.

Als der Kellner sich zurückgezogen hatte, stützte Baltasar sich mit den Ellbogen auf den Tisch.

»Also«, sagte er halblaut, damit man am Nebentisch nichts

hörte, »es ist einiges los. Ich bin aber noch nicht voll im Bild. Deshalb möchte ich erst ein paar Fragen stellen.«

Er musterte Eva nachdenklich.

»Es ist indiskret«, sagte er dann, »aber vielleicht wichtig. Kannst du dich genau an Einzelheiten erinnern? Ich meine an die bewußte Nacht von Mittwoch auf Donnerstag vor ein paar Wochen.«

Sie nickte. »Was willst du wissen? Ich meine – welche Sorte Einzelheiten ...«

Baltasar winkte ab. »Nicht diese. Ihr seid, denke ich mir, im Bett gewesen. Das kommt häufiger vor und ist nicht erwähnenswert. Wie gingen aber Einschlafen und Aufstehen vor sich?«

Sie überlegte kurz. »Also«, sagte sie dann, »er hat gesagt, er müßte früher aufstehen als sonst, weil er um acht eine Verabredung hätte und sich dafür noch umziehen müßte. Er hatte nämlich nur saloppe Freizeitsachen an, nichts Passendes für wichtige Gespräche.«

Baltasar hob die Hand. »Moment. Seid ihr sonst gemeinsam zum Büro gefahren?«

»Nein. Immer mit zwei Wagen und einem kleinen Abstand. Im Büro wußten es zwar alle, aber das wußte er nicht. Er wollte immer gern Abstand und Diskretion haben und so. Jedenfalls hat er meinen Wecker geschnappt und gestellt und auf seiner Seite des Betts behalten.«

Baltasar verzog zweifelnd den Mund. »Wieso weißt du das noch so gut?«

Sie lächelte. »Weil er mich wegen des Weckers beschimpft hat. Ich habe nämlich so einen altmodischen, leise tickenden Reisewecker, zum Zusammenklappen, weißt du. Mich machen diese brummenden Elektro-Radio-Wecker nervös, und das Ticken beruhigt mich.«

Hoff schüttelte sich. »Ekelhaft. Erwarte nie, daß ich dir einen nächtlichen Gegenbesuch abstatte. Mit so einer lärmenden Zeitbombe im Zimmer.«

Eva warf ihm einen Blick voll mörderlicher Verachtung zu. »Mein Chef sagte so was Ähnliches. Er hat sich den Wecker auf kurz vor sieben gestellt. Ich war noch reichlich müde, als der losratterte. Stücker ist aufgestanden, hat sich rasiert und ist gefahren.«

»Wann war das?«

»Sieben, kurz nach sieben vielleicht. Ich habe mich noch mal umgedreht und ein Viertelstündchen weitergeschlafen. Dafür hab ich mir das Frühstück geschenkt. Viertel vor acht war ich im Büro. Da saß er schon im dunklen Anzug an seinem Schreibtisch.«

Baltasar schüttelte den Kopf. »Das paßt«, sagte er mürrisch, »aber es paßt nicht.«

Hoff mischte sich ein. »Worüber redest du?«

Matzbach kratzte mit dem Fingernagel Rillen ins unsaubere Tischtuch. »Wenn er nicht wie ein Geisteskranker rast, braucht er mindestens zwanzig Minuten von Ippendorf nach Oberdollendorf. Das kann zu der frühen Stunde sogar hinkommen; die *rush hour* fängt wohl erst so gegen halb acht an, nicht wahr?«

Eva nickte. »Ja, wenn alle Büromenschen unterwegs sind.«

»Okay. Also, er fährt, sagen wir, fünf nach sieben von dir los. Dann könnte er gegen fünf vor halb acht zu Hause sein, sich umziehen und ins Büro kommen. Klar, das schafft er bis Viertel vor acht. Wie lange, glaubst du, hast du noch geschlafen?«

»Vielleicht zwanzig Minuten. Aufstehen, anziehen, Zähne putzen, ab ins Auto. Ich habe vor dem Zähneputzen auf den Wecker geschaut, da war es halb acht.«

Baltasar nickte nachdenklich.

»Angenommen, du gehst ungefähr um halb acht aus dem Haus. Wo steht dein Wagen?«

»Wo ich Platz finde. Ich glaube, an dem Morgen mußte ich ein paar Meter gehen, er stand weiter weg als sonst.«

»Gut. Also Abfahrt kurz nach halb acht, sagen wir fünf Minuten?«

Sie nickte, und in ihren Augen glomm eine Frage auf.

Baltasar musterte sie. »Du fährst, denke ich, Trierer Straße, Sternenburgstraße, Argelanderstraße auf die B 9 und dann Richtung Südbrücke.«

Sie nickte erneut, inzwischen deutlich unsicher.

»Wie war der Verkehr?«

»Oh«, sagte sie, »zuerst ging es, aber an der Reuterbrücke wurde es dick.«

»So. Wir haben gesagt, daß Stücker bei freier Strecke etwa zwanzig Minuten braucht. Nun verrat mir, wie du es bei zumindest teilweiser *rush hour* in zehn schaffst.«

»Du hast recht.« Sie schüttelte den Kopf. »Ich war wohl ziemlich verpennt an dem Morgen, deshalb hab ich mir gar keine Gedanken über die Sache gemacht.«

»Hast du keine Uhr im Wagen?«

»Die ist seit langem kaputt. Die Tankanzeige auch. Ist ja kein Luxusmobil und schon ein bißchen älter.«

Baltasar machte Wulstlippen, ein Zeichen für heftiges Denken. »Diese *rush hour* läßt mich nicht los. Kann sie notfalls auch schon fünf vor halb acht losgehen?«

Sie machte ein zweifelndes Gesicht. »Kann sein. Sie ist aber richtig dick erst so um die zwanzig vor.«

Henry klopfte auf den Tisch. In diesem Moment brachte der Kellner drei Portionen Tagessuppe.

Als sie wieder unter sich waren, sagte Hoff: »Teufel auch, Mastbauch, darauf wär ich nicht gekommen.«

Baltasar nickte unbewegt. »Ich weiß. Du bist für die einfacheren Dinge des Daseins wie klares Denken und so nicht geeignet; dafür hast du ja auch Philosophie studiert. Jedenfalls ist es ganz gut, daß ich dich nicht unbeaufsichtigt Detektiv spielen lasse. Weiß der Himmel, was dabei herauskäme.«

Eva blickte von einem zum anderen. Dazu mußte sie sich umdrehen, denn Hoff saß neben ihr.

»Ich glaube«, sagte sie schnippisch, »ihr liebt euch, wie?«

Baltasar schüttelte den Kopf. »Nur alte Ehepaare und gute Feinde gehen so miteinander um. Verheiratet sind wir keineswegs. Was also bleibt? Prost!« Er hob den Suppenlöffel und schlürfte.

Nachdem der Kellner die Suppenteller abgeräumt und die Hauptgerichte gebracht hatte, lehnte Hoff sich wieder vor. Mit einem Messer zielte er auf Baltasars Kehle.

»Also, was machst du daraus?«

Baltasar schnetzelte sein Steak und spießte einen Fetzen Fleisches auf seine Gabel. Indem er diesen unrhythmisch hin und her bewegte, sagte er: »Moment. Erst kommt der Genuß des Leibes, und später die Reue des Verstandes. – Ein paar Fragen, allenfalls, beim Essen. Eva, wo stand an dem Morgen Stückers Wagen?«

Sie musterte ihn, kaute zu Ende, schluckte und fragte: »Wo? Oben bei mir oder vor dem Büro?«

Matzbach seufzte. »Unten. Oder andersrum. Von Stückers Wohnung zum Büro sind es vielleicht hundert Meter. Kam er immer mit dem Wagen ins Büro?«

Eva schüttelte den Kopf; ihre roten Haare flogen apart hin und her. »Nee, zu Fuß. Aber, Moment, an dem Morgen, als ich ins Büro kam, stand sein Wagen auf dem Parkplatz davor. Richtig. Komisch.«

Matzbach verweigerte während seiner Nahrungsaufnahme alle weiteren Auskünfte. Er aß konzentriert. Beim Kaffee sagte er schließlich: »Also, ich fasse zusammen. Stücker stellt deinen Wecker auf kurz vor sieben und verläßt das Haus kurz nach sieben. Beziehungsweise deine Wohnung. Du verläßt sie gegen halb acht, laut Wecker, oder fünf nach halb, und bist gegen Viertel vor acht, laut Bürouhr, im Büro. Stimmt das, habt ihr im Büro eine Uhr?«

»Ja, mehrere. Auf jedem Schreibtisch eine, und außerdem in der Eingangshalle an der Wand.«

»Eine Armbanduhr hast du nicht?«

»Wozu?« Sie wedelte mit ihrem linken Handgelenk, an dem

eine nette kleine Perlensammlung flimmerte. »Das ist doch viel hübscher als eine Uhr, oder?«

»Einverstanden. Wir stellen fest, zur fraglichen Zeit, nämlich morgendliche *rush hour* mit halbdickem Verkehr, kannst du nicht in zehn Minuten von Ippendorf nach Oberdollendorf kommen. Du wirst etwa eine halbe Stunde brauchen. Sagen wir, fünfundzwanzig Minuten? Nun ist es unwahrscheinlich, daß alle Uhren im Büro gleichzeitig falschgehen oder verstellt sind, richtig? Oder hat von deinen Kolleginnen jemand was gesagt?«

Sie schüttelte stumm den Kopf.

»Also bleibt nur eins: Stücker hat, als er den Wecker stellte, gleichzeitig diesen vorgestellt, und zwar um mindestens eine Viertelstunde. Er ist also nicht um sieben, sondern ungefähr Viertel vor sieben aus deiner Wohnung verschwunden. Und er ist nicht nach Hause gefahren, denn nach dem Umziehen fährt er bestimmt nicht die hundert Meter. Jedenfalls unwahrscheinlich. Er hatte also, na, sagen wir mindestens fünfzig Minuten Zeit, um vor allen anderen im Büro zu sein. Und du bist nicht um halb acht, sondern Viertel nach sieben aus dem Haus gegangen, und gegen zwanzig nach losgefahren. Damit bist du noch vor der großen Welle dagewesen. Du hast gesagt, ab Reuterbrücke wurde es dicker. Richtiger Stau, oder nur voller und deshalb ein bißchen langsamer?«

»Richtiger Stau nicht«, gab sie zu.

»Okay. Das heißt, du bist noch gut durchgerutscht und hast vielleicht fünf Minuten mehr gebraucht als bei freier Fahrt.«

Sie blickte auf ihre rosigen Fingernägel. »Aber wo hat er sich umgezogen?«

Baltasar grinste. »War schon jemand im Büro, als er hinkam?«

»Nee, bestimmt nicht. Ich war die erste, und sowieso eigentlich zu früh. Wir fangen sonst um acht an. Die anderen sind auch alle zwischen acht und Viertel nach gekommen.«

Baltasar lächelte fröhlich. »Siehste. Damit konnte er also

rechnen. Was, wenn er den dunklen Anzug im Wagen hat, Handkoffer oder so? Er fährt ins Büro, zieht sich in seinem Raum um, bringt die anderen Kleider wieder nach draußen und schmeißt sie in den Kofferraum, samt dem Handkoffer? Und wartet, bis du kommst und ihm sein Alibi lieferst.«

Ihre Hände umklammerten die Kaffeetasse; sie zitterten leicht. »Du meinst, er...«

Baltasar klopfte bei jedem der folgenden Punkte mit seinem feisten Finger auf die Tischdecke, die inzwischen, vor allem an seinem Platz, noch unsauberer war.

»Erstens, er bricht Viertel vor sieben auf. Zweitens, er fährt, hm, Trierer Straße, Meckenheimer Allee, Baumschulallee, Viktoriabrücke, Ring, Nordstadt – Viertelstunde. Er parkt, geht zum Anwaltshaus, schließt auf, geht die Treppe hinauf, öffnet Naumanns Wohnung, geht hinein, erschießt die beiden. Zehn nach sieben. Vielleicht untersucht er Naumanns Schreibtisch, findet etwas oder findet nichts, schaut auf die Uhr und geht wieder. Viertel nach sieben. Sagen wir, er hat nicht direkt vor der Tür einen Parkplatz gefunden. Das waren drittens, viertens und fünftens. Sechstens, er fährt wieder ab. Jetzt ist es zwanzig nach sieben. Um ganz sicherzugehen, daß er zeitig ankommt, fährt er auf die Autobahn, über die Nordbrücke, dann Richtung Ramersdorf. Was fährt er?«

»Benz.«

»Also, er fährt, und zwar kann er schnell fahren, denn die Bahn ist noch ziemlich leer, und sein Wagen hat genug PS. In Ramersdorf fährt er auf die Bundesstraße. Jetzt, achtens, ist es halb acht. Die Staus beginnen, aber in Gegenrichtung. Alle wollen nach Bonn hinein, er hat vermutlich immer noch ziemlich freie Bahn aus Bonn hinaus. Sagen wir fünf Minuten? Okay. Also, neuntens. Ungefähr um fünf nach halb acht erreicht er das Büro, steigt aus, nimmt seinen hypothetischen Handkoffer, zieht sich im Büro um. Zwanzig vor acht. Er geht wieder zu seinem Wagen, wirft die anderen Sachen in den Kofferraum, schließt ab und sitzt um sechzehn vor acht an seinem Schreibtisch. Wie klingt das?«

Eva nickte; sie war ein wenig bleich.

Hoff strahlte Baltasar an. »Toll, Alter. So könnte es gewesen sein. Nun sag mir nur noch eines: Warum sollte er das tun? Und woher kann er schießen? Du hast doch gesagt, der Täter muß ein kaltblütiger und routinierter Schütze sein.«

Eva sagte schwach: »Er hat einen Schießstand im Keller.«

Matzbach lächelte triumphierend. »Was das Motiv angeht«, sagte er wegwerfend, »das findet sich schon noch.«

Hoff hob die Hand. »Noch ein Einwand. Wie kommt er an die Schlüssel zu Haustür und Wohnungstür?«

»Ah«, sagte Matzbach, »richtig, das habe ich dir ja noch nicht erzählt.«

Er berichtete von seinem Gespräch mit Frau Gabrieli und schloß: »Er hätte also beim Verlassen des Gartens in Naumanns Jacke greifen und die Schlüssel herausholen können. Riskant ist, wenn er sie mitnimmt. Aber er arbeitet ja nicht allein. Ich weiß nicht, wer die Männer waren, die ihn nachts besucht und seine Kisten verladen haben, aber immerhin waren Männer da. Angenommen, er macht einfach schnell Abdrücke von den Schlüsseln, steckt sie dann wieder in Naumanns Jacke und verschwindet. Er gibt die Abdrücke einem seiner Leute, der Schlüssel herstellt, und kehrt ohne Probleme relativ bald wieder zu dieser komischen Gesellschaft zurück. Klar?«

Hoff nickte seufzend. »Aber klar doch. Also hat Stücker zwar kein Motiv, dafür aber Komplizen. Wer die sind, was die machen und wozu er sie hat, weiß keiner. Wenn du damit zu Ziegler gehst, was glaubst du, wird er sagen? ›Herr Matzbach, bitte beehren Sie mich bald wieder. Es ist mir immer eine Lust, Ihren Dichtungen zu lauschen.‹ Oder so ähnlich.«

Baltasar nickte. »Eben. Ich möchte auch einmal einen sauberen Fall haben, den man wie ein Schachspiel lösen kann, statt immer solch verwickeltes Zeug beackern zu müssen. Aber mir ist es ja nicht beschieden. Bah.«

Er brabbelte noch eine Weile derartiges Zeug vor sich hin. Schließlich blickte er Eva an.

»Und was machen wir jetzt mit dir? Nachdem er uns hier gesehen hat und diese düsteren Reden über Philippi ausstieß, können wir dich ja nicht wieder zur Arbeit schicken, oder?«

»Doch«, sagte sie tapfer. »Es sind ja noch genug andere da.«

Baltasar winkte dem Kellner und bezahlte. Dann wandte er sich an Hoff.

»Du bringst sie hin, geleitest sie zur Tür, sorgst dafür, daß man dich sieht, und setzt dich in ihren Wagen oder sonstwo hin, jedenfalls so, daß du ein bißchen Überblick hast.«

Hoff war begeistert. »Und was mache ich, wenn er etwas dagegen hat und seine berühmten Gorillas antanzen läßt?«

Baltasar grinste und wartete mit einer Antwort, bis sie das Lokal verlassen und den Parkplatz erreicht hatten. Dann griff er in seine Tasche und holte jenes Objekt heraus, das Hoff bereits in der Rhön mit solcher Wonne gehandhabt hatte.

»Dann«, sagte er mild, »nimmst du dieses Gerät.«

Hoff nahm die Pistole ungern in Empfang. »Hast du eigentlich einen Waffenschein? Und wieso verlangst du von mir plötzlich, daß ich Wildwest spiele?«

Baltasar klopfte ihm auf die Schulter. »Reg dich nicht auf. Ich habe einen Waffenschein, und wovor hast du eigentlich Angst? Du bist doch davon überzeugt, daß ich spinne, daß Stücker kein Motiv hat und daß alles Unsinn ist. Also genieß die Gelegenheit, deine Jungfer vor einem hypothetischen Drachen zu schützen, Sankt Henry. Und ruf mich an, wenn was passiert.«

Hoff sagte düster und fatalistisch: »Wenn ich dann noch telefonieren kann. Wo bist du zu erreichen?«

»Oh, zuerst bei mir, dann bei Ziegler, dann unterwegs, dann bei Ariane.«

Mit einem ergebenen Schulterzucken hakte sich Hoff bei

Eva unter. »Wohlan denn, Jungfer«, sagte er mißmutig, »schreiten wir fürbaß. Der Drache harret unser.«

Eva zwinkerte Matzbach zu. Dann ging sie mit Henry zu ihrem Wagen; Matzbach klomm in den seinen und steuerte heimwärts.

In seiner Behausung angekommen, griff er zum Telefon. Sein erster Anruf galt dem Makler, dessen Name er von Fricke und der farbigen Dame im Anwaltsbüro kannte. Eine Angestellte teilte ihm mit, der Patron sei nicht anwesend, er begutachte just mehrere Objekte mit prospektiven Interessenten. Man erwarte ihn gegen siebzehn Uhr zurück.

Verärgert wählte Matzbach die Nummer der Mordkommission. Ziegler war wie üblich freundlich und weitschweifig.

»Äh, Matzbach«, knurrte er, »was wollen Sie denn schon wieder?«

Baltasar räusperte sich geziert. »Ich sah jüngst, wie um Mitternacht einige Männer einem Wagen entstiegen und im Hause Stücker einige Kisten holten, mit seiner Einwilligung.«

»Sehr interessant, was Sie nachts so alles machen.«

»Ferner, Herr Kommissar, besitzt Stücker einen eigenen Schießstand und hat sie belogen. Er hat in der Nacht, in der er seine Sekretärin beglückte, deren Wecker um mindestens eine Viertelstunde vorgestellt, hatte also Zeit, bei Naumann anzuklopfen.«

Ziegler knurrte. »Das mit dem Schießstand war mir neu. Noch was?«

Baltasar berichtete von der hemdsärmeligen Veranstaltung in Köln und der Möglichkeit, Schlüssel zu kopieren.

Ziegler schwieg einen Moment. »Matzbach«, seufzte er dann, »das ist doch alles viel zu vage. Wo ist das Motiv? Es gibt schließlich in der Republik ungefähr zwanzig Millionen Leute, die kein Alibi und vielleicht eine Gelegenheit gehabt hätten, Sie eingeschlossen. Ich kann da nichts unternehmen. Selbst wenn ich wollte, könnte ich nicht. Und ich will nicht.«

Baltasar nickte in den Apparat. »Hab ich mir gedacht, teurer

Freund. Ich hab nur eine Bitte. Ich habe mir leichtsinnigerweise die Nummer des Wagens gemerkt, der die Kisten bei Stücker abgeholt hat. Wahrscheinlich ist sie falsch, aber trotzdem.«

Ziegler zischelte etwas. »Na schön. Geben Sie durch.«

»Moment. Versprechen Sie, mich sofort zurückzurufen und mir zu sagen, was Sie rausbekommen haben? Meine Nummer haben Sie ja.«

Ziegler ächzte. »Auch das. Aber sagen Sie es nicht weiter, ich darf das nämlich nicht.«

Matzbach kicherte. »Ziegler, demnächst sollten wir Brüderschaft trinken. Ich mag Sie.«

»Die Nummer!«

Matzbach nannte sie ihm; es war eine Kölner Zulassung.

Ziegler legte grußlos auf. Baltasar kicherte immer noch. Leise sagte er: »Er ist hilflos, der Gute.«

Dann zündete er sich eine Zigarre an und legte die Beine auf den Schreibtisch. Plötzlich kam ihm eine andere Idee, und er spannte Papier in seine Maschine und begann heftig zu tippen.

Das Telefon schrillte.

»Matzbach.«

»Ziegler. Ich habe Ihre Nummer.«

»Ich lausche, lieber Freund.«

Ziegler raschelte vernehmlich mit Papier. »Die Sache«, sagte er langsam, »stinkt. Ich brauche sofort alles, was Sie wissen, schriftlich. Und zwar ohne jegliche Rücksicht auf irgendwen, sogar auf meine Person.«

Baltasar lachte meckernd. »Ich sitze seit unserem letzten Gespräch an der Maschine und tippe rücksichtslos alles, was ich weiß, auf blankes Papier. Sobald ich fertig bin, bringe ich es Ihnen rüber. Wem gehört der Wagen?«

Ziegler atmete stoßweise in die Muschel. »Ich sage es Ihnen nur unter einer Bedingung: Sie halten sich ab sofort ganz raus.«

Baltasar strahlte, was Ziegler natürlich nicht sehen konnte. Da nun etwas Dickes im Busch war, war er bereit, sämtliche Meineide zu schwören.

»Ich schwöre, mich rauszuhalten.«

Ziegler seufzte. »Ich bin viel zu gutmütig. Das kann mich meinen Kopf kosten, aber ich habe es Ihnen versprochen. Ich sage Ihnen noch vorneweg eins: Die Sache liegt jetzt schon nicht mehr in meiner Hand. Sobald das Gespräch beendet ist, gebe ich alles weiter.«

»Sie machen das reichlich spannend. An wen?«

Ziegler seufzte abermals. »BKA, MAD und ein paar andere«, sagte er halblaut. »Ich brauche sofort Ihren Bericht. Der Wagen, den Sie gesehen haben, gehört einem Wirt aus dem Kölner Nachtjackenviertel, von dem die zuständigen Kollegen seit einiger Zeit wissen, daß er für den KGB arbeitet. Nowosti in Köln, Sie wissen schon.«

Matzbach atmete heftig aus. »Das ist für mich eine Nummer zu groß.«

»Für mich auch, Matzbach. Wann kommen Sie rüber, oder soll ich Ihnen einen Wagen schicken?«

»Nee, lassen Sie nur, ich bin sowieso mit dem Tippen noch nicht fertig. Sind Sie später da?«

Ziegler zögerte. »Ich muß noch einmal etwa eine bis zwei Stunden fort. Wenn noch was passiert, hinterlassen Sie mir eine Nachricht.«

Baltasar bedachte gerade die nächsten Schritte, als das Telefon klingelte. Es war Hoff, und er war aufgeregt.

»Hör zu, Dicker. Ich hab noch gewartet, ob er vielleicht wiederkommt, aber jetzt sieht es nicht mehr so aus. Stücker ist fort. Er ist nach dem Essen vom Lokal aus ins Büro gefahren, hat telefoniert, etwas aus dem Safe geholt und ist dann verschwunden.«

Baltasar holte tief Luft. »Okay. Irgendeine Ahnung, wohin er gefahren ist?«

»Die Dame von der Mittagsschicht hat nur ein Wort gehört. Lauren.«

»Wer oder was ist das?«

»Ein Mensch in St. Peter-Ording. Stücker hat telefoniert,

dabei ist er laut geworden und hat den anderen angebrüllt. Seine Tür war nicht ganz fest zu. Solltest du nicht Ziegler informieren?«

»Schon erledigt. Wie stehts, kommst du mit?«

»Wohin?«

»Dahin.«

Hoff zögerte. Plötzlich lachte er. »Du bist wahnsinnig. Ich auch. Jetzt hab ich schon so viele verschwitzte Fingerabdrücke auf deiner Pistole gelassen, daß ich wissen will, wie das ausgeht. Testament brauch ich keins, ich hab eh nix.«

»Okay. Ich hol dich bald ab. Also bis gleich.«

Baltasar legte auf. Mit mehreren Versuchen via Moritz und ein paar andere Bekannte gelang es ihm, Andreas Goldberg ausfindig zu machen.

»Was tun Sie im Moment?«

Goldberg seufzte. »Ich räume die Wohnung auf, warte auf Interessenten beziehungsweise Nachmieter, versuche die Boutique zu verkaufen, füttere den Raben und langweile mich.«

»Es geht los. Wollen Sie mitmachen?«

Goldberg lachte. »Ernsthaft?« Er zögerte. »Ich glaube, Sie sind verrückt genug, was Verrücktes zu unternehmen. Gut. Einmal hab ich für nichts im Knast gesessen, dann kann ich genausogut versuchen, eine nachträgliche Begründung zu liefern. Außerdem schulde ich Irene noch was, posthum sozusagen.«

»Bis gleich dann. Ich hol Sie ab. Haben Sie ne Waffe?«

»Nur den Raben.«

Baltasar lachte. »Okay, Kumpel, mitbringen. Da wir jetzt auf Gedeih und Verderb zusammenspielen müssen, schlag ich vor, wir lassen das Sie.«

»Alles klar. Bis gleich, Baltasar. Ich sag Sarah Bescheid, daß sie sich heut abend nicht grämt.«

»In Ordnung. Bis nachher. Halbe Stunde.«

Danach rief Baltasar Ariane in ihrem Büro an, erzählte ihr kurz das Wichtigste und verabschiedete sich.

Sie seufzte. »Fröhliches Gangsterfangen, du unmögliches Monstrum.«

Er lächelte in die Muschel. »Wartest du auf mich?«

Sie gluckste. »Ach, ich hab hier nur die ganze Pressearbeit dieses Industrieverbands zu machen, zu Hause eine freche Tochter zu beaufsichtigen und zu bekochen, und gelegentlich ein bißchen zu schlafen. Wenn ich noch Zeit finde, werde ich wohl ein paar Sekunden an dich denken und auf dich warten.«

»So leb denn wohl, Feinsliebchen. Gedenke meiner, wenn du Nachrichten hörst.«

»Fahr wohl, Drachentöter«, sagte sie, und es klang gar nicht spöttisch, eher traurig. Als wollte sie dabeisein.

So begann die letzte Runde. Ziegler war nicht zu erreichen; Matzbach hinterließ Grüße und den Hinweis, der betreffende Herr sei ausgeflogen, vermutlich Richtung St. Peter-Ording. Dann empfahl er sich.

IV

»Ist das ganz sicher mit St. Peter-Ording?«

Matzbach stützte sich auf die Kante des wuchtigen Schreibtischs in Stückers Büro. Sein Blick schweifte zum offenstehenden Safe, zum Fenster, dann wieder zurück zu den Umstehenden. Goldberg, der gerade erst mit ihm angekommen war, hielt sich zurück, desgleichen, ausnahmsweise, der Rabe auf seiner Schulter. Hoff redete heftig gestikulierend auf Eva ein, der etwas nicht zu gefallen schien, nach der Miene zu urteilen, die sie aufgesetzt hatte. Die ältere Dame, die während der Mittagspause die Stellung gehalten und inzwischen, von Hoff aufgehetzt, alle möglichen Papiere herausgesucht hatte, nickte.

»Ja. Kurz nachdem Herr Stücker fort war, rief Lauren noch einmal an, daher weiß ich bestimmt, daß es Lauren war. Er wollte Herrn Stücker sprechen, und zwar sagte er ›Kann ich

Stücker nochmal sprechen?‹ Als ich ihm sagte, Herr Stücker sei eben fortgefahren und ich wüßte nicht, wann er wiederkäme, murmelte er etwas vor sich hin. Ich bin nicht sicher, aber es klang so wie ›Hat es sehr eilig, wie?‹ Ich habe gefragt, ob ich etwas ausrichten könnte, und er meinte, das wäre nicht nötig, alles andere könnte er mit Stücker mündlich abmachen.«

Matzbach runzelte die Stirn. »Ganz schön leichtsinnig, die Burschen«, sagte er. »Haben Sie Laurens Nummer?«

Die Frau nickte.

»Können Sie ihn mal eben anrufen, nur, um sicherzugehen, daß er tatsächlich von da oben aus angerufen hat und nicht von der Riviera?«

»Was soll ich ihm sagen?«

»Sagen Sie ihm, Stücker lasse ihm ausrichten, er solle sich beeilen.«

Sie nickte und ging in ihr Zimmer. Matzbach ging hinterher, »vorsichtshalber«, wie er murmelte, sah ihr beim Wählen zu, bis er ob der Vorwahl sicher war, daß sie tatsächlich eine Nummer in Norddeutschland anrief, und lauschte, einige Meter zurückgezogen, dem Gespräch. Dieses war allerdings kurz. Sie legte bald wieder auf.

»Laurens Sekretärin«, sagte sie, »sagt, er ist kurz aus dem Haus gegangen. Sie will es ihm ausrichten, wenn er wieder da ist.«

Sie gingen in Stückers Raum zurück. Baltasar setzte sich auf die Schreibtischkante und musterte seine Mitstreiter.

»Nun gut, er ist also da, und Stücker fährt wahrscheinlich zu ihm. Frage ist, was er da will.«

Goldberg schlug vor: »Baden.« Er hielt eine Zeitung vom Tage hoch und las vor: »›Eine für Anfang Dezember ungewöhnliche Kältewelle ist über Norddeutschland hereingebrochen. An der schleswig-holsteinischen Nordseeküste gingen nach heftigen Polarwinden Schnee und Hagel nieder. Die meisten Strände sind vereist.‹ – Wir sollten uns warm anziehen. Außer Baltasar, der lebt vom eigenen Fett.«

Eva hatte die fruchtlose Debatte mit Hoff beendet und kramte nun in einem kleinen Schränkchen, in dem, wie sie sagte, Stücker gelegentlich Aufzeichnungen aufbewahrte.

»Ich verstehe nicht«, sagte Matzbach, »wieso Stücker so plötzlich, so leichtsinnig und mit, na ja, so vielen Fehlern ausklinkt.«

Eva stieß einen kleinen Triumphschrei aus und hielt einen Zettel hoch. »Hier hab ichs!«

Sie reichte das Stückchen Papier Matzbach, der es überflog. Es enthielt einige romantische Namen und weniger romantische Ziffern sowie etliche Häkchen.

»Was soll denn das?«

Eva sah ihm über die Schulter.

»Fleur de Lys ist sein Chalet in der Normandie. Die Ziffer dahinter, dreihunderttausend, dürfte der Verkaufspreis sein, obwohl es wesentlich mehr wert ist. Das Häkchen heißt vermutlich abgehakt, erledigt. Auch die anderen Namen sind Häuschen, die er hier, da und dort besitzt und größtenteils ganzjährig vermietet hat. Wie du siehst, ist ›Stormvogel‹ nicht abgehakt, und das ist seine Villa in St. Peter-Ording.«

»Aha«, sagte Baltasar. Er addierte im Kopf die Summen. »Nett – knappe anderthalb Millionen. Nicht zu reden von sonstigem Vermögen und dem Preis für dieses eminente Büro samt Mitarbeitern und beweglichen Gütern.«

Inzwischen hatte sich das natürlich schon herumgesprochen; niemand war mehr überrascht.

Murmelnd fügte Baltasar hinzu: »Aber wieso setzt er sich nicht schnell ostwärts ab?« Dann gab er sich einen Ruck und griff zum Telefon. Er wählte Ziegler an, aber der war noch immer nicht greifbar. Einer seiner Assistenten notierte Matzbachs Vorschlag, Stückers Büro genauer zu untersuchen, und empfahl ihm, sich aus der weiteren Angelegenheit herauszuhalten.

Wenig später jagten sie auf der Autobahn nach Norden. Goldberg steuerte, denn Matzbach hatte dies so verfügt. »Ich hab nicht geschlafen, und Henry hat, eh, auch nicht geschlafen. Also fahr du.«

Er legte sich bequem im Beifahrersitz zurück, kippte die Lehne nach hinten, ohne Rücksicht auf Henrys Knie. Hoff verzog sich schimpfend auf den Sitz hinter Goldberg. Der Rabe knabberte eine Weile an Baltasars linkem Ohr, dann setzte er sich schnabelklappernd auf des Dicken Wamme und rutschte so lange hin und her, bis die Lage ihm genehm war.

»Die Damen«, sagte Baltasar schläfrig, »werden sagen, typisch bekloppte Chauvi-Tour, dies.«

Goldberg nickte. »So was Ähnliches hat Sarah mir durchs Telefon an den Kopf geworfen.«

Henry, von hinten, meldete sich ebenfalls zu Wort. »Eva hat mir die Hölle heißgemacht – oder sie wollte. Eigentlich ist sie ja ganz nett.«

Baltasar gähnte. »Bleib angeseilt. Oder seil dich ab. Deine Sache.«

Goldberg hupte einen aus der rechten Spur biegenden LKW an. »Andererseits«, sagte er, »ist in diesem Wagen wahrlich nicht für sechs Leute Platz.«

Baltasar öffnete ein Auge und stierte den Raben an. »Sieben, wenn du dieses Vieh mitrechnest. Aber das ist nicht das Problem.«

Hoff kicherte hohl. »Er hat es schon wieder raus. Baltasar weiß alles. Was, bitte, ist denn das Problem?«

Matzbach streckte die Hand nach hinten aus, schlaff. »Gib mir«, verlangte er, »die Pistole. Bei den billigen Reden, die du führst, ist ja keiner seines Lebens sicher.«

Hoff reichte ihm schweigend das erbetene Objekt; Baltasar steckte es in die Jackentasche und schloß wieder die Augen. Matt sagte er: »Das Problem ist, daß die Frauen viel vernünftiger sind als wir. Sie wollen ja gar nicht mit. Sie finden nur, daß wir die Sache den zuständigen Behörden überlassen sollten und daß abenteuernde Männer erstens verrückt sind und ihnen zweitens auf die Nerven gehen. Sie haben ja völlig recht. Aber das Vernünftigste zeichnet sich in diesem Fall durch grauenerregende Langeweile aus.«

Er legte den Kopf auf die Seite.

»Weckt mich, wenn was passiert. Oder wenn Poe auf den Topf will. Meine Brusttasche ist in diesem Zusammenhang tabu.«

Infolge ihrer Abfahrtszeit gerieten sie in sämtliche Staus zwischen Leverkusen und Kamen. In der Nähe von Osnabrück begann das absolute Schlechtwettergebiet mit zweierlei Niederschlägen.

Matzbach bemerkte von all dem nichts; er schnarchte leise. Kurz vor Bremen wachte er auf, als Goldberg eine Tankstelle ansteuerte. Anschließend übernahm Hoff das Lenkrad.

Wenig später blickte Baltasar auf die Uhr. »Wenn wir durchfahren, sind wir um drei Uhr in St. Peter-Ording. Was, so frage ich mich, sollen wir zu einer solchen Zeit bei diesem Wetter in jenem Orte?«

Also liefen sie die letzte für sie erreichbare Autobahnraststätte an, tranken Kaffee, alberten mit dem Raben herum, der die verschlafene Bedienung terrorisierte, und spielten Skat.

Im Morgengrauen, kurz vor dem Ziel, klopfte Goldberg auf Matzbachs Schulter. Inzwischen steuerte Baltasar sein Gefährt und die Geschicke der Insassen.

»Was werden wir jetzt eigentlich machen? Und fändest du es nicht an der Zeit, uns endlich zu erzählen, wie das alles zusammenhängt?«

Baltasar starrte in den düsteren Morgen jenseits der Windschutzscheibe. »Wir werden uns vorsichtig umschauen. Was die Zusammenhänge angeht, weiß ich selbst noch nicht alles; deshalb ziehe ich es vor, mich in kühles Schweigen zu hüllen.«

Er tat das dann doch nicht, sondern gab ihnen in kühner Zusammenfassung einen Überblick über alles, was er sich inzwischen zusammengereimt hatte, wobei er einige wichtige Dinge ausließ und andere, die er nur vermutete, ebenfalls verschwieg. Er kam auch nicht dazu, langwierige Erörterungen anzustellen, denn sie erreichten das Ziel ihrer Fahrt. Baltasar hielt an einer Tankstelle im letzten größeren Ort vor St. Peter-Ording und erstand nach dem Volltanken einige detaillierte Straßenkarten, soweit solche vorhanden waren.

Nachdem er sich nach Studium der Karten für eine der mehreren möglichen Zufahrten entschieden hatte, steuerte er den Ortsteil Ording an, in dem Stückers Villa lag und in dem sich auch Laurens Büro befand. Er lenkte den Wagen über Brösum in einem kleinen Nordschwenk eine Straße entlang, die die nordöstlichen Ausläufer von Ording knapp hinter dem Deich erreichte.

Ein müder, fröstelnder Polizist stoppte sie, als sie den Deich erreichten. Ein zweiter stand nicht weit entfernt neben einem halbverborgenen Polizeiwagen.

»Aha«, murmelte Baltasar. »Feuerschutz. Es hat sich schon was getan.«

Der Beamte bat um Zulassungspapiere und Ausweise. Bei dem Namen Matzbach in Baltasars Ausweis stutzte er. »Ah ja«, sagte er, »Herr Matzbach; Sie werden schon erwartet. Sie möchten sich bitte sofort in Sankt Peter auf der Wache melden.«

Er klappte die Ausweise wieder zu und reichte sie Baltasar zurück.

»Wie komme ich da hin?«

Der Beamte wies nach Westen. »Wenn Sie da entlangfahren, kommen Sie nach ungefähr einem halben Kilometer an eine Kreuzung, von da ab ist es ausgeschildert.«

Baltasar nickte dankend. »Wie oft muß ich mich noch ausweisen?«

Der Beamte lächelte. »Nicht mehr. Wir haben die Zufahrten unter Kontrolle, keiner kommt raus oder rein. Aber drinnen können wir nicht auch noch jede Straße kontrollieren.«

Er legte grüßend die Finger an den Schirm der Dienstmütze. Matzbach winkte, kurbelte das Fenster hoch und fuhr langsam an. Im Rückspiegel sah er, wie der Beamte dem anderen etwas zurief. Dieser griff daraufhin durch das geöffnete Fenster in den Polizeiwagen.

Baltasar knurrte und bog in die Straße hinter dem Deich ein. Rechts und links lag noch einiges an Schnee, die Straße schien geräumt oder freigefahren, aber bei kurzem Bremsen stellte er fest, daß dünnes Eis auf der Decke lag. Der Wagen rutschte unangenehm, bevor er ihn abfangen konnte.

»Was jetzt?«

Baltasar zuckte die Schultern auf Hoffs Frage. »Mal sehen. Ich schätze, den Kollegen Lauren dürften sie schon haben, der müßte ja hier bekannt sein.«

»Meinst du«, fragte Goldberg, »daß Stücker schon hier ist oder ob er sichs anders überlegt hat?«

Baltasar wackelte mit dem Kopf. »Ich weiß nicht, was er hier noch erledigen will. Aber wenn es so wichtig ist, daß er nach allem, was in Bonn passiert ist, das Risiko auf sich nimmt, noch hierherzusausen, dann wird er bestimmt versuchen, die Sache durchzuziehen, was immer die Sache sein mag.«

Entgegen den Anweisungen des Polizeibeamten steuerte er den Wagen nach Ording hinein. In diesem Wetter, zu dieser Tageszeit und im Winter war der Ortskern mit Strandzugang absolut trostlos; zum Glück standen zwischen den Betonkästen noch immer einige kleinere, schmucke oder prächtige Häuser, das trübe Auge zu laben. Baltasar entdeckte einen kleinen Laden mit Lebensmitteln, Sonnenölen und Campingausrüstung, der bereits geöffnet war.

»Okay«, sagte er halblaut und lenkte den Wagen an den Bordstein. Hoff und Goldberg sahen zunächst einander, dann ihn an.

»Was wird denn das nun?« fragte Henry.

Baltasar zog die Handbremse und löste den Gurt. »Ich werde jetzt aussteigen, zwei oder drei Dinge kaufen und mir den Ort ansehen, speziell die eine oder andere Straße. Ihr beiden werdet derweil die Wache in Sankt Peter besuchen und

Grüße von mir ausrichten. Ich werde mich dort melden, oder wir treffen uns da drüben in dem Café. Das wird ja wohl demnächst mal öffnen.«

Goldberg starrte hinüber. »Es gehört zu dem Hotel, wenn ich mich nicht irre, und das Hotel ist teilweise erleuchtet. – Was willst du denn unternehmen?«

Baltasar öffnete die Wagentür. »Puh«, sagte er, als der erste Lufthauch ihn erreichte, »unwirtliche Brise. – Ich will mich nur umsehen, wie gesagt. Keine Sorge, ich mach keinen Unsinn.«

Hoff murmelte: »Das wär das erste Mal. Matzbach und kein Unsinn, hihihi.«

Sie fuhren davon. Baltasar ging langsam zu dem Lädchen, erstand eine Tafel Schokolade als Notration und einen kleinen Kompaß, den man als Ring tragen konnte. »Sowas«, sagte er grinsend, »hab ich mir immer schon gewünscht.«

Dann verließ er den Laden und ging zum Hotel hinüber, um eine Tasse Kaffee zu trinken und in Ruhe noch einmal die Karte zu studieren.

Anschließend wanderte er durch die stillen Straßen. Schräg gegenüber von Stückers ansehnlicher Villa stand ein unauffälliges Auto, in dem zwei unauffällige Menschen in Zivil unauffällig Zeitung lasen. Baltasar pfiff fröhlich vor sich hin, folgte einem älteren Mann über einen Zebrastreifen und umrundete eine Litfaßsäule vor einem großen Block mit Ferienwohnungen und Apartments.

Der Mann vor ihm trug einen billigen, abgeschabten Wintermantel, dessen Kragen hochgeschlagen war, und darüber eine Pelzmütze. Offenbar war er kahlköpfig, denn zwischen Kragen und Mütze war kein Haar zu sehen. Er ging leicht vornübergebeugt und stützte sich auf einen Spazierstock.

Baltasar betrachtete mißmutig den Rücken und rechnete sich aus, daß der Alte, ginge er nicht so gebeugt, etwa so groß wäre wie er.

Vor einem der zahllosen Eingänge zu dem Block blieb der Mann stehen, nahm den Stock in die linke Hand, steckte die rechte Hand in die Manteltasche, drehte sich um und blickte Matzbach an. Mit seinem grauen Spitzbart, den weißen, buschigen Brauen und den tiefen Linien um die Augen sah er aus wie ein achtzigjähriger, pensionierter Admiral, aber die Augen gehörten Eduard Stücker.

»Hätte ich mir denken können«, sagte er leise, wobei er die Hand in der Tasche bewegte. Etwas Spitzes zeichnete sich ab.

Die Straße war leer, der Polizeiwagen außer Sicht hinter der nächsten Ecke, und mit zufälligen Beobachtern in den Wohnungen des Blocks war zu dieser Jahres- und Tageszeit und bei diesem Wetter nicht zu rechnen. Baltasar blieb stehen, wo er stand. Stücker bewegte die Hand in der Tasche auffordernd nach rechts.

»Sie werden jetzt in diesen Eingang treten«, sagte er. »Außerdem werden Sie keinesfalls die Hände in die Taschen Ihrer unmöglichen Jacke stecken. Verschränken Sie die Arme über der Brust.«

Matzbach gehorchte; mit verschränkten Armen, was wegen der Menge des wettertrutzigen Stoffs nicht ganz einfach war, trat er in den Eingang. Stücker folgte ihm.

»Moment«, sagte er. Er lehnte den Stock gegen die Wand und tastete Matzbach mit der linken Hand ab. Es dauerte nicht lange, bis er die Pistole in der Jackentasche gefunden hatte.

»Aha. Spielzeug, wie?«

Er steckte die Waffe ein, nahm seinen Stock wieder auf und knurrte: »Jetzt stoßen Sie die Tür mit den Ellbogen auf, und dann stecken Sie Ihre Hände in die Tasche.«

Baltasar gehorchte wortlos. Im Gang dirigierte Stücker ihn zu einer Treppe, hinab, einen weiteren Gang entlang, abermals eine Treppe, dann sagte er: »Stopp.«

Sie standen vor einer Tür. Das Namensschild neben der Klingel lautete Bensemeier.

»Ihr Pseudonym ist albern«, sagte Matzbach.

Stücker grinste, wobei sich der graue Spitzbart hob. Er öffnete die Tür mit einem Schlüssel, linkshändig, wobei er nach dem Schlüsselloch tastete und Matzbach nicht aus den Augen ließ, die rechte Hand immer noch an der Waffe in der Tasche.

Es war eine kleine Wohnung, halb im Souterrain. Die vergitterten Fenster des Wohnraums schauten auf einen verlassenen, verschneiten Park hinaus. Stücker blieb in der Tür stehen und zog nun endlich die Hand mit Revolver aus der Tasche. »Gehen Sie jetzt bitte dort an die Kopfseite des Tischs.«

Er verschloß die Tür hinter sich. Baltasar schaute sich um, während er den Tisch umrundete. Der Wohn- und Kochraum der kleinen Wohnung war einigermaßen rechteckig. An einer der langen Seiten war die Tür, gegenüber das Fenster; dazwischen, in Längsrichtung, stand der Tisch, verhüllt von einer billigen Stoffdecke. Neben dem Fenster führten verschlossene Türen an den Kopfenden des Raumes in weitere Zimmer, vermutlich Schlafzimmer und Bad. Neben der Tür stand ein größerer Schrank mit Aufsatz, in der Ecke ein kleines Wasch- und Spülbecken, an der Kopfseite Herd und Kühlschrank, flankiert von einem kleinen Teewagen. Matzbach zog vorsichtig und langsam den Stuhl unter dem Tisch hervor. Der Abstand zum Teewagen war nicht sehr groß.

Stücker machte eine auffordernde Bewegung mit der Waffe. »Hier ist nicht geheizt«, sagte er, »aber gut isoliert. Wenn Sie wollen, ziehen Sie Ihre dicke Jacke aus. Ich bin allergisch gegen jähe Bewegungen. Dann setzen Sie sich auf den Stuhl und rutschen an die Tischkante, so nah es geht.«

Baltasar zog die Jacke aus und warf sie auf den Stuhl an der Fensterseite des Tisches.

»Nett haben Sie es hier«, sagte er, »und Ihrer freundlichen Einladung mag ich nicht widerstehen.«

Er befolgte Stückers Befehle, während dieser mit einer Hand in einer Schrankschublade herumwühlte. Schließlich hielt er ein Knäuel starker Schnur hoch.

»Man muß für das Angeln gerüstet sein, wenn man feiste Fische fangen will«, sagte er höhnisch.

Er legte den Revolver griffbereit auf das Bord neben sich; schnell und geschickt knüpfte er Schlingen. Baltasar kalkulierte seine Chancen und blieb still sitzen. Stücker stand fast sieben Meter von ihm entfernt.

Der Mann nahm den Revolver wieder in die Hand und kam zu Matzbach.

»Die Arme nach hinten«, befahl er, »und keine Mätzchen; ich mach das erst mal mit einer Hand. Der Revolver bleibt auf Sie gerichtet, bis ich sicher bin.«

Er machte es gründlich. Die Arme wurden miteinander und mit der Rückenlehne des Stuhls verbunden, die Schnur um Matzbachs Bauch gewickelt, dann kamen die Beine dran, die an die Stuhlbeine gefesselt wurden. Stücker zog alles fest an, bis Matzbach sich nicht mehr rühren konnte. Schließlich begab sich Stücker auf die andere Seite des Tischs, zog den Mantel aus und setzte sich. Der Revolver lag vor ihm.

»Ein unverhofftes Wiedersehen«, sagte er.

Baltasar verzog das Gesicht. »Nicht so ganz. Ich hatte fest mit Ihnen gerechnet. Und viel Verkehr ist hier im Ort im Moment nicht.«

Stücker lehnte sich zurück und betrachtete den Dicken interessiert. »Aha. Haben Sie den Zettel gefunden, oder was?«

Matzbach nickte. »Außerdem haben Sie noch ein paar Fehler gemacht. Erstens dachte ich mir wohl, daß Sie versuchen würden, aus Bonn heraus und näher zu Ihren östlichen Freunden zu kommen. Zweitens haben Sie bei Ihrem Gespräch mit Lauren zu laut geredet; die Tür war nicht ganz dicht. Drittens hat Lauren noch mal angerufen, nachdem Sie weg waren.«

Stücker schnitt eine Grimasse. »Der dumme Kerl. Aber er hat seine Quittung schon.«

Matzbach hob die Brauen. »Verhaftet?«

Stücker blickte ihn kalt an und klopfte auf den Revolver. »Denken Sie, ich lasse zu, daß er auspackt?« Er schüttelte den

Kopf. »Ich hatte ihm am Telefon empfohlen, alle wichtigen Dinge zu vernichten und sich dann an einem bestimmten Ort zu verbergen. Damit man ihn nicht findet. Als ich Sie mit Eva ins Restaurant kommen sah, hatte ich das Gefühl, es wäre nun Zeit.«

Baltasar zog den Inhalt seiner Nase hoch. »Und dann haben Sie ihn in dem Versteck...«

Stücker gähnte. »Was denn sonst? Das war einer der Gründe, weshalb ich noch hierherkommen mußte.«

Baltasar schnalzte mit der Zunge. »Weshalb haben Sie eigentlich diesen dummen Zettel liegenlassen?«

Stücker machte eine wegwerfende Handbewegung. »Ich konnte ihn in der Eile nicht finden, deshalb.«

Er warf einen Blick auf seine Armbanduhr und stand auf. Neben dem Herd stand eine Thermoskanne.

»Von außen hereingebracht«, sagte Stücker; »hier fehlt es an allem. – Keiner soll sagen, ich ließe meine Gäste verdursten.« Er holte zwei Becher aus dem Schrank, goß Kaffee hinein und stellte einen vor Matzbach ab. Aus einer Schublade holte er einen antiken Strohhalm.

»Hier. Damit ich Sie nicht losmachen muß.«

Baltasar sog am Röhrchen. »Haben Sie keine Sahne?« knurrte er.

Stücker setzte sich wieder, grinsend. »Ich bin kein Hotel.« Er trank einen Schluck.

»Nun denn«, sagte er plötzlich, »es bleibt noch Zeit, und ich könnte mich genausogut mit Ihnen unterhalten. Wie haben Sie mich erwischt, Sie Sherlock Holmes?«

Baltasar versuchte seine Finger zu bewegen. Er hatte ein taubes Gefühl in den Händen. »Durch meine kleinen grauen Zellen und Ihre Fehler und Leistungen.«

Stücker verzog das Gesicht. »In der Eile sind Fehler. Was wissen Sie?«

Baltasar grinste. »Bevor Sie auf den Gedanken kommen, mich mit Blei zu tätowieren, will ich Ihnen sagen, daß alles, was ich weiß, der Polizei schriftlich vorliegt. Sie wissen, nehme ich an, daß der Ort abgesperrt ist und Ihre Villa bewacht wird?«

Stücker nickte. »Es würde nichts ändern, wenn ich beschlösse, Sie umzulegen. Aber wozu? Mir ist schon klar, daß Sie nicht ohne Rückendeckung auftauchen. Andererseits« – er blickte wieder auf die Uhr und grinste spöttisch – »können Sie mich nicht mehr aufhalten, und der arme alte Rentner Bensemeier, der manchmal mit dem Polizeichef Skat gespielt hat, wird ja wohl kaum von den Posten verdächtigt werden. Außerdem gibt es noch ein paar Entschlüpflöcher . . .«

Baltasar runzelte die Stirn. »Ich hätte mir denken sollen, daß Sie sich nicht mir zu Ehren verkleidet haben.«

Stücker lachte. »Nein, selbst wenn ich mit Ihnen hier gerechnet hätte. Das war meine sichere zweite Persona, wenn Sie so wollen, und es hat nie jemand bemerkt, daß Bensemeier und der Villenbesitzer Stücker nie gleichzeitig in St. Peter-Ording waren. Übrigens hat auch Stücker mit dem Polizeichef Skat gespielt.«

Baltasar musterte ihn finster. »Es ist noch vieles offen. Durch Ihre Eile haben Sie mich daran gehindert, in Frieden zu Ende zu forschen.«

Stücker klopfte auf den Tisch. »Na schön, machen wir ein Quiz miteinander. Ich bin ein entgegenkommender Gastgeber, und es spielt ohnehin keine Rolle mehr. Also, wie haben Sie mich gefunden, und was haben Sie herausgekriegt?«

Baltasar sog wieder an seinem Strohhalm und verbrühte sich die Zunge. Er fluchte leise.

»Nun ja«, sagte er dann, »sicher war ich erst in dem Moment, als Sie sich von mir haben bluffen lassen, in Sachen Geometrie. Es lebe die argentinische Literatur.«

Stücker nickte versonnen. »Ja. War dumm von mir, aber einen Moment war ich wirklich unsicher. Sie werden jedoch zugeben müssen, daß es nicht schlecht gedacht war.«

Baltasar grinste. »Ohne Ihre Eitelkeit fördern zu wollen: Es war gut. Hinterlassen Sie immer solche Spuren?«

»Nicht immer. Nur bei den Projekten, die es wert sind. Sie werden zum Beispiel gelegentlich dort, wo ich zuständig war, unter hundert Säulen eine finden, die asymmetrisch ist, oder so. Aber lassen wir das. Weiter.«

»Ja. Dann haben Sie mich reichlich durchsichtig aus dem Haus komplimentiert, mit Ihrer verheirateten Gespielin. Ich habe mich ein bißchen auf Posten gestellt und den Kistentransport beobachtet. Was ich nicht verstehe, ist Ihr Leichtsinn mit dem Wagen.«

»Nicht meine Schuld. Ich hatte meine ... Freunde um einen neutralen Wagen gebeten, zur Sicherheit. Ich wußte zwar nicht, daß die Beziehungen zwischen uns und dem Wirt bekannt waren, aber man muß sich vorsehen. Jemand hat dann angeordnet, daß doch dieser Wagen genommen werden sollte. Ich habe fast das Gefühl, man wollte die Kontakte zur Kölner Gastronomie abbrechen und den deutschen Behörden einen Köder servieren. Egal. Schlecht war nur, daß ich mit Beobachtung rechnen mußte, von Ihnen oder von der Polizei, und daß damit meine Zeit knapp wurde.«

Baltasar rümpfte die Nase.

»Was war denn in den Kisten?«

»Papiere und ungefähr eine Million Mark in bar.«

Baltasar pfiff durch die Zähne und rechnete. »Das macht ungefähr eine Viertelmillion in Rubel, eh?«

»Gilt aber nicht. Ich habe mir durch wichtige Dienste einige Gegenleistungen des Vaterlands aller Werktätigen erworben. Dazu gehört eine Pension, und außerdem wird alles eins zu eins eingetauscht. Immerhin ist eine Million in harten Devisen nicht unwichtig. Das alles wird reichen, um ein paar Jahre in der Mongolei Bergziegen zu jagen. Und in Sibirien zu angeln. Ein ruhiges, beschauliches Dasein mit Bewegung und Lektüre. Natürlich sind die Reisemöglichkeiten begrenzt. Aber Kuba und Angola sind auch nicht zu verachten.«

»So ungefähr habe ich mir das gedacht. Wie gesagt, wichtig war Ihr Fehler bei meinem Geometriebluff. Danach fiel mir ein, was Sie in Köln so alles verzapft haben. Zusammen mit den Unterlagen über Ihre Arbeit ergab das ein völlig idiotisches Bild. Bis ich auf den Gedanken kam, alles aus einem ganz anderen Winkel zu sehen.«

Stücker faltete die Hände und blickte ihn interessiert an. »Was haben Sie sich denn in Ihrem dicken Kopf gedacht?«

»Mir war rätselhaft, wie man Intelligenz und Neigung zu schönen Dingen mit den völlig irrsinnigen Projekten vereinbaren soll, die Sie immer befürwortet und durchgezogen haben.«

»Sie haben recht. All die Projekte waren und sind kompletter Blödsinn.«

»Dann habe ich mir gedacht, daß Sie, um zu Macht und Geld zu gelangen, einfach skrupellos Unsinn verkauft haben. Aber Macht und Geld hätten Sie auch anders bekommen können.«

»Wohl wahr«, sagte Stücker; »habe ich auch.«

»Dann kam mir der Verdacht, Ihre politischen Scherze könnten vielleicht Ernst sein, finsterer Ernst. Und ich dachte an Ihre Rede, daß für etwas nicht unbedingt die Zeit abgelaufen sein muß, wenn man den Willen hat, die Uhr zu manipulieren. Dieser Satz brachte mich, wörtlich genommen, überhaupt erst auf die Idee, Ihr Alibi anzuzweifeln. Vielleicht, überlegte ich, hat er es selbst wörtlich genommen. So kam ich auf den verstellten Wecker.«

»War doch ein guter Einfall, oder?«

Baltasar nickte. »Was aber hätten Sie getan, wenn Eva einen Radiowecker hätte?«

Stücker lächelte kalt. »Ich hatte zwei andere Damen in petto, beide mit Wecker. Sie sind allerdings nicht rothaarig, deshalb war dies im Rahmen der Geometrie die beste Möglichkeit.«

Baltasar machte große Augen. Beinahe andächtig sagte er: »Dann wird mir die Symbolik Ihrer Handlungen erst völlig klar. Ich muß Ihnen noch ein Kompliment machen.«

Stücker neigte dankend den Kopf. »Borges hat mich auf viele Ideen gebracht. Ich wollte eine persönliche, wenn auch nur wenigen lesbare Spur hinterlassen, die als Beweis nicht ausreicht. Vielleicht hätte ich es ohne diese Eitelkeit besser und unauffälliger machen können. Die Nähe von Zeugung und Tod, die Farben und die Formen.« Er lächelte.

Baltasar fühlte seine Hände nicht mehr. »Stücker, dachte ich, ist nicht nur in Sachen Grammatik für *Law and Order*, sondern überhaupt für strenge Regeln. Es könnte sein, daß Sie mit Ihren Projekten die Macht der Zentrale gegen die Bevölkerung stärken wollten. Um auf diese Weise den von Ihnen so gesehenen Untergang des Abendlandes aufzuhalten.«

Er warf einen Blick aus dem Fenster, das vermutlich nach Westen ging.

Stücker folgte dem Blick und deutete auf die Gitter. »Schreien Sie ruhig. Der ganze Block ist leer, bis auf uns, und im Park ist auch niemand. Weiter, bitte.«

»Ich habe Ihre Reden über das Imperiale hin und her gewendet. Alle Imperien bauen auf dem Befehl des Starken über den Schwachen auf, eben *imperare*. Dann dachte ich, Stücker ist zu intelligent, um sich einzubilden, durch derartige Aktionen in der unwichtigen Bundesrepublik den Untergang der westlichen Welt aufhalten zu können. Indem er die Starken, sprich Bürokratie und Industrie, bei Projekten unterstützt, die nichts stärken, sondern durch Zerstörung vieles schwächen. Die Uhr des westlichen Imperialismus läßt sich bestimmt nicht in Bonn zurückdrehen. Außerdem ist sie völlig abgelaufen.«

Stücker blickte demonstrativ auf die Uhr. »Machen Sie schneller«, sagte er, »ich habe nicht mehr viel Zeit.«

Baltasar seufzte. »Sie gehören offenbar zu den Leuten, die hinter einem freien Spiel der Kräfte gleich Chaos vermuten. Übrigens eine sehr deutsche Gewohnheit. Die Erkenntnis, daß Demokratie eine Form von stabilisierter Unordnung sein muß, hat sich bei unseren Landsleuten nie durchsetzen können. Sie wollen immer Ruhe und den starken Mann. – Jedenfalls habe ich beschlossen, Ihre geäußerte Sehnsucht nach einer *pax britannica* oder *pax romana* wörtlich zu nehmen. Stücker will, dachte ich, Frieden um jeden Preis. Es soll nicht Konkurrenz sein, nicht Debatte, sondern einer soll herrschen, damit keiner streite. Diskussion ist verbaler Unfriede, ja? Pluralismus Chaos, wie? Dann begriff ich, daß nicht *unsere* Republik das Erbe der preußischen Ordnungsvorstellungen angetreten hat, denen Sie offenbar anhangen. Die DDR ist das wahre Deutschland, in dieser Hinsicht. Und nicht der Westen, sondern der Osten ist politisch und militärisch imperial. Wenn wir die bald in Agonie fallenden westlichen Wirtschaftsknebel aus dem Spiel lassen. Die können, wenn es hart auf hart geht, nur vor Ort von Soldaten zugedreht werden. – Also haben Sie sich gesagt: Wer es ist, ist mir gleich, nur soll einer herrschen, daß dieser Unfriede ein Ende habe. Also *pax sovietica.*«

»Richtig«, sagte Stücker. »In meinem Herzen habe ich das erwogen, als die Alliierten, die westlichen, am 17. Juni 1953 nichts taten. Endgültig beschlossen habe ich es, als sich der Westen am Suezkanal freiwillig die Hosen auszog, während die Sowjetunion in Ungarn demonstrierte, was Imperialismus ist.«

Baltasar räusperte sich und verschluckte einige Einwände. »Wahrscheinlich«, sagte er mit düsterem Gesicht, »haben Sie sich dann überlegt, wie Sie die Agonie des Westens beschleunigen könnten. Und Sie sind zu mehreren Schlüssen gekommen. Erstens, zum Beispiel, daß die Bundesrepublik zwar unbedeutend ist, wenn es um eine Belebung des Westens geht, aber wichtig bei seiner Verteidigung. Zweitens, daß es Wege gibt, diese Position zu schwächen, die gründlicher und effektiver sind als das Ausforschen neuer Waffensysteme.«

Stücker verschränkte die Arme vor der Brust und lächelte. »Genau so ist es«, sagte er mit einer gewissen Wärme in der Stimme. »Und ich gebe Ihre Komplimente zurück. Ihre Analyse meiner Überlegungen ist zutreffend. Vietnam und, natürlich zeitlich versetzt, Afghanistan, Angola und so weiter haben mich immer wieder in meinen Plänen und Wünschen bestärkt.« Er entschränkte die Arme wieder, faltete dafür die

Hände hinter dem Kopf und legte ein Bein auf die Tischkante. »Was, glauben Sie, hätte, sagen wir, Caesar im Fall Vietnam getan? Er wäre zu Fuß nach Hanoi gegangen. Man kann einen Gegner erst ausschalten, wenn man seine Basis angreift. Als die Amerikaner diese fiktive Grenze am soundsovielten Breitengrad respektierten, außer in der Luft, und obwohl sie wußten, daß General Giap anders verfuhr, war mir völlig klar, daß sie nicht gewinnen konnten. Weil sie, letzten Endes, nicht gewinnen wollten, denn die ehrwürdige Parole von der Verteidigung der Freiheit und die Frage der wirtschaftlichen Einflußsphären, all das reicht nicht aus, wenn der Herrschaftswille fehlt. Die Engländer um 1850 hätten das anders gemacht, und die Vietnamesen aus Hanoi haben es anders gemacht. Sie bestimmen heute im Süden, in Laos und Kambodscha, nach diesem üblen Zwischenspiel. Und die Russen machen so etwas auch anders. Sie sind zu Fuß nach Kabul gegangen.«

Baltasar leckte sich die Lippen; er hatte einen schalen Geschmack im Mund. »Der Gedanke ist Ihnen nie gekommen, daß man vielleicht friedlich und in Gleichberechtigung miteinander verfahren könnte? Ich meine, die anderen Varianten haben wir in den letzten vier Jahrtausenden reichlich durchprobiert, und es ist wenig Gutes dabei herausgekommen.«

Stücker zog eine verächtliche Grimasse. »Das ist etwas für Träumer. Wenn zwei Leute Waffen haben, aber einer von ihnen sie eigentlich nicht anwenden will, ist das Endergebnis vorhersehbar. Ich halte mich an die Realität, und die heißt Fressen oder Gefressenwerden, Befehlen oder Gehorchen, Siegen oder Untergehen. Deshalb habe ich mich auf die Seite der künftigen Sieger gestellt und versucht, die Sache zu beschleunigen. Und«, sagte er fast andächtig und mit einer gewissen Majestät, »nennen Sie mir eine Möglichkeit, einen Gegner schneller zu schwächen als so. Durch wahnsinnige Projekte, die Geld verschleudern, das anderswo dringender gebraucht würde. Durch gründliche Zersetzung der ökologischen und damit letztlich ökonomischen Basis. Vor allem aber durch Desillusionierung der Bevölkerung. Glauben Sie, wenn es demnächst zum großen Showdown kommt, daß noch viele Leute bereit sein werden, vor allem junge, diese marode Republik und ihre blinden Bürokraten mit der Waffe zu verteidigen? Ein geschwätziges Vaterland leerer Sonntagsreden, das seinen Bewohnern nicht einmal anständiges Trinkwasser anbietet? Vor allem: wozu? Was ist da noch wert, verteidigt zu werden?«

Baltasar bildete sich ein, seine tauben Finger zu bewegen. Halblaut sagte er: »Oh, es gibt einige Freiheiten.«

Stücker lachte spöttisch. »Was zählt das? Die bürgerlichen Freiheiten, das ist eine angenehme Erfindung der Europäer aus den letzten anderthalb Jahrhunderten. Fragen Sie mal einen Chinesen, Afrikaner oder Südamerikaner, was er davon hält. Ich bin dafür, daß wir wieder zu den wichtigen Dingen zurückkommen. Macht, zum Beispiel, und das Überleben der Gattung, nicht die Freiheit der vielen, die ohnehin nichts damit anfangen können als vor der Glotze zu sitzen. Der Kreml und der Vatikan wissen, daß das Individuum nicht zählt. Und der Kreml hat mehr Divisionen. Die Visionen überlasse ich da gern dem Papst.«

»Aber wie vereinbaren Sie Individualist und Genußmensch das mit Ihren eigenen Wünschen?«

Stücker winkte ab. »Ich bin kein Teilchen in der Maschine«, sagte er stolz, »ich bin Treibriemen. Damit habe ich, was ich will, Macht, und die Möglichkeit, sie zu nutzen. Das ist meine Lust, die mir bei der Beschaffung anderer Lüste hilft. Ihre bürgerlichen Freiheiten sind für jene da, die selbst zu schwach sind. Ich habe hier die Freiheit dessen gehabt, der Macht und Geld besitzt, und ich werde auch in jedem anderen System oben sein.«

Er lächelte, beinahe wehmütig. »Ach, wenn ich an die nützlichen Idioten der bundesdeutschen Administration denke. Es war so schön, mit ihnen zu spielen. Vielleicht werde ich mich langweilen.«

Baltasar hustete. Er sehnte sich nach einer Zigarre. »Dieser Terminus«, sagte er mühsam, »wird ja eigentlich hier anders angewendet. Ich meine die nützlichen Idioten.«

Stücker grinste. »Ja. Nett, nicht? Wer arbeitet denn dem Gegner in die Hände? Der, der sich gegen Mißstände wehrt, oder der, der sie verursacht?« Er blickte auf die Uhr und nahm das Bein vom Tisch. »Es wird Zeit.«

Baltasar bewegte auffordernd den Kopf. »Moment, es gibt noch reichlich Fragen. Ich weiß, daß und wie Sie Naumann erschossen haben; ich nehme an, weil er etwas wußte. Aber was war es genau?«

Stücker zögerte. Dann lachte er. »Es spielt, wie bereits mehrfach gesagt, keine Rolle mehr. Eigentlich ist es ganz einfach. Sie haben wahrscheinlich Ihre Vermutungen, können aber nichts beweisen, nicht wahr?«

Baltasar nickte. »Ich denke zum Beispiel an unredliche Ausnutzung noch nicht spruchreifer Projekte.«

»Nett gesagt. Ja, natürlich. Als Gutachter habe ich oft Vorstudien zu Projekten angefertigt, die erst lange danach definitiv beraten wurden. Natürlich war ich wie alle verpflichtet, meine Kenntnisse nicht auszunutzen. Man muß sich vorsehen. Ich habe, wann immer etwas Interessantes anstand, dafür gesorgt, daß unbescholtene Leute namens Meier, Müller oder Schmitz mit Geld, das mir gehörte, wertlose Grundstücke kauften, die später plötzlich für eine Autobahn oder einen großen Verwaltungsbau benötigt wurden. Ein Teil des Ertrags blieb natürlich bei den Müllers & Co. Außerdem mußte ich gelegentlich in die Zuneigung wichtiger Leute investieren ...«

Baltasar sog wieder an seinem Strohhalm; der Kaffee war inzwischen kalt. »Ich schätze, daß einige der von Ihnen geförderten Projekte durchgeführt wurden, weil Sie nicht versäumt hatten, die zuständigen Beamten in bar zu überzeugen.«

Stücker grinste wieder. »Sie drücken das so fein aus, Matzbach; ich glaube, wir hätten gute Freunde werden können. – Egal. Leider war ich nicht immer so vorsichtig. Ein- oder zweimal habe ich als Strohmann einen Menschen genommen, der in den letzten dreißig Jahren seines Lebens ein Schläfer des KGB war. Wissen Sie, was ein Schläfer ist? Einer, der vielleicht einmal aktiviert wird, sozusagen auf Abruf, aber bis dahin völlig normal lebt und nicht auffällt. Dieser Mann hatte mir vor Jahren für einen Grundstückskauf im Zusammenhang mit der Ramersdorfer Autobahn seinen Namen geliehen. Jetzt ist er tot.«

Er seufzte und starrte ins Leere. Dann schüttelte er den Kopf und fuhr fort.

»Man ist nie vorsichtig genug. Mit seinem Tod wäre eigentlich alles erledigt, aber leider habe ich in ihm eine Art Zuneigung geweckt. Nun kommen ein paar blödsinnige Zufälle zusammen. Vor kurzem ist ein KGB-Mann in Washington abgesprungen und hat seinen neuen Gastgebern eine Namenliste überreicht. Ich stehe nicht darauf, aber der teure Verstorbene, der Schläfer. Dieser hat, wegen der erwähnten freundschaftlichen Gefühle und weil er sonst kaum Anhang hatte, mich in seinem Testament bedacht. Das Testament hat ausgerechnet Naumann aufgesetzt. Daher kannte er meinen Namen. Dann wurde ich gewarnt, wegen der Liste. Ich habe also beschlossen, langsam meine Zelte abzubrechen und alles in Sicherheit zu bringen. Nach all den Jahren habe ich natürlich keine Lust, in einem hiesigen Gefängnis zu enden. Ich ziehe bescheidenen Luxus vor.«

Er legte das andere Bein auf die Tischkante und starrte Matzbach an.

»Zweiter Zufall ist folgender. Naumann arbeitete mit einem bestimmten Makler zusammen. Ausgerechnet diesem Makler habe ich mein Haus in Oberdollendorf angeboten, ausgerechnet zu einem Zeitpunkt, als Naumann ein Objekt außerhalb der City suchte, weil er seine Altbauwohnung satt hatte. Eines Tages kam er mit dem Makler zu einer Besichtigung. Ich hätte meinen Rückzug komplett allein durchführen sollen, nicht über Makler, sondern über Anzeigen oder so. Leider hatte ich ja noch ein paar andere Sachen zu tun. Der dritte Zufall brachte die Sache endgültig ins Rollen. Der Bundesrechnungshof ermittelt wegen finanzieller Unsauberkeiten beim Ramersdorfer Autobahnbau. Mein Kontaktmann im Verkehrsministerium hat plötzlich Feuer unter dem Hintern bekommen und sich überlegt, ob er auf dem Weg einer Selbstanzeige mit folgendem freiwilligen Ausscheiden einem Verfahren wegen Bestechung im Amt mit Entlassung und anderen Folgen entgehen kann. Er hat sich ausgerechnet Naumann als Anwalt ausgesucht, um die Pros und Contras durchzusprechen. Dabei hat Naumann ihn davon überzeugt, daß, wenn überhaupt, nur rückhaltlose Offenlegung aller Einzelheiten ihm helfen kann. Also hat er Naumann meinen Namen genannt. Er hat mich zwar anschließend gewarnt, aber da war alles zu spät.«

Stücker seufzte abermals und nahm das Bein vom Tisch. Er stand auf, blickte auf die Uhr, legte die Hände auf den Rücken und begann im Zimmer auf und ab zu gehen.

»Vierter Zufall. Jemand hat Wind von der KGB-Liste bekommen und in einem unsäglichen Lokalblatt einen Bericht veröffentlicht mit dem Titel: ›Unbescholtener Bürger KGB-Agent?‹ Der Bericht enthielt nur Initialen und vage Andeutungen der Wohngegend des Verstorbenen. Naumann hat ihn gelesen und sich alles zusammengereimt. Dann hat er mich angerufen und mir am Telefon auf den Kopf zugesagt, daß ich a) besteche und b) mit dem KGB zusammenarbeite und welche Vorschläge ich hätte, um ihn von einer Anzeige abzuhalten.«

Baltasar blickte Stücker nachdenklich an. »Das erklärt Ihre plötzliche Hast und die verschiedenen Fehler, die sich aus der Eile ergaben.« Er schwieg einen Moment, setzte dann hinzu: »Aber wie kam die KGB-Geschichte in Pressezirkel?«

»Was bleibt in Bonn denn geheim? – Egal, jedenfalls mußte

ich meinen Rückzug beschleunigen, meine, hm, Latifundien verkaufen, unter Preis und schnell, und zusehen, daß ich vor dem großen Gewitter verschwinde. Naumann wurde ungeduldig. Ungefähr eine Woche vor seinem, eh, Ableben habe ich ihn angerufen und ihm gesagt, wir könnten uns unauffällig in Köln, bei der Verbengesellschaft, treffen. Da war er, kurz bevor die Sache kritisch wurde, erstmals aufgetaucht. Das wäre natürlich blöder Zufall Nummer x. Ich hatte noch keine genauen Pläne. Der Zufall ergab es, daß es heiß war und alle ihre Jacken auszogen. Da habe ich beschlossen, etwas zu tun. Ich kannte mich ja in dem Haus aus und wußte, daß in einer bestimmten Schublade Wachskerzen lagen. Ich habe Abdrükke seiner Schlüssel gemacht und sie zu einem Schlosser gebracht, der ebenfalls zu meinen Freunden von der anderen Seite gehört. Sie haben bestimmt Verständnis dafür, daß ich den Namen nicht nenne.«

Er blieb stehen, lehnte sich an die Tischkante und lachte.

»Naumann war dumm. Ich hatte nicht vor, ihm etwas zu tun, wenn es nicht unbedingt sein mußte. Er wollte eine knappe Million. Ich habe versucht, ihn zu vertrösten. Ich wollte sehen, ob ich nicht alles über die Bühne bringen und verschwinden kann, bevor er ungeduldig wird.«

Er zuckte mit den Schultern.

»Das ging leider nicht. Ich wurde meine Häuschen und mein Geschäft nicht so schnell los, und nach all der Arbeit will ich natürlich nicht mit leeren Händen abhauen. Jedenfalls rief Naumann mich dienstags an und sagte, wenn er nicht bis Donnerstag früh Geld sähe, würde er reden. Dann habe ich mir mein Alibi verschafft, wie Sie wissen, und es war ein Vergnügen, und dann habe ich Naumann besucht. Ich nahm an, daß er wohl nicht so dumm wäre, in der Kanzlei Schriftsätze herumliegen zu lassen, die ihn indirekt belasten, wegen Erpressung und so, und daß er sie, wenn überhaupt, so spät wie möglich in der eigenen Wohnung anfertigt. Ich habe alles gefunden, es lag sauber in der obersten Schreibtischschublade, Original und

Durchschläge. Ich brauchte nicht lange zu suchen. Danach hatte ich wieder Zeit, bis Sie mit Ihrer dicken Nase kamen. Dann mußte ich endgültig die Uhren vorstellen, um bei dem schönen Bild zu bleiben.«

Baltasar musterte sein Gegenüber. »Warum haben Sie nicht versucht, mich umzunieten?«

»Pfui, welch häßliches Wort. Also, dafür gab es zwei Gründe. Erstens war ich inzwischen mit dem Verkauf so ziemlich fertig, bis auf die Villa hier oben. Zweitens war mir klar, daß Sie nicht versuchen würden, mich zu erpressen, und daß Sie infolgedessen vermutlich Ihre Kenntnisse würden weitergegeben haben oder, zumindest, daß Sie irgendwo einen Briefumschlag hinterlegt hätten, mit der Aufschrift ›Bei meinem Ableben zu öffnen‹ oder so. Deshalb. Außerdem haben mir Ihre Konjunktive gefallen.«

Stücker blickte wieder auf die Uhr. »Ich muß gehen.« Er griff nach seinem schäbigen Mantel, setzte die Pelzmütze auf und war wieder der Rentner Bensemeier.

»Danke für die Warnung im Restaurant«, sagte er dabei. »Als Sie mit Eva reinkamen und die Kisten erwähnten, wußte ich, was die Uhr geschlagen hatte.«

Baltasar konnte es sich nun nicht verkneifen, seinerseits zu grinsen. »Das war Ihr letzter grober Fehler. Ich hatte nämlich immer noch nichts gegen Sie in der Hand und hätte auch noch nichts unternommen. Erst als Sie jählings aufgebrochen sind und dabei von Philippi geredet haben, Sie Caesareneleve, habe ich beschlossen, den lieben Kommissar über die Autonummer des Kistentransporters zu informieren. Sie hätten also noch Zeit gehabt.«

Stücker verzog das Gesicht. »Na ja, ist jetzt egal. Haben Sie mich also zweimal geblufft. Sehr gut.«

Baltasar nahm das Kompliment ungerührt hin. »Was ich nicht verstehe, ist, was Sie unbedingt noch in St. Peter-Ording zu tun hatten.«

Stücker holte Matzbachs Pistole aus seiner Manteltasche und

legte sie auf den Schrank. Baltasar konnte sie zwar sehen, aber sie war für ihn unerreichbar weit weg.

»Habe ich Ihnen doch schon gesagt«, knurrte Stücker. »Lauren mußte weg. Das hätte natürlich ein Kollege erledigen können, aber ich dachte ja, es wäre eilig. Außerdem hatte Lauren für mich die Villa verkauft und das Geld in bar bei sich.« Er hob eine Aktenmappe hoch, die unauffällig neben dem Schrank gelehnt hatte.

»Ein kleines Taschengeld. Schließlich hatte der gute Stükker, den es nicht mehr gibt, als Bensemeier viele interessante Dinge gesammelt: Unterlagen, Papiere, Sie wissen schon. Nicht einmal Lauren wußte von dieser Wohnung hier. Das mußte jetzt alles verschwinden. Nun, das habe ich diesen Morgen erledigt, bevor Sie aufgetaucht sind. Es waren hübsche Papiere dabei, über vielerlei Projekte in dieser Republik.«

Matzbach ächzte. »Wollen Sie damit sagen ...«

Stücker grinste diabolisch; Bensemeiers Spitzbart zuckte. »Meinen Sie, ich sei der einzige gewesen? Wissen Sie, der Kapitalismus hat zwei Nachteile. Erstens, daß er den Sozialismus mit Technik, Geld und Getreide subventioniert. Und zweitens, daß er sich selbst so gekonnt untergräbt. Dem kann man leicht nachhelfen, und dazu braucht man nicht viel Aufwand. Mißverstehen Sie mich nicht. Ich habe nichts gegen den Westen. Hier habe ich sehr angenehm gelebt. Jetzt werde ich sehr angenehm weiterleben, denn die materiellen Mittel habe ich. Andere machen im gleichen Sinn weiter, und deshalb mußten die Papiere verschwinden. Wenn Sie von wahnsinnigen, teuren und schädlichen Projekten hören, denken Sie an mich und meine Freunde.«

Er öffnete die Tür und zog den Schlüssel ab, der bisher innen gesteckt hatte.

»Verlieren Sie nicht die Nerven«, sagte er. »In drei, vier Stunden bin ich in Sicherheit, dann werde ich den zuständigen Leuten mitteilen, wo man sie findet. Ich werde noch ein wenig westliche Schokolade kaufen, als Proviant für den armen alten Bensemeier, und dann geht es los.«

Er winkte mit dem Spazierstock und lächelte mitleidig. »Übrigens können Sie erzählen, was Sie wollen, es wird Ihnen doch keiner glauben. Die Uhr, mein Lieber, ist abgelaufen. Grämen Sie sich nicht.«

Er salutierte mit dem Spazierstock. Dann ging er hinaus und zog die Tür zu. Baltasar hörte, wie sich der Schlüssel im Schloß drehte. Langsam leiser werdend entfernten sich die Schritte des Mannes auf dem Gang. Dann war alles still.

V

Baltasar wartete einige Minuten, um sicher zu sein, daß Stücker nicht zurückkehrte. Dann stieß er einen heftigen Fluch aus. »Manche Leute«, knurrte er, »unterschätzen sowohl die Beweglichkeit als auch das Gewicht dicker Menschen.« Er begann, unter Einsatz aller noch einigermaßen beweglichen Muskeln, den Stuhl zu bewegen. Durch mächtiges Vorwölben des Bauchs erreichte er es Millimeter für Millimeter, daß der Abstand zwischen dem Tisch und ihm sich vergrößerte. Dann versuchte er, den Stuhl zum Wackeln zu bringen. Arme und Beine konnte er nicht bewegen, wohl aber die Füße, mit denen er sich vom Fußboden abdrückte, und den Kopf, dessen wildes Pendeln die Füße unterstützte.

Kurz hinter ihm stand ein Teewagen. Wenn er sich bei seinen letzten Blicken durchs Zimmer, ehe er gefesselt wurde, verschätzt haben sollte, würde sein Nacken die Rechnung begleichen müssen.

Nach und nach gelang es ihm, den Stuhl rückwärts zu verschieben. Dann begann er, mit aller Macht zu schaukeln.

Krachend stürzte das hölzerne Möbelstück unter dem Gewicht von zwei Zentnern Matzbach auf den Teewagen und zerbrach. Baltasar brüllte vor Schmerz, als die Wucht des

Sturzes den Rücken traf, aber nach dem ersten Schock spürte er keine weiteren Schmerzen; er konnte sich teilweise bewegen. Durch Zerren und Krümmen erreichte er, daß die Schnur sich von der zersplitterten Stuhllehne löste. Seine Arme waren zwar noch zusammengebunden, aber er konnte sie immerhin um einige Zentimeter bewegen, hinter dem Rücken.

Er gönnte sich einige Minuten, um durchzuatmen und sich zu konzentrieren.

»Die tapferen Strampelbeinchen«, murmelte er mit zusammengebissenen Zähnen, »los!«

Nun, da er nicht mehr in sitzender Haltung gefesselt war, schaffte er es, wenn auch unter Aufbietung aller Kräfte, die Bauch-, Gesäß- und Beinmuskulatur einzusetzen. Die Stuhlbeine ächzten und brachen. Schwer atmend rollte er sich durch den Raum, bis er mit dem Bauch auf einem der abgesplitterten Holzteile lag. Ohne Rücksicht auf Hemd und Haut begann er, die Schnur über die Bruchstücke zu reiben.

Nach etwa einer Viertelstunde war er frei. Schwitzend, mit schmerzendem Rücken und einer leicht blutenden Wunde über dem Magen genoß er das Kribbeln in seinen Händen; dann suchte er das Becken in der Kochnische auf, um die kleine Wunde zu spülen. Kein Wasser. Offiziell war niemand im Haus, das Wasser mußte also abgestellt sein.

Er riß einen Fetzen aus dem Hemd, tupfte das Blut ab und zog einige Splitter aus der Haut. Dann warf er den Fetzen fort und griff nach seiner Jacke. »Allerletzte Runde«, knurrte er dabei.

Die Pistole auf dem Schrank war geladen; Stücker hatte sich sicher genug gefühlt, deshalb hatte er nicht weiter an die Waffe gedacht.

Matzbach musterte die stabile Holztür. Knurrend richtete er die Pistole auf das Schloß und feuerte viermal. Die Schüsse im geschlossenen Raum betäubten ihn beinahe. Mit singenden Ohren tat er den letzten Schritt. Er steckte die Waffe ein, packte die Klinke mit beiden Händen, stemmte ein Bein gegen die Wand und riß die Tür auf. Dann rannte er durch die Gänge, nahm die Treppen im Laufschritt, schoß, wie ein Pfropfen aus der Flasche, aus dem Eingang und rannte dorthin, wo er den zivilen Polizeiwagen gesehen hatte. Die Männer saßen noch immer unauffällig hinter ihren Zeitungen. Er klopfte an die Scheibe.

»Ja?« Der im Fahrersitz kurbelte das Fenster herunter.

»Matzbach«, sagte Baltasar schwer atmend, »rufen Sie in der Zentrale an, dort wird man Ihnen sagen, was der Name bedeutet.«

Er unterdrückte das Pfeifen seiner Lunge, holte tief Luft und sprach hoheitsvoll: »Sie sollten sich den Namen ohnehin merken. Übrigens läuft Stücker hier, verkleidet als der Rentner Bensemeier, durch die Gegend.«

Die Männer blickten einander an. Der Beifahrer zog ein Sprechfunkgerät unter dem Sitz hervor.

»Na schön«, sagte er. »Da Sie den Namen Stücker kennen, wollen wir das mal weitergeben. Halt, wo wollen Sie hin?«

Aber Baltasar lief bereits weiter. Er erinnerte sich plötzlich an Eigentümlichkeiten der Detailkarte, die er vor Stunden gemustert hatte.

Vor dem vereinbarten Café stand sein Wagen. Er entdeckte Hoff und Goldberg samt Rabe an einem Tisch in Fensternähe und winkte ihnen heftig zu. Sie hatten vorsichtshalber gleich bei der Bestellung bezahlt und stürzten ins Freie.

»Was ist los? Mann, wie siehst du denn aus?«

Baltasar bemerkte erst jetzt, daß seine Jacke offen war. Er wischte die Frage ungeduldig beiseite. »Habt ihr in den letzten Minuten einen alten Mann mit Pelzmütze gesehen?«

Hoff stutzte. »Ja. Der ist eben da drüben in den kleinen Laden gegangen. Warum?«

Baltasar blickte in die angegebene Richtung. In diesem Moment verließ Stücker das Geschäft und schaute zu ihnen herüber.

Baltasar zischte nur »Deckung!« und stieß Hoff, der neben

ihm stand, zu Boden. Hoff versuchte, sich an Goldberg festzuhalten und riß diesen dabei ebenfalls um. Matzbach sprang mit einem Satz hinter seinen Wagen. Stücker schoß zweimal, ließ die Einkaufstüte fallen, die er zusammen mit dem Stock in der linken Hand getragen hatte, und rannte um die Ecke.

»Auf, ihr Männer!« Baltasar riß die Wagentür auf. Dabei knurrte er Hoff an: »Hast du schon wieder nicht abgeschlossen?«

Hoff kletterte auf den Beifahrersitz, Goldberg sprang in den Fond.

»Was ist denn los? Wer ist der Alte?«

Baltasar suchte nach den Schlüsseln in Hoffs Tasche, da Henry nicht daran dachte, sie herauszuholen. Fluchend startete er den Wagen.

»Stücker«, sagte er.

Sie fuhren um die Ecke, hinter der Stücker verschwunden war. Dort lag ein kleiner Parkplatz, und dann begann der Strand. Ein Jeep schoß mit hohem Tempo auf sie zu. Baltasar überflog blitzschnell die Straße mit den Augen. Links standen einige Betonpfosten, um die Zufahrt zum dahinterliegenden Teil des Strandes zu versperren, rechts war die Wand des Gebäudes, in dem sich der Laden befand.

»Festhalten!« schrie er, während er kurbelte und den Wagen querstellte. Der Jeep drehte mit quietschenden Reifen ab und jagte über einige kleinere Stufen auf den Strand hinaus, der jenseits des Parkplatzes nicht durch Betonklötze abgesperrt war. Dort begann der Wagen zu schlingern und zu rutschen, bis es Stücker gelang, ihn zu stabilisieren. Dann jagte er nach Norden.

Hoff, blaß um die Nase, schnallte sich an. »Willst du etwa hinterher?«

Baltasar antwortete nicht, sondern riß die Karte aus dem Handschuhfach. Er warf einige Blicke auf die Ecken, die ihm im Moment wichtig erschienen. »Festhalten, Jungs, es geht rund!«

Damit wendete er den Wagen und brauste los. Nach ein paar Metern fragte er nebenher: »Wie wars bei der Polizei?«

Goldberg auf der Rückbank grinste. »Ziegler läßt telefonisch grüßen. Er bringt dich um, wenn er dich kriegt. Du sollst um Himmels willen auf der Polizeiwache bleiben, am besten in einer Zelle-elle-elle . . .«, der Wagen hüpfte über einige Bodenunebenheiten, die für das vorgelegte Tempo nicht gedacht waren, ». . . und den Kopf einziehen. Es sind ein paar Spezialisten unterwegs, mit Helikopter und so.«

Baltasar steuerte schräg und mit Beschleunigung über eine Eisfläche, fing den Wagen kurz vor einem Baum wieder ab und schrie: »Flugplatz! Natürlich, ich Idiot.«

Hoff klammerte sich an den Haltegriff seiner Tür. »Zugegeben, Idiot«, sagte er schwach, »aber wieso Flugplatz?«

Im Telegrammstil informierte Baltasar sie, daß Stücker in Verkleidung und mit Jeep wohl irgendwohin fahren wollte, daß er von Schlupflöchern geredet hatte und von drei bis vier Stunden, bis er in Sicherheit sein würde.

»Mit Jeep, vielleicht mit Spikes, schafft er das. Die Polizei hat die Straßen gesperrt, die in den Ort führen. Er kommt also über die Straßen nicht raus. Wahrscheinlich wollte er sich auf seine Verkleidung verlassen, aber jetzt weiß er, daß er erkannt ist. Auf den Gedanken, bei dem Wetter und Eis über den Strand zu donnern, ist er vielleicht schon vorher gekommen, als Notlösung. Jetzt ist es seine einzige Chance. Wahrscheinlich wartet auf dem Flugplatz südlich von hier einer mit einer startbereiten Maschine, um ihn mitzunehmen.«

Er zog den Wagen halsbrecherisch um eine Kurve.

»Also Strand und irgendwo östlich wieder auf einen Feldweg – er kennt ja die Gegend. Dann ist er um die Posten herum und kann zum Flugplatz. Von hier ist er schnell über der Nordsee, über Dänemark oder über der DDR.«

Goldberg hielt den Raben fest, dem die Fahrt Freude machte und der wie ein wilder Esel krächzte.

»Vielleicht solltest du uns in Ruhe erzählen, was los ist«, sagte Hoff. »Was ist mit deinem Hemd?«

Baltasar gab keine Antwort. Der Karte nach mußte er nun bald einen Zubringer zum Strand erreichen, der für Autos passierbar war.

»Da«, schrie er, »links. Geht in Deckung!«

Die Zufahrt war gesperrt. Ein kleiner Holz- oder Plastikbock mit einem Schild »Zufahrt gesperrt! Glatteis!« stand mitten auf der Straße. Der Bock flog über den rechten vorderen Kotflügel.

»Plastik!« Baltasar spuckte das Wort aus.

Die Straße überquerte den Deich; sie war stark vereist.

»Ich möchte jetzt nicht in einem Wagen mit Heckantrieb sitzen«, zischte Matzbach.

Mühsam schafften sie es bis zur Deichkrone. Danach ging die Straße scharf nach rechts, abwärts, beschrieb dann wieder einen Bogen nach links und führte zwischen gespenstischen, vereisten Schilffeldern ins Watt, beziehungsweise auf den kilometerbreiten Strand.

Der Wagen rutschte von der schräg nach unten führenden Straße, drohte zu kippen, stellte sich wieder aufrecht und landete auf einem Eisfeld in der Kurve. Fluchend und kurbelnd brachte Matzbach ihn wieder auf die Straße zurück und steuerte ihn strandwärts.

Hoff blickte nach vorn. »Schönes Wetter. Eis, und da vorn dazu noch ein bißchen Nebel.«

Goldberg lachte gequält. »Ich war schon mal hier in der Nähe an der Küste. Das sieht nach einem netten kleinen Seenebel aus.«

Die »Straße« war ein planierter, fast völlig vereister Weg. Nach einigen hundert Metern vorsichtigen Manövrierens zwischen den unübersehbaren Schilffeldern erreichte Matzbach den sommers als Parkplatz vorgesehenen Freiraum zwischen Deich und Strand, Ried und Prielen. Er entdeckte eine weniger vereiste Stelle, steuerte sie an und bremste sanft.

Hoff blickte ihn stirnrunzelnd an. »Was willst du hier?«

Matzbach schlug die Detailkarte auf.

»Hier sind wir«, sagte er. Er deutete mit dem Finger auf eine schraffierte Fläche, neben der ein P zu sehen war. Auf der Karte führte nach rechts, ostwärts, eine gestrichelte Linie vom Parkplatz weg.

»Stücker muß mit seinem Jeep vorsichtig fahren, denn es ist sehr glatt; man scheint hier oben nicht zu streuen.«

»Ist ja genug Sand da, denken die wahrscheinlich«, kommentierte Hoff mit einer Handbewegung zum endlosen Wattenmeer.

»Also braucht er länger als wir. Er wird, denke ich, gleich da vorn links ins Bild kommen. Er muß die Anlagen des Sportclubs umfahren« – er deutete auf die Karte – »und müßte dann da vorn bei diesen komischen Pfahlbauten auftauchen.«

Weit vor ihnen waren undeutlich abstrakte Gebilde zu sehen.

»Dann hat er nur noch eine Möglichkeit. Er muß zum Flughafen; anders kommt er hier nicht weg. Der Flughafen liegt im Süden; alle Zufahrtsstraßen sind von der Polizei abgesperrt. Es gibt aber diese kleine, gestrichelte Linie hier.«

Er wies wieder auf die Karte. Laut Legende handelte es sich bei diesen – und anderen derartigen – Stricheleien um »nicht befestigte Wege, nur mit geländegängigen Fahrzeugen zu passieren«. Der Weg hielt einen Abstand von etwa fünfhundert Metern zum Deich und schwenkte nach einigen Kilometern nach Süden, folgte der Küstenlinie in eine kleine Bucht hinein und traf in der Nähe eines Gehöfts auf eine Nebenstraße.

»Hier kann er raus. Die Kontrollen sind näher am Ort; da unten erwartet ihn keiner.« Matzbach klopfte auf die Karte, etwa dort, wo der Flugplatz eingezeichnet war.

»Hier kann er hintenrum, über Feldwege, den Flugplatz erreichen. Angenommen, da steht eine Maschine mit laufenden Propellern und einem startbereiten Genossen am Steuerknüppel, eh? Stücker braucht sich gar nicht beim Tower zu melden, und alle kleinen Feldwege können unsere grünen Freunde bestimmt nicht kontrollieren. Man hat es ja eilig. Stücker kann wahrscheinlich ungesehen zu der hypothetischen Maschine kommen, und die Gentlemen werden ohne Starterlaubnis starten.«

Er starrte auf die Karte. Weiter vorn gab es noch einen Strichelweg, der auf den anderen stieß. Dann nur noch Wattenmeer und Priele, die so uneben und so stark vereist waren, daß selbst ein Jeep sie nicht würde passieren können.

»Hier auf dem Parkplatz«, sagte Hoff, »kann er uns ausmanövrieren. Außerdem könnte er den kleinen Weg da vorn nehmen. Willst du ihn mit Gewalt stoppen?«

Matzbach grübelte. Schließlich sagte er: »Also müssen wir so weit vorfahren, daß er nicht mehr zu einem dieser Pfade gelangt. Auf, Freunde, wir sperren das Wattenmeer. Pah.«

Hoff spähte nach vorn. »Da«, sagte er, wobei er auf einen Punkt deutete, weit vorn und ein wenig nach links versetzt. »Da kommt er.«

Matzbach beschleunigte, soweit das auf dem Eis möglich war. Schlitternd und hoppelnd bewegte der Wagen sich vorwärts. Sie überquerten die unregelmäßig vereiste Fläche des Strandparkplatzes. Rechts begann eine Reihe von Pfosten, gleichzeitig Markierung und Begrenzung, die anzeigten, wo der Weg zu den auf der Karte eingezeichneten, undeutlich sichtbaren Pfahlbauten im Watt verlief. Links neben dem Weg, der zwar nicht hoch, aber immerhin ein wenig aufgeschüttet war, schien bei anderem Wetter und Flut ein Priel zu sein; dort türmten sich Schollen, in mehreren Ebenen, teils übereinander und mit Höhenunterschieden von bis zu einem Meter.

»Erfreulicher Anblick«, knurrte Matzbach. »Da kommt auch kein Jeep durch.«

Das Eis knirschte unter ihnen. Immer wieder setzte der Wagen vorn und hinten auf. Sie hielten sich neben der Pfostenkette, wenn auch schlingernd.

»Au«, brüllte Hoff, als er wieder an die Decke geschleudert wurde, »die Hydraulik. Und der Auspuff. Oh! Au!«

Schräg links vor ihnen war Stückers Jeep zu sehen. Er hielt sich am Rand des landeinwärts kriechenden Nebels, der die nun sichtbaren Pfahlbauten erreicht hatte. Jenseits der merkwürdigen Konstruktionen verlor sich die Kette der Pfosten im Nebel.

Der Wagen rutschte gefährlich weit nach rechts. Kurz vor der Kollision mit einem der Markierungspfosten gelang es Baltasar, ihn zu fangen. Er gab etwas mehr Gas und spürte, wie die Lenkung wieder packte. Der Jeep hielt deutlich auf das Ende des Weges, nahe bei den Pfahlbauten, zu.

»Da kommt er nicht durch«, sagte Goldberg auf dem Rücksitz. Er hatte den Raben losgelassen und beugte sich vor. Poe turnte krächzend durch die Kabine.

Der Jeep kam ihnen entgegen. Baltasar bemühte sich, den Wagen genau in der Mitte zwischen Pfosten und Eispriel zu halten, um keinen Raum für einen entgegenkommenden Wagen zu lassen.

Sie hatten die hohen Pfahlbauten fast erreicht. Der von der Nordsee kommende Nebel verschluckte das erste dieser Gebäude.

Stücker hielt genau auf sie zu. Es gab für ihn eine winzige Möglichkeit. Kurz vor der ebenen Fläche, aus der die Pfahlbauten aufragten, erweiterte sich der Weg zu einer für mehrere Wagen ausreichenden Park- und Wendestrecke. Dort würde Stücker an ihnen vorbeimanövrieren können. Vielleicht.

Baltasar schnalzte mit der Zunge. »Seine einzige Chance.«

Weiter rechts, jenseits der Pfostenkette, war der vereiste Boden viel zu uneben, fast wie auf der linken Seite, im Eispriel.

»Nun wird es windig. Achtung, Freunde! Die Fährnisse«, setzte er hinzu, »überschreiten alsbald das dem Himmel genehme Maß der leichten Unterhaltung.«

Der Jeep beschleunigte. Matzbach gab Gas, um überhaupt Kontrolle über den Wagen behalten zu können. Es wäre völlig unmöglich gewesen, auf dem vereisten Boden zu bremsen. Beide Wagen rasten schlingernd auf die breite Stelle am Ende des Wegs zu. Stücker schien versuchen zu wollen, hart am Rand des Eispriels zu bleiben. Er wollte Matzbachs Wagen offenbar auf der linken Seite passieren.

Baltasar zog ebenfalls weiter nach links hinüber. Der Wagen gehorchte kaum noch, aber sie erreichten das Ende des Wegs als erste. Vor ihnen ragten die Pfahlbauten empor, vom Nebel beleckt und zum Teil schon verschlungen. Bierreklame zierte eine der Bauten: ein hochtrabendes Strandlokal.

Dann befanden sich die beiden Wagen auf einer spiegelglatten Eisfläche nebeneinander und waren nicht mehr zu kontrollieren. Mit einem fürchterlichen Knall prallten Jeep und Pallas längsseits gegeneinander. Baltasar sah für einen Moment dicht neben sich Stückers aufgerissene Augen.

Der Rabe grölte.

Geisterhaft und mit immer noch hohem Tempo trudelte der Jeep auf einen der massiven Tragpfähle des Restaurants im Watt zu, legte sich elegant auf die Seite; dann krachte er mit dem Heck gegen den Pfahl, wurde herumgerissen, krachte mit der Schnauze gegen einen zweiten der hohen und dicken Tragpfosten, überschlug sich, rutschte in eine ausgespülte Vertiefung unterhalb des Restaurants, knallte gegen eine Betonverankerung und blieb liegen.

Hoff, Goldberg und Matzbach nahmen all dies nur aus den Augenwinkeln wahr, nebelhaft und unwirklich. Baltasar kurbelte wie wahnsinnig und trat das Gaspedal voll durch. Einen Moment lang hatte er die Illusion, er könnte den Wagen noch einmal unter Kontrolle bekommen. Die Lenkung bot Widerstand, die Vorderräder schienen zu greifen. Dann sah er einen der Hauptpfähle des zweiten Hochbaus auf sich zuschießen und schloß entsagungsvoll die Augen.

»Schnöde Welt«, murmelte er. Der Wagen prallte mit dem linken vorderen Kotflügel gegen das massive Holz, tanzte auf dem Eis einen Dreiviertelkreis, blieb an einem anderen Pfahl hängen, rutschte über einen Pfosten hinweg, der nur etwa einen halben Meter hoch war und an dem vermutlich zu anderen Jahreszeiten Boote festgezurrt wurden. Der Pfosten riß den Boden des Wagens auf und brach dabei ab. Der Motor setzte endgültig aus. Mit dem restlichen Schwung schob der Wagen die Schnauze unter eine Querstrebe zwischen zwei Pfählen des mehrfach heimgesuchten Gebäudes.

Stille. Matzbach öffnete die Augen und ließ das Lenkrad los. Neben ihm atmete Hoff seufzend durch.

»Es ist«, sagte Baltasar leise, »noch ein wenig Leben in den Gebeinen.«

Er wandte sich um. Poe hüpfte auf seine Schulter und keckerte. Andreas Goldberg saß bleich auf der Beifahrerseite, in die Türecke gedrückt, überschüttet von Splittern der Heckscheibe, und hielt sich den rechten Arm, der unnatürlich abgewinkelt war.

»Gebrochen«, sagte er und verdrehte die Augen. Dann ließ er den Kopf auf die Brust sinken und stöhnte.

Hoff löste seinen Gurt und blickte Baltasar an. »Wie hast du das ohne Gurt überstanden?« fragte er irgendwie mißbilligend.

Matzbach hob die Schultern. »Ich weiß nicht. Wenns frontal geknallt hätte, wäre ich wahrscheinlich inzwischen ein Teufelchen.«

Er versuchte die Tür zu öffnen, aber sie war durch die Karambolagen zu stark eingedrückt. Hoff lehnte sich gegen die Tür an seiner Seite; sie ließ sich langsam bewegen. Er krabbelte ins Freie; Baltasar kletterte hinterher.

Die hintere Tür war zu öffnen. Vorsichtig halfen sie Andreas aus dem Wagen und klopften die Splitter aus seinem Haar und seinen Kleidern. Dann hievten sie ihn auf den Vordersitz. Wie durch ein Wunder war die Windschutzscheibe heilgeblieben.

»Wir werden versuchen, dich hier möglichst ohne Stoßen wegzukriegen«, sagte Baltasar.

Andreas versuchte ein Lächeln. »Es geht schon«, sagte er leise; »ich darf nur nicht lachen.«

Baltasar streichelte ihm den Kopf. »So ist es richtig, mein braver Grenadier.«

Er wandte sich zu Hoff um, der in eine andere Richtung starrte. »Was macht der Jeep?«

Henry zuckte mit den Schultern. »Gut in Watte verpackt, möcht ich meinen.«

Inzwischen konnte man keine zehn Meter mehr blicken. Baltasar zog die Pistole aus der Jacke, holte das Magazin heraus, nahm ein neues aus dem Handschuhfach und schob es in die Waffe.

»Mal sehen«, sagte er.

Hoff riß die Augen auf. »Du glaubst doch nicht, daß er da heil rausgekommen ist.«

»Genausowenig wie wir.« Matzbach wandte sich an Andreas. »Sicher ist sicher. Wir sehen mal nach. Bleib du inzwischen ruhig sitzen. Wenns knallt, zieh den Kopf ein.«

Andreas nickte vorsichtig.

Baltasar und Henry gingen langsam dorthin, wo sie hinter dem Nebel Stücker und seinen Wagen vermuteten. Poe landete auf Baltasars Schulter.

»Na«, sagte Matzbach, »immer da hin, wo *action* ist, wie?«

Die Szene war gespenstisch. Das ferne, unsichtbare Meer lieferte ein gedämpftes Hintergrundrauschen. Alle anderen Laute erstickte der Nebel. Er hing über allem wie ein wattiertes Deckbett. Die Männer hörten ihre eigenen Schritte kaum, auch nicht das Knirschen des Eises, wenn sie ins Schlittern gerieten. Baltasar stolperte über einen schmutzigen, heißen Gegenstand, der eine Vertiefung ins Eis geschmolzen hatte. Fluchend stand er wieder auf. Seine eigene Stimme klang wie aus weiter Entfernung. »Der Auspuff«, verkündete er. Henry zuckte zusammen, als unmittelbar über ihm eine Möwe einen Klagelaut ausstieß.

Vor ihnen sickerten die Umrisse des Restaurants aus dem Nebel. Nach einigen weiteren Schritten sahen sie den Jeep; er lag auf dem Überrollbügel, das Dach war abgerissen, zwei der Räder drehten sich träge wie Gebetsmühlen.

Plötzlich bewegte sich hinter dem Wagen etwas. Henry gab Matzbach einen Stoß und ließ sich fallen. Baltasar stürzte hinter einer Eiswelle zu Boden. Gleichzeitig hörten sie, gedämpft, einen Schuß, dann einen zweiten. Die Kugeln pfiffen durch die wattierte Luft. Zuckend stürzte eine tödlich getroffene Möwe aus dem undurchsichtigen Himmel in Henrys Nacken.

Baltasar und Henry blieben liegen und starrten zum Jeep hinüber. Die Sekunden verstrichen, dann bewegte sich wieder etwas, nicht genau auszumachen. Der Nebel wurde noch dichter.

Baltasar rutschte zur nächsten Eiswelle. Plötzlich sprang Stücker hinter dem Jeep hervor und rannte nach links, auf einen der Pfähle zu. Er trug etwas in der linken Hand. Baltasar zielte und schoß. Stücker stieß einen Schrei aus, knickte ein, blieb wie ein Fragezeichen stehen, drehte sich um und schoß zurück. Die Kugel ging über Baltasars Scheitel hinweg und blieb mit dumpfem Plopp in einem im Nebel unsichtbaren Pfahl stecken. Poe hüpfte auf den breiten Rücken des Dicken und klapperte mit dem Schnabel.

Baltasar schoß ein zweites Mal, gezielt, ohne sich von dem Raben ablenken zu lassen. Stücker schrie auf, ließ die Waffe fallen und das, was er in der anderen Hand hatte, und hielt sich die Rechte. Baltasar stand auf und näherte sich ihm ein, zwei Schritte.

»Geben Sie auf, Mann«, rief er. »Sie haben doch keine Chance mehr.«

Stücker ließ die verwundete Hand los und verlagerte sein Gewicht auf das rechte Bein. Das linke Hosenbein war blutgetränkt.

»Kein Gefängnis, Matzbach«, sagte er halblaut, fast bittend. Dann bückte er sich und griff mit der linken Hand nach dem Revolver, der zu seinen Füßen auf dem Eis lag.

In diesem Moment startete Poe. Andreas behauptete hinterher, es müsse die Attraktion des Blutes gewesen sein, und Baltasar erinnerte sich Poes erster Attacke auf ihn, als er vor Wochen Großvater Goldbergs Haus betreten hatte.

Stücker richtete sich auf, als er den schwarzen Ball auf sich zukommen sah. Mit einem qualvollen Aufschrei ließ er die Waffe fallen und griff sich an den Kopf. Er erwischte Poe, riß ihn von seinem Gesicht und blieb einen Moment unbeweglich stehen.

Baltasar machte noch ein paar Schritte. Stücker starrte ihm entgegen. Die rechte Hand hing kraftlos herab, in der linken hielt er den zeternden Raben, der plötzlich verstummte, weil Stückers Finger sich verkrampften und ihm das Genick brachen. Dann ließ der Mann den Vogel fallen.

Baltasar hob seine Waffe, ließ sie aber wieder sinken. Er sah, wie Stücker die Zähne fletschte und mit der linken Hand in sein Gesicht faßte. Er tastete nach seinem linken Auge, aber dort klaffte nur die gräßliche Wunde, die Poes Schnabel hinterlassen hatte. Er öffnete den Mund, aber es kam nur ein Stöhnen heraus. Dann drehte er sich um und torkelte in den Nebel hinein.

Baltasar brachte es nicht fertig, die Waffe noch einmal zu heben. Langsam ging er dorthin, wo der Rabe lag, und hob ihn auf. »Kein Heldengrab«, sagte er leise, »aber ein Ehrenfeuer.«

Henry klopfte ihm wortlos auf die Schulter und bückte sich nach Stückers Revolver. Er war blutverschmiert.

»Wo hast du ihn getroffen?« fragte er.

Baltasar schwieg und starrte in den Nebel. »Rechte Hand«, sagte er schließlich heiser, »und linkes Bein. Und Poe das linke Auge.« Er hob den toten Vogel hoch.

Henry blickte auf das Tier und sagte nur: »Aha.«

Baltasar steckte Poe in seine Jackentasche. Leise summend, wie man summt, wenn man im Keller ist oder sich auf eine Melodie konzentriert, um ein Entsetzen zu überwinden, ging er ein paar Schritte, bückte sich, nahm die Mappe auf, die Stücker getragen und verloren hatte, begab sich zum Jeep, blickte in das zertrümmerte Vehikel und wandte sich wieder Henry zu.

»Wenn du«, sagte er leise, »nichts verrätst, verrate ich dir was. Wenn es denn schon sein mußte, hätte ich richtig treffen sollen, um ihm etwas zu ersparen. Ein guter Pistolero wird nie aus mir.«

Henry boxte ihm in den Bauch. »Dafür hast du andere Eigenschaften.«

Baltasar hob die Brauen. »Schluß mit den Sentiments. Zurück zu Andreas.« Er drehte sich um.

»Was ist in der Mappe?« fragte Henry, während sie durch den Nebel stapften.

»Papierchen. Einige beschrieben, die dürften Ziegler & Co. interessieren, andere bunt bedruckt, die mich mehr interessieren. Jetzt jedenfalls.«

Andreas saß blaß auf dem Beifahrersitz, die rechte Hand zwischen zwei Knöpfe seines Mantels geschoben.

»Habt ihr«, fragte er trotzig, wenn auch mühsam, »da hinten einen Western synchronisiert, oder was? Dieses Geballere.«

Sie bastelten mit Binden aus der Autoapotheke einen Notverband und eine Behelfsschlinge, in die er den Arm betten konnte, während sie ihm Bericht erstatteten.

Schließlich bat Baltasar ihn um die Erlaubnis für eine kleine Amtshandlung. Mit einiger Gewalt öffnete er den Kofferraum und holte den Benzinkanister heraus. Dann ging er ein paar Schritte vom Wagen fort, legte Poes Überreste aufs Eis, begoß sie mit Benzin, suchte nach Streichhölzern und riß eines an, das er in die Lache warf.

Stumm betrachteten sie das Feuerwerk; als alles verbrannt war, zerstreuten sie die wenige Asche.

Baltasar ging um seinen zertrümmerten Wagen herum und schnaubte.

»Na ja«, sagte er, »hast dich tapfer geschlagen. Und ich brauchte sowieso einen neuen.«

Dann wandte er sich Andreas zu. »Die Frage ist jetzt, wie kriegen wir dich zum nächsten Krankenhaus.«

»Ich kann laufen.«

Henry zeigte ihm einen Vogel. »Bis zum Deich sinds ein paar Kilometer, schätzungsweise. Und leckeres Eis. Was haben wir davon, wenn du da noch ein paarmal ausrutschst?«

Er tat einige Schritte vom Wagen weg. »Ich glaube, ich werde vorsichtig, um nicht im Nebel hängenzubleiben, an den Pfosten entlangwandern und zusehen, daß ich Hilfe hole. Ich kann ja auch mal was tun. Du brichst dir den Arm, Baltasar ballert, ich wandere.«

Er brauchte allerdings nicht weit zu gehen. Bald kam ihm ein vorsichtig gesteuerter Polizeiwagen entgegen. Man hatte aus dem umgefahrenen Sperrbock und aus Berichten von Anwohnern über ein in Richtung Watt jaulendes Auto Schlüsse gezogen.

Am Flugplatz war ein Mann verhaftet worden, über dessen Identität nichts zu erfahren war. Auch Ziegler sagte nichts, später. Dafür berichtete er, daß man Stückers Leiche gefunden hatte, als der Nebel die Suche nicht länger behinderte.

»Er ist Richtung Meer gegangen«, sagte er. Man saß in Arianes Wohnung, bei Kaffee und Cognac. Anwesend neben Ziegler und Ariane sowie, natürlich, Matzbach waren Henry, Andreas und Sarah.

»Er ist aber nur bis zum letzten Pfahlbau gekommen, vielleicht zweihundert Meter, weiter nicht. Ich nehme an, das verletzte Bein, die Schmerzen und vor allem die Wut und Enttäuschung haben ihm den Kopf vernebelt. Er muß ausgerutscht oder gestolpert sein. Der Boden ist da sehr uneben, und natürlich vereist. Er ist in die vom Meer ausgespülte Vertiefung unter dem letzten Pfahlbau gerutscht und hat sich den

Kopf an einem Pfosten aufgeschlagen. Hier, die rechte Schläfe.« Er machte eine Bewegung mit der Hand. »Abgeschürft, bis in die Haare. Ein bißchen Haut und einige Haare fanden sich in etwa eineinhalb Metern Höhe an dem Pfosten. Laut Obduktion hat er dabei eine Gehirnerschütterung erlitten und wahrscheinlich das Bewußtsein verloren.«

Baltasar kniff die Augen zusammen. »Und woran ist er gestorben?«

Ziegler musterte ihn aufmerksam. »Schwäche durch Blutverlust«, sagte er langsam; »und vor allem ist er erfroren. Es hat ja fast einen Tag gedauert, bis er gefunden wurde. Warum fragen Sie?«

Baltasar lächelte. Es sah nicht sehr echt aus. »Ich wollte nur wissen, wieweit ich direkt Schuld trage. Es ist zwar in vielen Gegenden üblich, daß man erst dann ein vollgültiges Mitglied des örtlichen Senats werden kann, wenn man einen Baum gepflanzt, einen Sohn gezeugt und einen Feind erschlagen hat. Da ich aber weder am Senat interessiert bin noch Pflanzungen und Zeugungen vorzunehmen gedenke, bedrückte mich der Gedanke an eine Erschlagung.«

Ziegler hob die Brauen. »Aus Ihrem Seelenleben soll jemand schlau werden! Im übrigen bleibt da die Frage Ihrer indirekten Beteiligung. Aber das wollen wir nicht diskutieren. Es würde mich«, sagte er gedehnt, »etwas anderes interessieren. Und zwar die Mappe, die Sie meinen Kollegen ausgehändigt haben und die so dünn war. Die paar Blätter darin waren zwar ganz interessant, aber die hätte man auch falten und in die Jackentasche stecken können. War da nicht vielleicht sonst noch was in der Mappe?«

Henry und Andreas verschluckten sich an ihren jeweiligen Getränken und begannen zu husten.

Matzbach blickte völlig unschuldig drein. »Was soll denn in der Mappe gewesen sein?«

Ziegler starrte ihm in die Augen, doch hielt Baltasar dem Blick stand, ohne mit einer Wimper zu zucken.

»Geld«, sagte Ziegler. Er zwinkerte. »Sauberes Geld, das er für seine Villa bekommen hat. Es ist nicht falsch und nicht illegal, wenn man von seinen diversen Bestechungen absieht, die irgendwann einmal die Basis für das Vermögen geliefert haben. Es wäre der Staatskasse willkommen gewesen.«

Nach einer Pause erhob er sich.

»Na ja, da kann man nichts machen, nicht wahr, Matzbach? Ich werde Sie jetzt alle verlassen.«

Ariane erhob sich ebenfalls, und auch Baltasar stand auf. »Sagen Sie, Ziegler, Sie haben mich noch gar nicht wegen abenteuerlicher Einzelgänge ohne behördliche Genehmigung beschimpft.«

Ziegler räusperte sich. »Ich gehe davon aus, daß nach Lage der Dinge dank der Maskierung des Herrn Bensemeier, befahrbaren Wegen auf der Meerseite des Deichs und Präsenz eines Flugzeugs Stücker wohl ohne Sie entkommen wäre. Deshalb verzichte ich darauf, wegen der Mappe weitergehende Untersuchungen anzustellen. Gehaben Sie sich wohl.«

Als er gegangen war, wedelte Andreas sanft mit seinem Gipsarm. »Also, Dicker, was ist mit der Mappe?«

Gleichzeitig fragte Ariane: »Also, Baltasar, was war das für ein geometrischer Bluff, auf den Stücker reingefallen ist?«

Sie bezog sich auf die längeren Erörterungen, die bei Kaffee und Cognac stattgefunden hatten, und auf die Berichte.

»Die Mappe«, sagte Baltasar, indem er sich wieder setzte und unter seinem Sessel eine Leinentasche hervorzog, »enthielt, was dieses Täschchen nunmehro birgt. Zwischenzeitlich barg ich es auch an meinem Busen.«

Er zog den Reißverschluß auf und entleerte die Tasche durch Umdrehen. Bündel von Banknoten purzelten auf den Tisch.

Als die Ahs und Ohs beendet waren, sagte er: »Ich habe sie gezählet, o Freunde, und es sind sehr viele. Und wie wir soeben gehört haben, ist es sauberes Geld. Ich finde, durch unseren tapferen Einsatz haben wir es verdient. Hat einer von euch beiden Kanaillen Hemmungen, sein Drittel anzunehmen? Für jeden ist es leicht eine sechsstellige Summe.«

Andreas schüttelte den Kopf. Henry kicherte plötzlich. »Ich«, sagte er feierlich, »bin arbeitslos. Da mir niemand *eine* Stelle geben will, sehe ich nicht ein, daß ich etwas mit sechs Stellen ablehnen soll.«

Matzbach schob die Bündel zur Seite. »Später wird gezählt und dividiert. Es ist immerhin ein Fortschritt, daß bei meinem Detektivspielen mal etwas Zählbares herauskommt.«

Dann berichtete er über die Symbole im Werk eines argentinischen Autors.

»Interessant dabei ist, daß sich um diese Symbole die verschiedenen Ebenen der Erzählungen aufbauen, aber das nur am Rande. Leben, Kraft, Vollendung und so sind bei Borges immer mit starken Farben, wie Rot, und stabilen Formen umgeben, Quadrate, Kugeln und derlei. Tod und Hinfälligkeit et cetera dagegen mit schwachen Farben, wie Grau, und mit Formen, die nach Auflösung streben. Vor allem«, sagte er bedeutsam, »mit Rhomben. Das sind diese unregelmäßigen Vierecke, die so aussehen, als wollten sie jeden Moment zusammenklappen und zu einer einzigen schlappen Linie werden.«

Während die anderen ihm noch immer verständnislos lauschten und nicht wußten, worauf das alles hinauslaufen sollte, griff er zu Papier und Füller und begann, Männchen zu malen.

»Nun denn«, sagte er munter. »Diese Kartoffeldame hat mir davon erzählt, und das ließ mich nicht mehr los. Etwas in meinem Hinterkopf bohrte die ganze Zeit. Als ich von Stükkers Alibi und der rothaarigen Eva hörte und dann ein paar andere Puzzlesteine in die Finger bekam, fielen mir die Bilder von Naumann und Irene wieder ein, die wir gesehen haben. Ganz sicher war ich, als ich in Stückers Regal diesen argentinischen Autor wiederfand.«

Er hatte seine Gemälde beendet und hielt das Papier hoch.

Links waren zwei Strichmännchen zu sehen, die nebeneinander lagen. Baltasar hatte die fünf Kreuzchen eingezeichnet, mit denen er Stücker überrascht hatte: in den Köpfen, in Brusthöhe und, leicht versetzt, dort, wo man bei besser gemalten Figuren die Leber würde vermutet haben. Er verband die Kreuzchen so, daß sich ein Quadrat mit Diagonalen ergab. Dabei lag der hypothetische Herzschuß der linken Figur auf der Diagonalen zwischen der Leber der linken und dem Kopf der rechten Figur.

»Das aber war der Bluff. Offenbar war ich so überzeugend, daß Stücker selbst glaubte, er hätte eine Gedächtnislücke oder einen Fehler gemacht. Er war jedenfalls verwirrt und ein paar Sekunden geistesabwesend.«

Nun deutete er auf die beiden anderen Strichmännchen. Diese lagen so, wie man dank Andreas' Aufklärung die Lage der beiden Ermordeten annehmen konnte: Irene, rechts, mit dem Kopf nach unten, ihre Füße neben Naumanns Kopf. Wieder malte er Kreuze.

»Tatsächlich nämlich«, sagte er, »hat Stücker viermal geschossen, und zwar genau, er hat die Köpfe und die Herzen getroffen.«

Er verband die Kreuze.

»Und was erhält man so? Einen regelmäßigen Rhombus, auch als Parallelogramm bezeichnet.«

Er machte eine kleine Pause, bevor er fortfuhr. »Nun hätte, wie er mir sagte, Stücker auch zwei andere Damen mit verstellbarem Wecker für sein Alibi mißbrauchen können, aber dazu war er zu eitel. Er hat mit dem nicht ganz neuen Gedanken von der Ähnlichkeit der beiden Vorgänge Zeugung und Sterben gespielt. Darum hat er an den Beginn seines Alibis die Nacht mit der rothaarigen Eva gestellt, ans Ende die Ermordung von Naumann und Irene durch einen bleiernen Rhombus. Die beiden anderen Damen kamen für seinen perfekten Plan nicht in Frage, denn sie haben die falsche Haarfarbe.« Er betrachtete die Gesichter seiner Zuhörer.

»Wir haben eben erfahren, daß Rot in dieser argentinischen Spezialsymbolik, die aber auch schon älter ist, für das Leben steht. Und daß ein Rhombus, wie Stücker ihn – brutal gesagt – mit Blei gezeichnet hat, dem Tod entspricht. Hier ein Zeugungs-, dort ein Tötungsvorgang. Es ist reichlich makaber. Noch makabrer wird es dadurch, daß Stücker zusätzlich sozusagen eine abstrakte Diagonale gezogen hat, indem er nicht zweimal Form oder zweimal Farbe, sondern einmal Farbe und einmal Form nahm.« Er lehnte sich zurück.

Ariane blickte ihn kopfschüttelnd an. »Fein ausgetüftelt von ihm, und natürlich auch von dir, aber insgesamt absolut irrsinnig. Wie eitel auf seine eigene Handschrift kann man eigentlich sein?!«

Aber Baltasar war mit seinen Ausführungen noch nicht am Ende.

»Deswegen weiß ich auch, daß Stücker mir noch eine Botschaft hinterlassen hat, und sie macht mich nicht froh.«

Er zeichnete wieder. Dann deutete er auf eine Schlangenlinie unter einem Viereck. »So ungefähr«, sagte er, »sehen die ausgespülten Löcher unter den Pfahlbauten aus. Die Vereisung auf dem Watt kam vor allem von Eisregen und gefrorenem Normalregen. Ihr seht, daß die Vertiefung *unter* dem Pfahlbau ist. Ich habe mir zwei Löcher angesehen. In einem ist mein Wagen verendet, neben dem anderen fand das Duell statt. Unter den Pfahlbauten ist kein Eis, sondern nur Sand. Die Bauten halten den Niederschlag ab. Wenn Stücker also gefallen wäre, dann wäre er vermutlich der Länge nach in die Grube geknallt.«

Baltasar hob den Zeigefinger.

»Wie Ziegler sagte, hat er sich die rechte Schläfe aufgeschlagen, und man hat in anderthalb Meter Höhe Haare und Haut am Pfosten gefunden. Der Pfosten ist aber zu weit vom Rand der Vertiefung entfernt, bei den Bauten jedenfalls, die ich gesehen habe. Wenn Stücker nur gestürzt wäre, hätte er sich vielleicht am Fuß des Pfostens den Kopf aufgeschlagen, aber nicht in anderthalb Meter Höhe.«

Hoff blickte bestürzt drein. »Du meinst...«

Baltasar nickte. »Ein letztes Zeichen. Er hat sich absichtlich den Kopf verletzt, um die verlorene Sache zu beenden. Und wenn man alles verbindet, die Schußwunden in der rechten Hand und im linken Bein, das linke Auge und die Schürfstelle an der rechten Schläfe, was erhält man dann?«

Er malte einen Rhombus auf sein Papier, und alle waren lange still.

GISBERT HAEFS (sprich: Haafs), geboren am 9.1.1950 in Wachtendonk am Niederrhein; studierte Anglistik und Romanistik, war während des Studiums Komponist, Chansonnier und Kneipier; Übersetzer aus dem Englischen, Französischen und Spanischen u.a. Werke von Ambrose Bierce, Jorge Luis Borges, Georges Brassens, G.K.Chesterton, Conan Doyle, Rudyard Kipling, Tom Lehrer, Guy de Maupassant, Mark Twain; Autor des Kipling-Companions, der Kriminalromane mit Baltasar Matzbach, der Science-Fiction-Tetralogie mit Dante Barakuda und des Karthago-Romans um Hannibal; Herausgeber der deutschen Werkausgaben von Jorge Luis Borges, Ambrose Bierce und Rudyard Kipling sowie einer Lichtenberg-Auswahl; lebt in Bad Godesberg.

Im Haffmans Verlag erschienen: *Kipling-Companion* (zur Kipling-Neuedition, 1987) – *Und oben sitzt ein Rabe* (Roman, 1988) – *Das Doppelgrab in der Provence* (Roman, 1988) – *Mörder & Marder* (Roman, 1988) – *Hannibal* (Der Roman Karthagos, 1989) – *Freudige Ereignisse* (Erzählungen, 1990) – Außerdem regelmäßig Beiträge im Magazin für jede Art von Literatur *Der Rabe*. – Von Gisbert Haefs neu übersetzt: Conan Doyle, *Die Abenteuer des Sherlock Holmes* (Erzählungen, 1984) – *Der Hund der Baskervilles* (Roman, 1984) – *Eine Studie in Scharlachrot* (Roman, 1984) – Ambrose Bierce, *Des Teufels Wörterbuch* (1986) – *Horrorgeschichten* (1988) – Rudyard Kipling, *Kim* (Roman, 1987) – *Vielerlei Schliche* (Erzählungen, 1987) – *Das Dschungelbuch* (Geschichten, 1987) – *Das zweite Dschungelbuch* (Geschichten, 1987) – *Stalky & Co* (Erzählungen, 1988) – *Die Vielfalt der Geschöpfe* (Erzählungen, 1990) – *Genau-so-Geschichten* (Erzählungen, 1990) – Gustave Flaubert, *Das Wörterbuch der übernommenen Ideen* (mit Irene Riesen, Nachwort von Julian Barnes, 1987) – Mark Twain, *Tom Sawyers Abenteuer* (illustriert von Tatjana Hauptmann, 1989).